越跑越追

宗利华◎著

群众出版社

·北京·

图书在版编目(CIP)数据

越跑越追/宗利华著. —北京:群众出版社,2011.1
ISBN 978-7-5014-4826-5

Ⅰ.①越… Ⅱ.①宗… Ⅲ.①长篇小说—中国—当代 Ⅳ.①I247.5

中国版本图书馆 CIP 数据核字(2010)第 256980 号

越跑越追

宗利华 著

出版发行:群众出版社
地 址:北京市西城区木樨地南里
邮政编码:100038
经 销:新华书店
印 刷:北京蓝空印刷厂

版 次:2011年5月第1版
印 次:2011年5月第1次
印 张:17.5
开 本:787毫米×1092毫米
字 数:210千字
印 数:1~8000册

书 号:ISBN 978-7-5014-4826-5
定 价:35.00元

网 址:www.qzcbs.com
电子邮箱:qzcbs@163.com

营销中心电话:(010)83903254
读者服务部电话(门市):(010)83903257
警官读者俱乐部(网购、邮购):(010)83903253
啄木鸟杂志社电话:(010)83901311

本社图书出现印装质量问题,由本社负责退换

目 录

目录

代 序

描画我们“千疮百孔”的生活

——宗利华长篇小说《越跑越追》读评

李朝全

我们的国家正处于重要的转型期。这个时代，这个社会，一切都在发生着历史性的变革。我们的生活亦是如此。每个人，无论他从事何种职业，无论他身处中国的哪个角落，都不能不受到这个时代和社会巨大转型、巨大变革的裹挟与冲击。历史和时间终将证明，变革和转型在我们这一代人身上留下了深刻的烙印，留下了“千疮百孔”、“遍体鳞伤”的印记。作家是时代的书记员和历史的见证者，他所要做的就是去“看到”这一切，记录这一切，写下属于我们这个转型时期人们“千疮百孔”的生活和“遍体鳞伤”的情感与心灵世界。我在阅读宗利华的长篇小说新作《越跑越追》时感受最深的便是这一点：作者清楚地看到了自己笔下每个人物受到冲击撞击而崩裂破碎受伤的生活和情感、心灵世界；他看到了每个人身上的伤口与痛苦，矛盾与挣扎，然后努力地用故事讲述的方式呈现给读者。

《越跑越追》故事的开头便是一个富于象征意味的场景：在火车站，刑警鹿遥对人群中的一个小偷穷追不舍。小说叙事的主线是一个警察追捕逃犯的故事：一个叫董超的人因为怀疑妻子梁文莉有婚外情“失手”杀死了她，随后又在逃亡过程中，杀死了一名无辜的女司机，又因为“三陪女”阿玲欺负了自己的情人马晓雅而残忍地将其杀害；鹿遥根据公安部门的通缉令发现了董超的踪迹，一路紧追不舍，历经曲折终于将他抓住。小说叙事因此有了两条线索。一是董超逃亡的经过，他一路上的遭遇，他遇到

"三陪女"马晓雅，然后与之发生了一段令人感觉相当真实的真爱，由此牵扯出了董超的再次杀人和杀人后逃到马晓雅家乡的深山老林里躲藏起来。一条是警察鹿遥的线索，他的一地鸡毛的生活，与妻子的冷战，妻子的出轨，遭遇的家庭危机，他和同事何涛之间的矛盾纠结，同助手祁连山之间的默契合作，跟小报记者李佑的冲突，在经历"官场"的一番波折之后重新担任刑警大队长，一路缉凶，决不放弃。小说的正面叙述——警察最终抓住了逃犯——无疑是要带给读者一种坚定的信念和美好的期许：正义终将战胜邪恶，坏人终将得到惩处。而故事的结局却是：逃犯趁警察不备纵身跳崖自尽，下意识伸手去拉逃犯一把的好警察鹿遥也被牵带不幸落崖。这样的结果当然是一个悲剧，是人物（主人公鹿遥）性格的悲剧，也是人物命运（作为一心捍卫正义和法律的好警察）的悲剧，同时也可以说是时代的悲剧。大时代正在剧烈的变革中，每个人身上都千疮百孔、遍体鳞伤。好人（警察）身上如此，坏蛋（逃犯）身上亦是如此。

生活带给人物的伤害首先是物质、利益层面的。作为刑警，鹿遥在生活中遇到的实际问题与普通人一样，工作、提职、升迁沉浮，因为无意间娶了副检察长的女儿，仕途顺利，当上了刑警大队长。岳父因受贿而被捕免职，鹿遥受到排挤，成为打流队队长，整天与扒手小偷打交道。新任刑警大队长何涛索贿受贿问题暴露并因此下台，鹿遥官复原职。小说塑造人物，首先是将其放在复杂的社会关系和人际关系中来描画；而通过描画这些人物关系和这些关系所带来的利益冲突、消解与融合，又很好地反映了社会生活面貌。人物围绕着现实生活中物质的、利益的争夺与分割，展开了各种或明或暗的较量，最终并没有胜利者，几乎每个人都受到了利益驱动和物质欲望的伤害。何涛如此，鹿遥的岳父李大鹏亦是如此，鹿遥本身亦是如此。在与何涛的竞争角逐中，记者李佑接连刊发关于鹿遥打小偷的负面新闻，鹿遥因此被停职。他的本该属于正常的升迁因为有岳父这个背景也有意无意地被披上了裙带关系的阴影。他在生活中遭遇到的与妻子情感不和也与自身物质处境的窘困有关。再从逃犯董超来看，他的暴戾性格的生成同自己的家庭遭遇和家庭环境有关，特别是同其母亲顾秀英的"言传身教"有关。而顾秀英这样一个悍妇同样与物质困窘和环境的压迫有关。父亲和祖父遭受迫害的经历也带给少年董超深刻的影响。可以说，生活在当下中国的人，无人能够逃脱物质层面的挤压乃至压迫，无人能够逃过利益和欲望的追逐与“摧残”。

生活带给人物的伤害更多体现在情感和心灵层面上。那是一种身体内部的“暗伤”。这样的伤口外人未必能看得出来，但当事者却须默默地去承受、去调适。处理家庭危机、情感挫折纠葛方面的不同抉择，竟会造就两种不同的人物命运，这便是小说《越跑越追》为我们血淋淋地展示的一面。董超和鹿遥同样遇到了妻子“出轨”婚外情的危机。鹿遥是真实地遭遇了家庭危机和情感伤害，因为他在自己的家里亲眼看到妻子同昔日艺术学院同学王枋慌张的神色和不知所措的言行。他和妻子有共同的女儿幼小的鹿鹿，这更增添了二者离分的难度。鹿遥试图独自去舔舐自己心灵深处的伤口，承认妻子的过失并将要原宥她，他保持了自身在情感方面的白璧无瑕。作者似乎要将鹿遥塑造成这样的一个“硬汉”：刚中带柔，坚定和原则中带有妥协和放弃。这是一个现实中的人，一个让人感觉真实的警察。在处理家庭危机方面，董超则作出了完全不同的抉择，他毫无应付情感问题的能力——尽管他也曾经想要冷静地面对妻子可能的出轨，他武断地认定妻子与以前的“情人”——那个音乐教师旧情复燃——其实她只是同他一起吃了顿饭而已，便与妻子发生了激烈的没有回旋余地的冲突。他“失手”却是真实地杀死了妻子。而后，他的命运就被彻底地改变了。他走上了一个杀人犯的不归路。

除了鹿遥、董超之外，其他人物大多也受到了情感的或心灵的伤害。马晓雅，因为懵懂，遭遇了小酒店老板的黑手，在与邻店厨师“恋爱”再遭愚弄之后彻底地自暴自弃，走上了卖身的路途。好容易遇到了生活中的真爱，却发现对方竟是一个杀人犯。这样的情感也注定没有好的结局。再看董超的妻子梁文莉，嫖娼被抓的记者李佑，“三陪女”阿玲，鹿大鹏的妻子，画家王枋，音乐老师，孩子鹿鹿……几乎每个人都或多或少地受到了心灵的挫伤。这种伤害，固然有人物自身性格方面的原因，但更多的还是一种生活的伤害，一种社会的伤害。因此这种伤害是具有共性意义的，或者说是具有一定的普遍意义的。生活在转型期、大变革时代的人，没法逃避也无从逃避生活可能给自己带来的伤害。其实，几乎每个人的身上都会有这样的伤口、这样的伤痕。作者宗利华通过描画一正一反两个主要人物所受到的“伤”与“痛”，揭示的正是我们千疮百孔的生活和遍体鳞伤的心灵。从某种意义上可以说作品真实地反映了社会生活的一些方面。

当然，宗利华在呈现和展示人物伤口的时候并非简单地一味地凸现伤口本身，他还用较多的笔墨来揭示人物情感的丰富性与复杂性。譬如鹿遥，他的情感世界并非一潭死水不起波澜，他有自己的欲望，有自己的困惑，有自己的惆怅和激烈的内心冲突。他痛恨妻子的背叛，但他又无法割舍对女儿的挚爱，于是陷入了情感和心灵的旋涡，他在其中苦苦挣扎，并最终找到了自我救赎之路。董超是家庭悲剧的牺牲者，同时又是家庭悲剧的制造者。他的家庭暴力害了妻子梁文莉，使她时时生活在恐惧、痛苦与绝望之中。他杀了妻子，成了坏人，但他的身上还未泯灭人性之光，他也渴望真爱，追求真爱，在同马晓雅的恋爱中他几乎找到了这种情感的归宿，尽管这种结合可能是一种“恶之花”。

最后，我们还要注意到作者为我们塑造的祁连山这个人物。这是一个单纯朴实真诚的人，一个类似傻子的人。他得到了秦岭云的真爱。他几乎没有受到生活的伤害。但生活的伤与痛——包括鹿遥的死，也深刻地教育了他，使他长大成人。作者通过塑造这个人物似乎是要告诉我们：只有真诚率真地活着的人，做回真实自己的人，才有可能逃避遍体鳞伤的命运。

第一章

"狼眼儿鹿"

上身的黑色T恤早就被汗水浸透了。鹿遥紧皱着眉头，伸出一只手去扯扯领子。衣服离开身体的时候，似乎发出"哧啦"一声响，总算是有一股子令人舒畅的凉风灌进去了。可转瞬之间，衣服又黏黏糊糊粘在身上。鹿遥耸了耸肩膀，想摆脱那股子内心深处升起的莫名其妙的烦躁，但是无济于事。天气预报说，最高气温将达到三十九度，鹿遥暗忖恐怕不止。

鹿遥的目光开始习惯性地从一张张面孔上滑过去，纯粹是一种职业习惯。可往往就在那轻描淡写的一瞥之下，"已经数不清有多少扒手栽在他的手上"。后面这话，就白纸黑字印在《远山日报》上。有一位记者不久前对活跃在远山市火车站广场上的便衣警察、打流中队中队长鹿遥进行过一次专访。

就在这个过程中，鹿遥的嘴角突然翘了翘，一声鄙夷的冷笑从喉咙里冒出来了。他的视线与广场上一个男子对接到了一起，没过几秒钟，男子主动挪开目光，证明自己的失败。男子瘦高个儿，穿一件闪闪发亮的短袖衬衣，打眼一瞧，就是个闲人的样子。被鹿遥的目光一盯住，他的脸上有一丝慌乱一闪而过，假装去端详一个女人的屁股。

这些细节，哪能逃得过鹿遥的眼睛呢？

鹿遥冷笑着，心里却在警告他："小子，今天最好你识相点儿！"鹿遥今天有要紧事情做，不想被人坏了情绪。

这男子也算是一根老油条了，曾栽在鹿遥手上不止一次，都成老熟人了。在一座城市的火车站广场上，想要扒手彻底销声匿迹，简直太难了。

据说，扒手之间也流传过这样一句话："我们同样需要生存空间。"熙熙攘攘的车站广场，无疑是他们的最佳选择地。

鹿遥迅速将视线移动了半圈。按照惯例，广场上应该还有一个的。果然，扒手的同伙，另一个男子，留一撇小胡子的，站在不远处的广告牌底下，若无其事地叼着一支烟在看报纸，一双小眼睛却滴溜溜乱转。俩小子保持着一个可以迅速转移赃物的距离。离得近的这一个，自从一眼看到鹿遥后，就慢悠悠地转了身，开始向广场外路边的公交车站牌那儿走去。他心里当然清楚，今天是个无法开工的日子。当务之急，是迅速撤离现场，躲开鹿大警官的视线。否则，已经被鹿遥盯上了，你还要伸出第三只手，无疑是闲着没事儿伸出巴掌抽自己嘴巴。鹿遥的目光似钩，紧紧地挂在男子后背上。大约两分钟过后，小胡子也叠起报纸，迈动脚步，从燥热的车站广场款款撤退。

鹿遥撮起嘴唇，轻轻吹一声口哨。

口哨声尚未完全落下，就见出站口涌出一批旅客来。接站的人、出租车司机们混杂在一起，蜂拥而上，吵吵嚷嚷。陶昕柔就在人群的后面，差不多是最后一个出来的。她戴着一副墨镜，手里拖着个硕大的旅行箱，走得不紧不慢。出了站口，就站在那儿，四下里寻找前来接站的鹿遥。鹿遥不慌不忙地掏出一副墨镜戴上，悄悄地迈步走过去。陶昕柔没有看到他，就拿出手机开始拨号。不一会儿，鹿遥的手机就响了。他却故意不去接听，只是笑眯眯地向陶昕柔慢慢靠近，盘算着给老同学来一个小惊喜。

可就在这时候，一个小小的意外发生了。

在鹿遥的视线里，突然闪过另一道惶恐不安的目光！

虽然说那目光只是有意无意扫了鹿遥一下，就那么一下，但老警察鹿遥还是凭着直觉，把它紧紧攥住。对于这种目光，鹿遥实在是太敏感了，就像巨型磁铁遇到了小铁钉儿。那个人，准确地说，那个老男人、老扒手，傻愣愣地站在原地停了几秒钟，眼神里头分明就写满了惊慌失措。那种眼神，对鹿遥来说再熟悉不过了。

这等于直截了当传递过一个信息：这小子刚才又伸手了！

鹿遥一下子站住，目测了一下两个人之间的距离：大约有十几米的样子。这一点当然至关重要。已经足够了！鹿遥心想，只要你跑，证明你确实又干了一次。

果然，就在鹿遥准备迈动右脚的时候，老男人也已绷紧小腿，突然一个旋转飞身而去！鹿遥的上身向前探一下，右脚狠劲踩在地面上，身体就像一根弹簧，也猛地弹射出去！

口袋里的手机铃声依然响个不止。但很显然，鹿遥已经顾不上了。

陶昕柔举着手机正在四处观望，忽然发现一前一后有两个人在广场上鲜活地跑起来。在这样一个燥热难耐的中午，阳光暴晒着大地，两个人那样子的跑法儿，就显得有点儿古怪，有点儿招眼，有点儿可笑。她站的那个位置，恰好可以俯视广场。稍一打量，就确认后面追的那个正是鹿遥。陶昕柔微笑着，抱起胳膊来看热闹，看看老同学的身手是不是一如当年。

鹿遥一边跑，一边把墨镜摘下来。又是一个很有必要的动作。他要让前面的逃跑者看清楚自己的眼睛。这一招儿鹿遥屡试不爽。猫吃掉一只老鼠之前得先戏弄一下手中的猎物，观赏一下后者的恐惧。那些初入道的小扒手，在逃跑的时候没有一个不是偶尔拧回头来看看的，他们和鹿遥对视哪怕只一秒钟，没有一个不吓得浑身哆嗦！

广场上的扒手们曾暗送给鹿遥一个外号，叫“狼眼儿鹿”。结果让鹿遥不经意间获悉了。鹿遥当时哈哈大笑。他非常喜欢这个外号。

此时的鹿遥，眼睛里已经露出了凶光。每次进入奔跑状态时，他就不由自主露出这种凶光。这倒的确有点儿像狼的眼神。鹿遥奔跑时，眼珠儿紧盯猎物，一转不转。他对踩出的每一个步点似乎都了然于胸。整个火车站广场，哪个地方有坑有洼，哪个地方有摆摊儿的，哪个地方有广告牌，简直太熟了，闭着眼睛奔跑都不会出任何差错。对鹿遥来说，即便是在熙熙攘攘的火车站广场，行人如织，奔跑起来也如同闲庭信步。跟鹿遥赛过跑的扒手，还没有一个从他的视线范围内消失过。而且，鹿遥奔跑起来，一点儿都不显得疲惫。

老扒手终于忍不住了，第一次回过头来看。就在那一瞥之下，早已吓得丧魂落魄，但他的脚步仍然没停。鹿遥不着急，一点儿都不急，他还在心里嘟囔着：小子，你跑吧，跑啊，老子就让你跑，我看你能跑多远！鹿遥有足够的自信。

转眼之间，一前一后两个人已经快要跑出火车站广场了。

可跑着跑着，事情有点儿不妙！

鹿遥的脑子里莫名其妙开始冒出他这一生中无数次的奔跑过程，就像是一个又一个电影画面：在高中的时候，参加学校运动会，一百米、四乘一百米接力。那些纪录据说至今仍然还是纪录，尚没人打破。在警校里，半夜三更突然吹响了哨音，要紧急集合进行拉练。四周黑咕隆咚，只有脚底下的路似乎是透明的，往后迅速移动。干刑警大队长那会儿，为了追捕一个贩毒犯罪嫌疑人，鹿遥差不多把这座城市的每条大街小巷都跑了个遍。到火车站干打流队队长，奔跑更是家常便饭。“奔跑，成了我所有的时光。”鹿遥的脑子里突然蹦出这句满含哲理的话。“每个人何尝不是一直在奔跑，包括我眼前追的这个小子。”

细想一下，这种奔跑过程中心思游离的状态是很诡异的。此时，鹿遥的双腿似乎慢慢地不受大脑控制了，也就是说，奔跑的过程中，奔跑的人居然忽略了自己是在奔跑。这种状态，恐怕一般人通常不会有。

最起码，得有超人的体能素质吧？

对于鹿遥来说，这并不值得骄傲。相反，不如说是一种烦恼，或者一种心理疾病。最近鹿遥已经出现过好多次这种状态，跑着跑着脑子里就出现无数个闪念。他很为这个而苦恼，而郁闷，但无计可施。就像一台高速运转的机器，突然断电以后，还要飞速运转好久。有一天清晨，鹿遥在小区附近一所中学操场上晨练，慢慢地那种状态如约而至，鹿遥连续跑了十几圈都没停下来。在那十几圈里，他脑子里闪现过许许多多难以解答的问题。

那个扒手准备缴械投降，或许，他彻底打消了继续奔跑的念头。他的速度慢下来。是啊，这个跑法儿的确有点儿残忍！

扒手软绵绵地停下来，扶着一个广告牌，呼哧呼哧大口喘气。

可鹿遥却没停下！

鹿遥继续向前跑！

那老扒手慢慢抬起头，张大了嘴巴，惊疑地看着鹿遥从他身边刷地一下飞速而过！同样张大嘴巴的还有站在远处的陶昕柔！她愣怔一会儿，拖着旅行箱也开始跑。

第二章

人生没有假设

也许没有人会注意到，在火车站广场上，还有另外两个人对奔跑着的打流队队长鹿遥也颇感兴趣。

其中一个是女孩儿，时尚而又前卫，半透明吊带裙，胸罩若隐若现。额前有一绺头发是褐色的。睫毛直立，眼睛周围似乎还闪着亮光。嘴巴小巧玲珑，嘴唇在整张脸上显得有点儿不成比例的厚。这女子是和陶昕柔乘坐同一列火车到达的，她的脚边摆放着一个时尚服装品牌纸袋。女人一出站口，就先点上了一支烟，幽幽地抽着。下台阶的时候，她就注意到鹿遥在追赶一个扒手。于是，停下脚步，眯着眼睛，站在那里很专注地瞅着。

另一个是身体健壮的男子。他边走边关注着鹿遥。男子本来就站在鹿遥身后不到几步远的地方，几乎目睹了鹿遥迈动步伐的整个过程。这时候，他急匆匆地走了几步，贴到女孩儿身边，低声说："还有心思在这里看热闹？走吧，赶紧走！"

女孩儿扭过头，悄然伸手挽起男人的胳膊，笑着问："你怎么想到要来接我？"

男人笑而不答，仍然扭着头，打量着远处鹿遥的背影，心不在焉地说："我想离开远山。走之前，咱们总得道个别吧。"

女孩儿一甩手，松开他胳膊，说："离开？你什么意思？你想去哪儿？"

"暂时还不知道。"男人一边说着，一边注视着鹿遥的背影，努努嘴说，"后面那个人，好像是个警察啊！"

女孩儿说："是啊，的确是个警察。"

男子把视线迅速抽回来，狐疑地打量着女孩儿：“你怎么会认识他的？以前被他抓住过？”

女孩儿笑了，说：“当然没有。我告诉过你，警察抓不到我的。哈，我的经验丰富。可我认识这个人。他叫鹿遥，刑警大队打流队的队长。”女孩儿盯着鹿遥的背影，突然脸上现出一丝忧郁。

“那你怎么会认识他的？”男子皱起眉头，好像对这个问题挺关心。

女孩儿却不愿解释：“认识不认识有什么关系？我们这种人，跟警察向来都是死对头。”

两人再次携手往前走，男人脸上若无其事，但目光显然是在警觉地四下打量。就在这对男女侧身打开一辆出租车的车门时，几乎同时回头呆愣住了。

只见扔掉拖杆箱的陶昕柔干净利索地把鹿遥追逐的那个老扒手摁在了地上！

男人先钻进了出租车，依然皱着眉头，悄声嘟囔：“别看了，赶紧上车！”

女孩儿坐下后还扭着头看，脸上带着惊讶的表情：“好酷啊！原来跟我一起来的这女人也是个警察呢！”

男人像是自言自语：“是啊！怎么他妈的到处都是警察。”

司机扭头问：“两位去哪儿？”

女孩儿说：“梦巴黎。”她右手中指一弹，手里的烟头儿在半空中画了一道弧线，落在地上。

站在出租车后面的女环卫工人盯着那枚欢快的烟头儿看了一阵儿，回转头来，冲着渐行渐远的出租车，“呸”的一声吐了口唾沫，骂道：“有什么好神气的！不就是一只鸡吗？”然后，慢悠悠地走过去，把那枚烟头扫进了簸箕。

手机铃声让鹿遥脑子里乌七八糟的东西一下子消失了。他呆立当地，刚才感觉空无一人的大街上，忽然一下子嘈杂无比！鹿遥好像从另外一个世界突然转回来。他扭着身体转了一圈，才恍然明白自己身在何处。好多路人，以及摆摊儿的，都拧着身子盯着他看，像端详一个怪物。

手机在响！鹿遥顿时醒悟。他掏出手机，摁下了接听键。

“怎么啦，鹿遥？”是陶昕柔的声音。

鹿遥抬起头，远远地瞧见站在那里的陶昕柔。同时，还瞧见了她身边蹲着的那个灰溜溜的扒手。

那不正是自己刚才追赶的人吗？

一股阴暗潮湿的情绪呼啦一下子迅速浸透了鹿遥整个身体，渗入每一根血管，每一束神经！鹿遥忽然一下子感到非常绝望，非常压抑！甚至，他想对着喧闹燥热的广场大吼一声，或者，干脆号啕大哭一场！是呀！鹿遥啊鹿遥，你他妈的最近究竟是怎么啦？

“我，我不知道。”鹿遥神情沮丧地对着电话说，“突然间就走神了。”

电话里，陶昕柔的叹息声非常轻微，像是怕刺激到他，但还是被鹿遥听到了。鹿遥挂掉手机，开始向陶昕柔走去。这期间，他拨了一个电话给同事祁连山，说：“我刚抓到个小偷儿，在火车站广场。你带个人来，把他带到派出所去做一下笔录。”

打完电话的鹿遥又一次感到一股强烈的自责。他垂头丧气地往前走，心里却喊着：“鹿遥啊，你还是个警察呢！还是打击流窜犯罪的队长呢！怎么变成这个样子了？”

也就在此时，一辆出租车从路遥的左前方迎面缓缓地驶过去，一张男子的脸慢慢地隐藏在缓缓上升的车窗玻璃后面。

突然之间，一种怪异的感觉令鹿遥迅速扭过头来！

消失在出租车窗后的那张脸传递出一丝让鹿遥感到不安的信息！

他明显感觉到自己身体的某个部位被剧烈撞击了一下！

紧跟着，鹿遥的大脑开始飞速运转，开始搜索曾经在哪里见过这个男子。鹿遥的脑子里很乱很乱，时不时还很尖锐地疼痛一下。因此，直到他走到陶昕柔身边，都没有想起这男子究竟是谁。

不过，鹿遥的大脑里已经嵌入了那张脸，或者说，那张脸上的某个部位某个特征，就像数码相机拍照，咔嚓一下，那个影像已经储存下来。可以肯定，存储下的这个影像，此前是在鹿遥大脑的某一个位置存放过的。只不过，此时两个影像还没有完完全全重叠。

陶昕柔微笑着面对慢慢走近的老同学鹿遥。

两人的同学期是在省警察学校。

当时，学校里女生少，男生女生的比例差不多为八比一。临到毕业的时候，好几个女生被眼疾手快的男生拿下，到最后队上只剩了个陶昕柔。不是说这女孩子不漂亮，没有男孩子追。恰恰相反，她太漂亮，有点儿扎人手的漂亮。想试探一下的男孩子起初是很多的，可结果都被拒绝，都很受伤。再后来，干脆也就没人敢再去试。

陶昕柔跟别的女同学的确不太一样。她似乎是个不食人间烟火的小女子。平日里，从来不跟女生一起打闹，对男生，也保持着足够的距离。整个学习期间，这女孩儿就像一只骄傲的小鹿，昂首挺胸行走在同学们的目光里，或者说，行走在她一个人的世界里。

上拳击课的时候，男生一般不会主动选择跟女生对打。手重手轻的，分寸不好把握啊！而这个陶昕柔同学呢，偏偏喜欢向男生挑战。她出拳速度极快，很凌厉，像一个真正的拳击手。第一次与她对打的那个男生根本没设防，砰的一下，被小女子陶昕柔击倒在地，引起其他同学一片哗然。那个男生，恰好就是此时站在面前的“狼眼儿鹿”。

为那件事儿，鹿遥曾好长一段时间不给陶昕柔好脸色看，不过内心深处倒是多多少少有点儿佩服这个小女生。陶昕柔为了那一记老拳，事后悄悄对鹿遥表达了她的歉意，同时却又责怪鹿遥没有配合意识。“你还是个男人呢，就不懂防守吗？老师讲的那些内容，都记到哪里去了？”弄得鹿遥哭笑不得。

按说，当年鹿遥不是没有走进陶昕柔内心的机会。可那时候的鹿遥，甚至比陶昕柔还要孤傲几分。鹿遥因学习优秀，表现突出，当选队上的干部，成了一队之长，而且，还进了校学生会。依照学校的规章制度，他必须得做个好学生，要处处体现带头作用。学校明令禁止男女同学谈情说爱，好学生鹿遥怎么能带这样的头儿？再者说，鹿遥是从偏远的乡村，贫瘠的大山深处走出来的，对于男女之间谈情说爱这一套，根本就不在行，再加上莫名其妙的自卑心理，就多少有点儿硬拿架子的味道。

这一拿，也就拿到了毕业，大家挥泪而别，各奔东西。

陶昕柔参加工作后，被分配到市局看守所，看了两年女犯人。别的同龄人都忙着谈恋爱，她却一刻也不空闲地参加自学考试，居然很顺利地拿到本科证书，再后来，又很轻松地把律师资格证拿到手。随即把辫子一甩，离开公安队伍，做她的专职律师去了。陶昕柔做律师那一年，分到位于市中心区分局刑警队的鹿遥，亦顺理成章开始了他的个人家庭生活。鹿遥很轻松地把婚结了。娶的是市检察院副检察长李大鹏的女儿李小曼！明眼人心里都清楚，一条康庄大道正在鹿遥这小子面前徐徐铺开。

而陶昕柔呢，却像是铁了心做一个单身者。有一天，鹿遥从一个同学嘴里得知，似乎从不安分守己的陶昕柔只身一人去了北京，读研究生去了。忽悠一下子，鹿遥把以前同学时所有的细节都搜索出来，梳理了一遍，越发感慨陶昕柔这女子性格独特，非同常人，简直就是个独行侠。心说，不知哪个男人运气好，能降伏这样一个女子。这样想的时候，心里莫名其妙还生出另一番惆怅，假如当初在警校里，如果脑袋稍稍开化一下，会不会追上陶昕柔呢？

人生没有假如。

那个时刻，他才多多少少意识到，由于两人都是同样的脾性，似乎是把缘分给生生地错过了。

当然，只是稍纵即逝的感觉而已。

又有一次，陶昕柔回远山来度假，招呼几个同学一聚，鹿遥在受邀之列。那个时候，鹿遥已经遭遇到一系列的变故，人生道路上似乎突然阴影重重。他心情不好，话不怎么多，酒倒是喝了不少。坐在一边儿冷眼观察他的陶昕柔，竟突然之间有了一丝心疼的感觉。尽管，她警告自己，这种感觉有点儿可怕，但回到北京后，还是忍不住时不时地电话短信联系鹿遥。两人的沟通交流，既不频繁，也没断掉。

这一次，是陶昕柔在离京前给鹿遥打电话，说："我终于毕业了，就要杀回远山了。"

鹿遥当时正在火车站广场，眼睛扫着出站口涌出来的旅客，顺口就说："好啊，我现在整天在火车站瞎逛，正好可以接站。"

陶昕柔一声欢呼："那太好啦！我得好好享受一下警车开道的滋味儿。"

第三章

扒手的狡辩

“鹿大警官，你好像又瘦了一点儿，而且，还黑了。”陶昕柔说了句让鹿遥摆脱尴尬的话。

鹿遥觉得脸上稍稍一热，说：“大美女好像也苗条了。”

陶昕柔却哈了一声：“现在，早就没人用这个词儿夸一个女人啦。何况，你眼前的陶昕柔，已经是中老年妇女了。”

鹿遥也笑了：“在远山这种小地方，美女这个词儿永不过时。”

有了这样几句话，互相之间，稍稍放松。可鹿遥的神经怎么能彻底放松下来呢？他很清楚，似乎自己的身体、大脑神经、心理状态，都有了一些异乎寻常的反应和变化。这种状态，已经时断时续了好长一段时间，鹿遥对这种状态既感到恐惧，又觉得怀疑。

难道鹿遥你真的患上了心理疾病？此时，你正站在老同学陶昕柔的面前。这个精灵古怪的女子，此前就深入研究过犯罪心理学。人家对各类犯罪嫌疑人的心理都分析得头头是道，对你人民警察鹿遥，恐怕也决不会看走了眼。她肯定能看穿你鹿遥此时的心理状态。其实，还用仔细看吗？刚才，你的举动已经作了很好的阐释。

你见过或听说过这种人吗？追人的时候，追着追着，自己脑子居然开了小差？

在陶昕柔面前，鹿遥多少还是有点儿不自信，缠绕他多年的心理上的自卑也开始悄悄冒头。鹿遥不知道说什么才好，场面略显尴尬。幸好，过了没几分钟，小伙子祁连山开着一辆警车驶入广场。

鹿遥瞅他一眼，远远地问了一句："怎么就你一个人来？"

刚从刑警学院毕业两年的小伙子祁连山，跟着鹿遥打流反扒倒有一年多了。鹿遥一直拿他当孩子看。他的确也还小，嘴角上似乎都没冒出胡子来。祁连山咧着嘴一笑，一副孩子气就全写在了脸上："老大，我一个人还能对付不了吗？再说，这里不还有你吗？"

鹿遥没答理他，心说，你个毛孩子，话咋就那么多呢？祁连山一伸手，提溜起那扒手来："走吧！还等着上菜啊老吴？我又忍不住要批评你几句。你说，你犯到我们鹿队手上都有多少回了？咋就不长脑子不长记性呢？"

那老吴一脸的巴结状："小祁同志，这次我可真没犯啊！"

祁连山皱一皱眉头，瞪一瞪眼睛，"嘁"了一声："我说老吴啊，我得和你仔细理论理论。咱俩人，算哪门子同志啊？哦，你说你没犯？那我老大干吗要抓你呀？"

"我跑来着。"老吴分辩。

"跑什么呀你？北京奥运会上，有你的百米比赛？"

扒手说："我一见鹿、鹿大队长，心里就紧张，忍不住就哆嗦。"

鹿遥扭过头："你紧张什么啊？"

祁连山插嘴，假装深沉："就是嘛，有一位作家曾经这样说过，假如这个世界上好人怕警察，那这世界就太可怕了。如果你是好人，为什么怕警察呢？"

老吴冲着鹿遥点头哈腰："鹿队，您那两只眼睛，简直太厉害啦！叫人一看就吓得腿肚子直哆嗦。上一回，在派出所，您跟我说的那些话，我每一句都牢记在心里。回来以后，我认真地进行了学习，还作了深刻的反思。我就琢磨出这样一个大道理，手莫伸，伸手必被你鹿队抓。说实话，今天我可是真的什么都没干！我要骗你就是这个。"扒手叉开五根手指比画了一下。

老吴的手还没放下，脑袋却慢慢顺着鹿遥的视线转开去。广场另一头，有一个挎着篮子的老太太突然号啕大哭。鹿遥不理睬老吴，对祁连山说："小祁，你过去问问那老太太，她哭什么呀？要是没钱回家，你先给她一点儿，等会儿回来我再还给你。"

祁连山小跑着过去，没一会儿，又小跑着回来了，不动声色地打量那扒手老吴。老吴脸上的肌肉动了几下，脱口而出："不是我干的！"话刚说完，立刻后悔得伸手打了自己一个嘴巴。

祁连山脸绷着，一伸手，"拿来。"

"小祁警官，你、你叫我拿什么？"老吴怯怯地问。

祁连山再次说："拿来！赶紧的。"

老吴看看鹿遥，再看看祁连山，慢慢从口袋里掏出一块脏乎乎的手绢儿。鹿遥的两道目光锥子一样逼视着他。老吴不由得哆嗦一下，慢慢低下头去，一声不吭。

鹿遥说："小祁，你去把老太太接过来，一块儿请她到派出所做笔录。把这小子先带回所里。"他扭头朝着那个扒手，"老吴，行啊你，我发现你最近又长出息啦，连老太太卖鸡蛋的这点儿钱你也不放过？好，你等着，看我回去怎么收拾你！"

整个过程中，陶昕柔自始至终抱着胳膊微笑。

祁连山一扭头，问鹿遥："老大，这位美女姐姐是哪一个？怎么不给小弟介绍一下？"

鹿遥伸手拍他后脑勺一巴掌："去干你的活儿！"

祁连山一伸舌头："不该问的事情坚决不问！可是，问问又怎么啦？"

鹿遥说："她是你师姐陶昕柔，我的警校同学。我跟你说啊祁连山，就是现在，拳击，你未必能打过她。"

那扒手插了一句："我说呢，噼里啪啦就把我摁地上了，手上老有劲了。"

"闭嘴！没你的事儿！"祁连山先冲着扒手说一句，然后，扭头冲着陶昕柔笑问，"师姐，你真有这么厉害？"

陶昕柔忍不住呵呵笑起来："别听你队长的，我都老了。咦，祁连山，祁连山，你这名字很有意思啊。"

祁连山不动声色："我爹是个中学老师，教地理的。"

第四章

心理医生

鹿遥一边发动汽车，一边问陶昕柔："怎么样，从皇城根儿回到乡下的感觉如何啊？也别那么马不停蹄四处奔波了，都这把年纪了。"

陶昕柔眨巴一下眼睛："鹿遥你什么意思？刺激我是不是？话里有话？你以为我是老姑娘，嫁不出去了？"

鹿遥呵呵一笑："我们的陶昕柔依然是英雄本色啊。我的意思是说，这一次回到远山，就不走了吧？"

陶昕柔看着窗外，稍稍沉默一会儿，淡淡地说："要是这座城市不留我，我留下来也没什么意思。说不定，我还是要走的。我这人，在哪里都待不住。"

鹿遥不敢往深里问了。他突然从陶昕柔的话里听出了一丝惆怅。"咦？这话听起来又不像当年的辣妹子陶昕柔了。"

"废话。你还是当年那个鹿遥啊？"说着，陶昕柔居然掏出一支烟来点上。

鹿遥先一愣，然后笑着说："你这人也真是的，只顾自己抽啊。"

陶昕柔抿嘴一笑，抽出另一支来，自己先点上，然后，直接塞进鹿遥嘴里。鹿遥半天没说话，觉得这动作有点儿暧昧。还是陶昕柔轻声打破僵局："喂，老同学，我发现，你的情绪真的不对头。到底出什么事儿了？上一次回来，我就觉得你变化挺大的。就官场那点儿小破事儿，不是说早看透了吗？是不是最近家里出问题了？嫂夫人对你不好？"后两句问话，有点儿小心翼翼的。

鹿遥立即感觉身体的某个部位有些不舒服。每个人身上总有不愿让别人窥见和触及的地方。他随口回答：“无所谓好，也无所谓不好。”

两人又是稍稍沉默。陶昕柔看着前方，开了句玩笑：“不可能啊，都娶了检察长的女儿当老婆了，还有烦心事儿？你让我们这等普通人怎么活啊？”

鹿遥扭头看她一眼，说：“不幸的家庭各有各的不幸。”

陶昕柔忍不住又笑：“说实话，你跟李小曼真的闹别扭了？夫妻俩该不至于闹成这样吧？好像把人都整成个人格分裂了。”

鹿遥没笑，却说：“我俩已经分居了。”

这句话一出口，车里面的气氛立刻起了变化。鹿遥甚至有点儿后悔，这话好像不应该说。尤其对着陶昕柔说出来，像有一层别的暗示。毕竟，跟陶昕柔也已经好久不见了，自己分居不分居，或者离不离婚，与人家有什么关系呢？陶昕柔会怎么想呢？鹿遥突然发现，自己老是把一些简单的问题往复杂了想。不过，又问了自己一句，你为什么偏偏对陶昕柔的感受就这样在乎呢？

“早知现在，何必当初。”陶昕柔看着窗外，叹了口气，却又漫不经心嘟囔了一句。

鹿遥心里“咯噔”一下，遂在心里叹口气：“是啊，早知现在，何必当初？”可立即又反问自己，当初怎么了？陶昕柔你这话究竟什么意思？

可鹿遥没有问出口。

提着行李箱刚到二楼，鹿遥的手机响了。他放下箱子，拿出手机一瞧，又回头看一眼。身后的陶昕柔侧着身子，超过鹿遥先上楼去了。

李小曼的声音传过来：“鹿遥同志，你速度满快的啊。听说，去把人给接回来了？”

鹿遥身子一晃，差点儿靠在墙上。“你的消息也很灵通啊，李小曼同志，难道，你在我身边安排了线人？好像没这个必要吧？”

真是奇怪，两口子话一出口，立刻就充满了火药味儿。

李小曼似乎漫不经心：“彼此彼此啊！鹿遥，你打算什么时候跟我去办离婚手续？你别老是犹豫。你这人吧，就这点儿不好。你不能老是这么拖着，拖着，对人家也不好，是不是？”

鹿遥立即火冒三丈："李小曼你什么意思？你给我听清楚！离不离婚，是咱俩之间的事儿，跟别人没关系！至于我今天接的是谁，好像也不需要跟你汇报，更没必要跟你解释！"说完，他啪的一声就扣掉电话，嘟囔起来，"到底是谁嘴皮子这么碎？"

这就是生活在小城市的好处，不管走到哪里，都有可能碰到熟人。鹿遥突然感觉气氛有点儿异样，一抬头，却看见陶昕柔就站在楼梯口，抱着胳膊，似笑非笑地端详着他。不等鹿遥走近，陶昕柔一笑："我发现，你这个老兄的确是够累的。是不是我给你惹麻烦了？需要我跟嫂夫人解释一下吗？"

鹿遥闷声闷气地说："神经病！"

陶昕柔依然微笑，却问："是我神经病呢，还是你老婆啊？"

鹿遥顿时哭笑不得。

两人一前一后进了屋子。鹿遥觉得奇怪："这屋子是谁替你收拾的？这么干净啊。"

"这普天之下，除了我妈在关心我，还能有谁啊？老太太知道我要回来，提前两天就来打扫好了。"陶昕柔突然转移话题，"其实，我知道你跟李小曼互相之间都还是挺在乎的。别整得跟死对头一样。较什么劲儿啊？退一步讲，就是离，非得离成一对仇人啊？"

鹿遥一愣，这没头没脑的话让他一时语塞。陶昕柔像是摆脱什么似的，突然摆摆手："算我多嘴。我管这么多闲事干吗？我真是有点儿累了。总算是回到家啦！我得好好地睡上一觉。"

"听你这话，像是从非洲逃难回来的。晚上我给你接风吧？你觉得还应该喊上谁？"鹿遥问。

坐在沙发上的陶昕柔突然不置可否地笑着反问："你觉得呢？"

于是，鹿遥也笑，有一丝傻乎乎的样子，问："你干吗笑成这样子啊？"

"我笑成什么样子了？"

"反正，感觉很怪。"鹿遥说，"我可是好心好意为你接风洗尘。"

陶昕柔嘴一撅，居然撒起娇来："人家老姑娘了嘛！老姑娘都有点儿心理变态的。"

鹿遥连连摆手："别，我这牙受不了。到京城去一圈儿，就学会了这个呀？”

陶昕柔哈哈大笑：“一般人我是不跟他们这么酸的。”

“要不，就喊几个老同学？”鹿遥再次提议。

陶昕柔这次认真了：“人一多就乱。我现在也不知道怎么了，特别不喜欢闹腾。再说，我在远山，也没几个能说得上话来的知己。要不这样，我先睡一觉，你下午给我电话喊我起来吧。我得去看看房子。”

“还是改不了奔波命，休息几天再说嘛。”鹿遥突然反应过来，“看房子干吗？你要搬家？”

陶昕柔一脸认真地说：“我要开一家诊所。”

鹿遥一脸惊疑：“开玩笑的吧？读完研究生，就是为了开诊所？陶大姑娘，什么时候又去学医啦？”

“干吗开玩笑啊？你又不是不知道，我这人，没法坐办公室的。我受不了那约束。”陶昕柔拿起抹布，擦着桌上的花瓶，“你没有发现，现在越来越多的人有心理问题需要解决吗？”

“心理诊所？”鹿遥心道，你什么意思啊？

陶昕柔立刻意识到这刺激了鹿遥：“当然，包括你们这些警察。”

鹿遥反应迅速：“我们，这些，警察？”

陶昕柔哈哈一笑：“你看，还那么敏感。你没听人说，凡是警察都一张脸孔，都有职业病。其实，那不过是一种心理亚健康状态。压力太大了嘛，尤其是刑警队和派出所的那些民警。工作没白没黑，生活毫无规律，整天还绞尽脑汁地琢磨着怎么升官呀，如何发财呀，要是家里面再出点儿问题，得，那就齐活了。不出心理问题才怪呢。”

“你说谁呢？”鹿遥梗起脖子。

“你别把什么事情都往自己身上揽。实际上，在基层的民警队伍里，这差不多是共性心理特征。”

鹿遥承认陶昕柔的话有道理。

不久前，在高速路上发生两辆长途客车相撞事故，伤亡人数不少，现场惨不忍睹。几乎远山的所有民警都被紧急调往现场。在处理完事故返回后，好多民警都不愿马上回家，有几个心理脆弱的女民警干脆把自己关在办公室里发呆。分局领导倒是没忽视这个问题，专门请专家来为民警做过心理引导。这事儿发生在警察身上，听起来可笑，却是一种事实存在。警察也是人，不是钢铁战士。

鹿遥点点头："的确是个问题。理论上可以这么说，但现实中却让人觉得别扭。你说，一个警察，怎么会有心理疾病？或者说，一个有心理问题的人，怎么适合去做警察，去侦破案件？"

陶昕柔说："现在，你脸上已经带着职业病这三个字了。干吗皱紧了眉头跟我探讨这个问题？我又不是你抓到的犯罪嫌疑人。"

"我皱眉头了吗？"

"以后，说话之前，先照一照镜子。"

鹿遥轻轻摇摇头，要出门了，又回头问一句："我说陶昕柔啊，咱都研究生了，还要去开小门脸儿干小买卖啊？"

陶昕柔微笑："我给你纠正一下，那不是小门脸儿，是大事业。你也许不知道，现在的陶昕柔是个自由职业者，在好几家报纸时尚杂志开着心理健康专栏。我不缺钱花。可不管怎么说，我还要继续赚钱，要不，以后谁来给我养老？我觉得心理医生这职业在远山发展空间很大，远山还没有一家真正的心理诊所。你没发现这里心理病人多，医生少吗？"

"难道你碰到一个病人，就要诋毁一整座城市？"鹿遥嘟囔着往外走。

陶昕柔加快语速说了一句："关键是，这一个对我挺重要的。"

这句话让鹿遥感觉心跳骤然加快！

他正要关门，陶昕柔再次喊他："别忘了，等会儿要叫床。"

鹿遥憋了半天，终于站在楼道里哈哈大笑起来。

第五章

何必当初

打流队比较正式的称呼是刑警大队第七中队，或者再具体一点儿，叫打击流窜犯罪中队。因为火车站是主要活动区域之一，局里在车站派出所专门设了打流队办公室，实际是队所合用一幢办公楼。

从陶昕柔那里出来后，鹿遥没有回家，而是把车开进派出所院子。一下车，那种常年不断的吵嚷声就灌入耳朵。没办法，一个派出所，一个刑警中队，每天进进出出的人就像是赶大集似的。尤其派出所治安组民警，每天都面对数起治安案件，磨破嘴皮子进行调解。在这种工作环境里，哪能长期保持一个良好的心态，因此，咋咋呼呼，甚至大声争吵是再正常不过的。

鹿遥还没有从那股子郁闷中彻底解脱出来。

他的思路又开始四下里疯狂游走。

陶昕柔说什么“何必当初”？当初究竟是怎么回事儿？肯定不是就业方面出了差错。当刑警是自己多年以前就有的一个梦。虽说那年的高考是歪打正着考入了警校，不过总是朝自己的梦想靠近了一大步。毕业后分配到刑警队，也算是如愿以偿。这当然谈不上“何必当初”。

那么，陶昕柔是指婚姻了。

在婚姻上一开始的决定有误吗?

鹿遥在跟李小曼恋爱之初，还不知道她是副检察长李大鹏的千金。

说起来，那纯粹是一场误打误撞。有一天，刑警队的老徐到外地去抓捕一名犯罪嫌疑人，实在赶不回来。他爱人也恰巧有事外出了。于是，老徐长途电话向鹿遥求救，请他帮忙到学校接一下儿子。本来，老徐说，你只要接回家喂饱那个小东西即可，可偏偏凑巧老徐儿子当天有一节国画课。鹿遥一听，果断作出决定，要当一次临时家长，送小家伙去学画画。

不想，这一次的代理家长收获颇丰。李小曼正是老徐儿子的美术老师。

按说，一次见面儿，不可能发生太多实质性的内容，不可能碰撞出激情四射的火花。然而，故事的开始，却是一次轻微的交通事故。这很像肥皂剧里的某个情节。鹿遥那时刚学会开车，在学校大门口，家长学生熙熙攘攘，他刻意保持着小心。不料，还是把一个骑摩托车的女孩子给蹭倒了。

坐在一旁的老徐儿子很幽默："鹿叔叔，恭喜恭喜，你撞倒的这个人，是教我课的李老师呢。"

李小曼被吓坏了，撞得倒不怎么厉害，只是她的摩托车有点儿剐痕。那个时候的鹿遥，还是缺乏跟漂亮女孩儿打交道的经验。一下车，他就哑口无言，一副任人宰割的表情。老徐的儿子小小年纪，却充分遗传了他爹能言善辩的优良基因，主动给鹿遥和李小曼作了相互介绍，还说："我这个鹿叔叔刚刚学会开车，水平确实很不过关。比起我爹来，实在差得太远啦。李老师，你也别生气，修摩托车的事儿你交给我……"

李小曼嘟着嘴唇："交给你？交给你你怎么处理啊？人小鬼大。"

这样一来，气氛缓和了不少。

李小曼抱着胳膊，上上下下打量一番鹿遥，再看一眼躺在地上的摩托车。老徐儿子扯了扯鹿遥的衣角，他恍然顿悟——得赶紧给人家扶起车来呀。他扶起了摩托车，才小心翼翼地问："李老师，你没伤着吧？"

李小曼撇一撇嘴："我呢，算是没事儿。不过，我可不敢相信你是警察。一个警察就这种驾驶技术呀？还干刑警的呢！我就奇怪，这种水平，怎么开车去撵抢劫犯呢？"

鹿遥的脸腾地一下子红了！

这下子，轮到李小曼觉着惊奇了！

她可真没想到，一个干刑警的小伙子会脸红，会害羞成这样子。那些电视剧里的刑警们，可都是要么冷酷得要命，要么无厘头得要死。

一个细节，往往会激发起人的好奇心，而好奇心在男女之间会产生莫名其妙的吸引力。这个大男孩当时的羞涩一笑，居然一下子就触动了李小曼的好奇心。在美女画家李小曼的生活圈儿里，哪见过这等男孩子呀？她朋友圈子里不管男男女女，大多自恃艺术细胞灌注全身，个顶个的都自命不凡。另一个圈子，就是检察院宿舍大院的那帮纨绔子弟，要说脸红的事儿发生在那帮小子身上，简直就是对他们的侮辱！

靠一次脸红，鹿遥莫名其妙激起了李小曼的兴趣。

那时的鹿遥，内心极度自卑，觉得站在高雅的艺术家李小曼面前，自己浑身上下都散发着泥土味儿。李小曼呢，似乎也有意借着敲鹿遥竹杠，让他帮着去修摩托车的机会，准备一层一层去了解，为什么这小子面对一个女孩子的时候会脸红。

谜团解个差不多的时候，李小曼发现了一个问题：自己一头陷进去了。她发现，自己莫名其妙喜欢上了这个傻小子鹿遥。

后来，还是老徐一指头把这层纸捅破。老徐连连点着鹿遥的脑壳："鹿遥啊鹿遥，我看你这小子纯粹就是个傻瓜！"

鹿遥大惑不解："我怎么就成傻瓜了？"

"人家小李老师的意思，咱们整个刑警队的人都看得清清楚楚，你怎么就一点儿都不着急呢？"老徐这话有根有据。他以家长名义请李小曼吃过一次饭，鹿遥作陪。老徐两口子在一边冷眼观察，发现鹿遥对李小曼并不是那么热乎。

老徐压低了声音说："你跟我说实话，是不是暗地里较劲儿故意扮酷，等生米做成了熟饭再公开？"

鹿遥大窘："老徐，你千万别开玩笑！"又嘟囔一句，"我跟人家李老师不可能的，差距也太大了。人家是搞艺术的。"

老徐指指鹿遥的头，悄声说："这是木头做的脑袋吗？我跟你说，你别以为咱们干刑警的是什么好职业，天底下的好姑娘会让你扒拉着去挑去选，做梦去吧！"

鹿遥还在那里解释："我不是这意思。我是说我土了吧唧的，人家是画家。"

老徐说："画家怎么啦？搞艺术的就不结婚生孩子啦？我跟你讲啊鹿遥，这是千载难逢的好机会！你得抓住，不仅抓住，还一定得拿稳了！退一步讲，就冲着她那个爹，你也得知难而上。"

“这跟她爹又有什么关系？”鹿遥问。

老徐瞪大了眼睛：“装傻啊？你别说你不知道她爹是市检察院副检察长！那可是二把手，绩优股，你晓得不晓得？用不了几年就会扶正的。我跟你说，你祖坟上这阵子冒青烟了，你知道不知道？”

鹿遥哦了一声，心想这哪儿跟哪儿啊，自己哪有心思去打听李小曼的爹是干什么的。鹿遥眼神更加复杂，内心更加自卑。是啊，顺着家谱往上扒拉，鹿遥家八辈子也找不出一个走出黑土地的。

好在李小曼在这件事情上的态度不一样，完全不一样。看上去，她倒是按照老徐的思路在走。她想把鹿遥抓住，而且要抓稳。女追男问题就简单多了。等到李小曼的父母对此明确表示不满意的时候，已经有些迟了。倒不是老徐说的生米已经做成熟饭——给鹿遥十个胆子他也不敢，而是女孩子的心一旦坚定，就很难动摇。

陶昕柔说的“何必当初”，不过如此。

鹿遥发现这也没什么可反思的。鹿遥知道当初自己内心的想法绝对不是攀权附贵，绝对不像一位同事所说的那样：“鹿遥，你貌似忠厚，实则诡计多端啊，悄无声息地就把副检察长的千金搞到手了。”

后来，鹿遥干到区分局刑警大队长，不用去猜，大家都一致认定，这远非鹿遥个人之力，甚至，跟他自身完全没关系。不过是人家有福气，找到一位好岳父大人。

鹿遥怎会没有心理压力呢？干得好，干得坏，都难以挽回这种负面的吃软饭的形象。

更糟糕的是，鹿遥的岳父李大鹏没像老徐说的那样顺利扶正。鹿遥和李小曼结婚后没几年，李大鹏悄然被调离市检察院。那段时期，李大鹏神情严肃，整天不见笑容。一天晚上，他竟然哀叹一声，说出了四个字：“大势已去！”接着，没过几个月，经济上查出了问题，他被带走了。

这个消息突然而至，鹿遥张大嘴巴惊愕片刻后，居然还悄悄地舒了口气。

其实，早在这之前，鹿遥跟李小曼的婚姻就出现了一些问题。就跟鹿遥当初说的那样，自己跟李小曼之间，的确差距太大。卿卿我我的时候，一些细节性的东西是潜沉在水底的，可一旦面对柴米油盐，分歧就不可避免冒出来了。奇怪的是，等到李大鹏哐当一下出了事儿，被关进看守所，这些问题好像才开始膨胀，甚至变得无比严重起来。明明是芝麻粒儿那么大一点儿小事，竟也会变成了大西瓜。李小曼像个更年期的女人对着鹿遥大发牢骚，动不动就是“要不是我爹”。鹿遥听得烦躁，忍不住就要吵。李小曼会骂鹿遥是白眼狼，看到她爹倒下了，就落井下石。于是，脾气好的变得不再好，变成“犟驴脾气”，娇小可爱的不再娇小可爱，成了“泼妇”一个。

第六章

杀人犯的眼睛

看到鹿遥走进来，祁连山连忙站起身，说：“那老吴还在呢，老大你还要去问问吗？”

鹿遥反问了一句：“就这点儿小屁事儿，到现在还没搞定？”

祁连山悄声说：“这老小子太滑头。我训了他足足有一个多小时。老油条了，死猪不怕开水烫，死不交代。”

“哦？在广场上他不是都已经认了吗？”鹿遥眼睛一下子瞪大了。

祁连山嘿嘿一笑：“可现在，他又不认了。”

鹿遥的脸黑着，拔腿就往外走。可走到门口，却犹豫了片刻，又慢慢走回来：“算了吧，我今天不想跟这个鸟人生气，烦着呢。你们看着处理吧。人赃俱获，他还狡辩什么呢？”

鹿遥走进自己办公室，扑哧一下躺在沙发上，双手一抹脸，忍不住暗骂小偷老吴。要不是你这个王八蛋，我鹿遥今天哪能出这么大的丑？这件事儿传出去，传到远山那帮子扒手的耳朵里去，人都丢大了。更可气的是，这事儿就明明白白地发生在老同学陶昕柔的眼皮子底下！他又一次逼问自己，难道你真的有了心理疾病？是不是真需要去看看心理医生？怎么会在追捕目标的时候，思维会出现跑偏现象呢？

鹿遥甚至有点儿后怕了，万一跑着跑着跑到马路中间，一个不小心被车撞飞了呢？

忽悠一下子，出租车里的那张脸，竟再次出现在眼前。

那张徐徐闪过去的脸，究竟是在哪儿见过呢？以前打过交道的朋友？

某次在饭桌上一起喝过酒？但鹿遥马上就否定了。他当时在火车站广场获得的，肯定是一丝令人不安的信息。那感觉不一样。熟人，或者认识的人，陡然见面，传递过来的第一信息是不一样的。那信息绝对不会来自朋友圈子。不过，可以肯定一点，这人以前不但见过，而且留下了很深很深的印象。否则，绝不会对鹿遥造成如此的刺激。

不是朋友，那么，跟警察打交道的，就是犯罪嫌疑人了。

“想起来了！”鹿遥突然一拍大腿，咕噜一下子爬起来，打开电脑，噼里啪啦敲了一阵子键盘。

不一会儿，屏幕上果然出现了那张熟悉的面孔。

鹿遥猛地站起身来！

他盯着电脑屏幕，发了好半天呆，悄声嘟囔道：“太像这个家伙了！”

照片上这张脸是有明显特征的，在眼睛上。眼睛很小，可这双眼睛里却射出一股咄咄逼人之气。

一个老刑警曾说过：“看一个犯罪嫌疑人，首要一点是看什么？眼睛！作过案的人，其眼神与常人完全不一样。凶狠，狡猾，胆怯，心虚，好多非常人的元素都在里面。那是有杂质有污浊的眼神，跟正常人绝对不一样！讯问一个犯罪嫌疑人，更得注意他的眼睛。一名刑警最起码的素质，就是你的眼睛能够牢牢盯住嫌犯的眼睛，只要对方没有屈服，没有供认，哪怕一秒钟，你也不能挪开！谁的眼睛在嫌犯的目光下挪开，谁就不是一名合格的刑警！”

鹿遥在火车站或在公交线路上跟车上线，抓获数不清的扒手，其理论基础就在于此。扒手再狡猾，他的眼神和手上的细节动作也会出卖他自己。

鹿遥记住那张脸，很大程度上应该说是记住了那双眼睛。不知道为什么，鹿遥先前在网上浏览的时候，就发出过一声感慨，这分明就是一双杀人犯的眼睛！尽管那照片拍摄的时间肯定是在他杀人之前。

火车站广场上的那张脸之所以给鹿遥留下如此深的印象，就因为此前他已经对这样一双眼睛高度关注。鹿遥干的就是这个活儿。或者说，鹿遥的工作内容之一，就是在茫茫人海里，用自己的眼睛，去捕捉和碰撞犯罪嫌疑人的眼睛。

毫无疑问，鹿遥在这方面是非常敏感的。

至于这两张脸是否属于同一个人，鹿遥现在却无法作出完全肯定的判断。毕竟那只不过是匆匆的一瞥而已。而且，当时鹿遥的思维极度混乱。

但是，话说回来，假如就是那个人呢？

这将会是一条爆炸性信息！假如是那个人的话，那么在火车站广场上，鹿遥就是与一个身负两条人命的杀人犯擦肩而过！

这个网上通缉的在逃犯董超，其犯罪经历倒不算多么惊天动地，却会让人浮想联翩。他在原籍杀死两个女人。其中之一是他的老婆，另一个，却是看上去根本不相干的女人。那女人跟董超什么关系，公安内网上的资料没有详细介绍，不过是某年某月某日犯罪嫌疑人董超在原籍持刀将自己妻子杀死后，又将某某杀死，随后潜逃。

鹿遥的目光落在“将自己妻子杀死”这几个字上。

一个男人究竟出于什么原因要杀死自己的妻子呢？女人有了外遇？这是最为直接的推测。男人最忌讳的，恐怕就是老婆给自己戴一顶绿帽子。那么另一个女人呢？看年龄，倒是跟董超妻子差不多大。董超为什么要杀死她呢？他跟这个女人什么关系？如果死的是一男一女，这就好解释了：一怒之下，索性把给他戴绿帽子的男人女人一起做掉！可死的另一个却是女人，这多少有点儿蹊跷。

有一瞬间，鹿遥感觉有必要把董超在这座城市出现的消息立即报告给直接领导，也就是现任刑警大队长何涛。作为打流队的队长，他当然应该有这个最起码的意识。

可一旦面对这个问题，鹿遥又开始游移不定。

万一那人不是呢？只是一个面貌相似的男子呢？仅凭鹿遥你匆匆忙忙的一眼，能够确认那是一个杀人犯吗？

鹿遥出现这种犹豫，还有另外一层说不出口的原因。那就是他的工作变动。他现在是打流中队的中队长，已经不是刑警大队的大队长了，退下来了——其实那还不能叫退，该叫降职。

按说，在工作上没有出现重大的失误，这样不进反退的事儿，在公安局并不多见。鹿遥心里其实很清楚，他不过是一次小型官场争斗的牺牲品。

参加工作的第六个年头，祖上数代都是农民的鹿遥，就干上了分局的刑警大队长。按照当时的大环境，不能不说是一个让人稍稍感叹的任职纪录。如果鹿遥没有任何背景，毫无疑问就是凭空蹿出来的一匹黑马！可鹿遥的岳父是副检察长李大鹏啊！这还有什么好说的？虽说鹿遥自己感觉理所应当，毕竟他在刑警队拼命三郎式的工作大家不会不看在眼里。可话说回来，在刑警队，有本事的，工作出色的，跟你鹿遥年龄差不多甚至比你资历还老的，还有好多好多呢。这等好事儿怎么会轮到你的头上？好事者自然会去深入探讨，去挖掘根源。很快就有不同版本的传言。比较可信的是，李大鹏跟时任公安局长是老同学，还是光屁股长大的发小。就凭这种关系，解决一个刑警大队长的位子，一个区区副科级干部，还不简单得很？那一年，鹿遥才二十九岁，跟李小曼刚结婚两年。不到而立之年，事业上差不多就已经立起来了，连鹿遥自己都感觉这一步走得实在太顺。他尚且这么想，别人还用说吗？干得再努力，在一些人眼里这大队长的位子还是靠裙带关系得来的。

鹿遥有时候也会暗暗叫苦，他不想以这种方式来证明自己。但见到老丈人李大鹏，却不好多说。说什么呢？李大鹏或许认为，我女儿嫁给你个差不多一无所有的穷光蛋，不在政治上扶持你，给我脸上增点儿光彩，还能指望什么？鹿遥如果露出不满情绪，那就真是给脸不要脸了。

没想到，李大鹏倒了，倒得干脆利索，直接倒进了大牢。鹿遥当然也感到难受，毕竟，是一家子人嘛。同时，原公安局局长也进了人大，干副主任去了。人一走，茶就凉。这是老话。下一届局长上任，偏巧是一位与原局长有过龃龉的副局长。不久，竟悄无声息把鹿遥给晾了。鹿遥被调进局机关，级别没下降，干的却是一份虚职。那种清闲的日子，对于一听说刑事案子就跃跃欲试的鹿遥来说实在是一种煎熬。

短短的几年内，鹿遥也算历尽人生坎坷，竟然有了些许心灰意冷的念头。去打流反扒，是他自己主动要求的。按说，这等于自降门槛儿，鹿遥却觉得无所谓，人得有事情做，闲下来是要颓废的。鹿遥知道，在那份虚职上，极有可能就碌碌无为一辈子。鹿遥不甘心。局党委几位领导就鹿遥的申请做过专题研究，决定予以批准。其实，整个局里上上下下都明白，鹿遥在这个岗位上绝对是行家。果然，鹿遥到打流队之后，接连破获几起大案，抓获几名网上通缉的犯罪嫌疑人，干得甚是漂亮。

鹿遥来到打流队，工作充实了，人事上却要面临另一个问题，就是跟刑警大队长何涛之间的关系。

说起来，何涛是鹿遥的师兄，在警校里比鹿遥高两级。鹿遥干刑警大队长那会儿，何涛只是技术中队的一名中队长。何涛这人，对痕迹检验很有一套。尤其是足印，得自公安部一老专家真传。他能够根据提取到的足印一眼就判断出犯罪嫌疑人的年龄、身高以及某些不被人注意的身体特征。这样的人才，早些年是刑警队真正的宝，现在却已越来越少。一则，现在侦破案件对科技手段的依赖性越来越大，许多民警不去钻研那些传统侦破手段了。队上更新换代了DNA检验设备，差不多真正实现了科技强警，技术侦查手段越来越高明，案子一发，现场一看，马上跟上技术手段。再则，现在的犯罪现场提取痕迹的难度越来越大，作案人反侦查手段越来越高，很多犯罪现场几乎被破坏殆尽，很难见到可提取的指纹和足印。

何涛却正是在这种新旧理念更替的背景下脱颖而出的，他做到了传统与新技术的完美结合。凭借自己细腻的现场勘查手段，利用细微的痕迹物证，接连破获几个很漂亮的大要案，在全省都小有名气。

鹿遥被调走的同时，何涛走马上任。

如果说鹿遥的调离引人非议，那么何涛的升职绝对是顺理成章。从哪个角度去分析，人家都该提拔重用。何涛的同班同学中，有的在别的区县都干到副局长了。鹿遥干大队长的时候，非常不服气的人里头就有这个何涛。

这下子好，三十年河东，三十年河西。忽悠一下，俩人掉了个儿。

对鹿遥来说，无所谓，下来也就下来了。何涛却不太一样。本来他暗地里就一直对鹿遥有意见，现在，不免就有了一种得意和快感。假如鹿遥在局里混日子，那么或许两人就此互不干扰，现在却成了稍显尴尬的上下级关系。面对面交流时，何涛就多多少少流露出得势不饶人的意思。当年，你鹿遥凭借裙带关系扶摇直上，辉煌了些时日，结果如何？老丈人一倒，还不是扑哧一下掉下去？这种想法儿按说有些卑鄙，有些龌龊，可话说回来，比他晚毕业两年的鹿遥早早地干了刑警大队长，他这技术能手反被窝了这些年，放谁身上也会不平衡。

两个人的关系就有点儿拧。

再说直接一点儿吧，何涛对鹿遥这个人很不感兴趣。甚至，屡屡露出排斥打击的迹象。

所以，鹿遥对董超这件事情是否上报出现犹豫，是情有可原的。

他分析过结果。一种是，何大队长根本就不以为然，说不准还会拿这个讽刺挖苦鹿遥一番：鹿警官，你以为你是火眼金睛啊？就凭你打量出租车里的一个男人一眼，就能断定这人是个身负两条人命的在逃犯？另一种结局或许是，能够引起何涛的重视，他也认为董超这样的人潜入了这座城市，将会是极大的隐患！可是，你让我怎么办？发动我们远山市所有警力全城大搜捕？如果搜捕效果好，将董超抓获，当然大快人心。可要是抓不住呢？说不定，此时这个董超早就跑得无影无踪了。那样大的行动，人、财、物的消耗不说，势必会让这座城市里的老百姓感到恐慌。所以，鹿遥认为，这事儿暂时还是不说为妙。

然而，事实将会证明，这是鹿遥的一个失误。

第七章

亡命之徒的一夜情

新闻报道里面经常会使用一个词儿——“潜入”，来叙述杀人犯董超从火车站出口进入这座城市的那一刻。

董超的“潜入”是几个月前的事儿。这个浑身略显邋遢，眼睛虽小却阴毒的家伙，站在火车站广场，稍稍打量这座城市的街头一会儿，随即就消失在茫茫人海中，的确有那么点儿润物细无声的意味。

几个月内，杀人犯董超在远山这座城市里所拥有所收获的，除了一成不变的惶恐不安，或许就是那个叫马晓雅的女人了。也就是在火车站广场上，被环卫工人骂作“鸡”的那个女孩子。

董超不可能不心怀恐惧，这个道理很好懂。杀人了嘛，一个大活人是随随便便好杀的么？人毕竟不同于动物，宰杀一只鸡、一只羊，或一头猪都不足挂齿，杀人却大大不同。几乎所有杀人犯，恐怕都会经历董超这样的心路历程。刚杀过人那会儿，恐惧会嗖地一下钻进每一根血管，每一根神经！那种极度的惶恐，会让一个人的大脑出现短期的空白。这是一种与鹿遥相比截然不同的心理压力。性质不同，膨胀度也不同。非常巨大，随时可能爆炸，令人发疯抓狂。

董超一开始也是如此，稍稍平静后，还这么想过，倒不如昂首阔步去公安局自首。说不准，内心还要大喊一声为自己助威：“二十年后，老子又是一条好汉！”电影里头有人那么干过，看上去很爷们儿的样子。

可慢慢回过味儿来后，董超不敢那样做了。他也怕死！这世界上有几个人不怕死呢？董超亲眼目睹自己的老婆和另外一个女人临死前的样子，简直太恐怖了！当然，他也能够想象得出来，一颗子弹砰地钻进自己脑壳那一瞬的状态。当然，你肯定感觉不到疼，但响声过后，这个世界上所有美好的一切，都将与自己无缘了。在那个阶段，他才意识到，他对身边的一切是多么喜欢，多么留恋啊！那时候，不是杀一个够本，杀俩赚一个的阶段了。

不想死，不想接受法律制裁，只有一个字儿——逃！

往哪里逃？这是个首当其冲的问题。

董超起先想过钻进深山老林，或者偏僻的村落，隐姓埋名，做一个彻头彻尾的隐居者。然而，他此前偶然看到过的一则电视新闻，又把这个骤然而起的念头给打消了。新闻上说，有个在逃犯逃到密林深处，最后，还是被警察团团包围。该犯罪嫌疑人无奈之下只好破罐子破摔，豁出去反抗到底，结果，被"当场击毙"！董超记得非常清楚，那个挺漂亮的女播音员语气铿锵有力，带着一股子大快人心的味道。董超不想那样，荒无人烟的地方看上去易于躲藏，实际上弊大于利。一旦被警察包围，那就根本无路可逃！就成了瓮中之鳖！连绑架个人质寻求逃跑的机会都不可能，只能等死，要反抗的话，也会被"当场击毙"。与其这样，还不如躲进纷纷攘攘的都市里。城市里人多车多，一个人进去，就像一滴水融入了大海，安全系数相对来说较大。再者，做整容手术的医院，还是大城市比较保险。或许他能够在离得较远的一座城市里，静下心来，把自己的这张脸来一次装修，那样会更好一些。

董超这一路，可"潜入"过不少城市。当然，在每一座城市里，他都不敢逗留得太久。好在他杀过人之后，便把自己家里的所有积蓄都带在身上，路费、住宿费短时期内尚不用犯愁，甚至，还算得上稍稍阔绰。

然而，这毕竟不是休闲旅行，这可是仓皇逃命！

他董超现在可是一个真正的亡命之徒！

逃了几天，董超就意识到逃之艰涩，兴许还不如去自首。

首先一条，睡不好觉。在哪儿都睡不好。偌大一个中国，突然一下子没了他董超能够睡觉的地方！车上不行，小旅馆的床上不行，田间小道上、草丛树林里，照样是不行的。何止是睡觉的地方呢，连睡觉的时间也没有。白天不行，晚上照样还是不行。一开始那阵子，好不容易刚合上眼，面前却到处出现诡秘的影像，老婆那张模模糊糊的脸，伤口处咕嘟咕嘟冒着的鲜血，顶在额头的黑洞洞的枪口，恍恍惚惚，纷至沓来。有时候，刚迷糊几分钟，突然浑身一哆嗦惊醒过来！顿时，浑身大汗如雨！大宾馆他更不敢住！人家需要登记身份证的。杀人犯董超极力要做到的，就是掩藏自己的真实身份。董超相信，贴有自己照片的通缉令，在家乡的小区门口、广告牌上、电线杆上已经遍地开花。据说，公安部都下通缉令啦，几秒钟之内，全国各地公安机关的每一个分支网站上都会有他的光辉形象。

所以，住到哪里，又是个大问题。

他这一路可真住过不少“好”地方。荒弃的建筑工棚里，乡村的草垛里，牛棚里，羊圈里，城镇里的居民楼洞里。当然，在肮脏的路边小店，也住过好多个晚上。后来，他选择了去不算高档的洗浴中心，既可以洗去一路风尘，又能够在通宵的休息室里稍稍睡上一觉。那些地方本就是藏污纳垢之处，大多数是没人要求拿身份证来看的。但也不是长法子，得打一枪换个地方，而且，消费水平相对较高，自己带的那点儿钱，不知能应付到何时。他得学会过日子。

何况，洗浴中心本就是危险系数较高的场所。董超明白，所有的洗浴中心，不可避免或多或少都与色情挂钩，或擦个边儿。有色情存在的场所，向来是警方频频打击的重点区域。要是一个不小心被抓嫖的警察逮住，那就完了。

说起色情场所，对董超来说，还面临另一个比较重要的问题。洗浴中心、娱乐场所差不多都是靠女人来赚男人钱的。董超是个如狼似虎的男人，彻底不去想女人，是说不过去的。他精神高度紧张，高度压抑，非常需要释放。当然，不可能无原则无尺度释放。董超何尝不明白自己的处境？他时常警告自己，你最好把握分寸，一个不留神，会把自己释放进死牢里去！

有一次，他钻进路边一个公共厕所，本是神经紧张匆匆完事的。不料，在厕所隔断门板上，竟发现一个用圆珠笔画的女人，裸着身子，仰躺着的，很逼真。董超的绘画功底是得家传的，他立刻断定，画这幅画的人有一定的绘画根基，否则，不会有那么流畅细腻逼真的线条，不会有那么强的视觉冲击力。在逃跑过程中，董超进过不少这种街头厕所，自然少不了看到这一类风景。有人说过，这是中国特色的厕所文化。董超起初对此根本不屑一顾，实际上他也没心情去顾。他一边撒尿，一边还要竖着耳朵留心外面的动静。每次大便，都双手提紧裤腰带，半蹲着，做出一副随时要跑的样子。可这次不一样，他的心态居然稍稍平稳了一些。那幅画的确太具有挑逗性了。女人的关键部位，像是运用了工笔画法。董超盯着那个部位，感觉自己的身体深处某个部位的血液开始哗啦啦流淌。于是，他开始抚慰自己。酣畅淋漓的那一瞬，他甚至还一声大吼，把刚刚走进厕所的一个男子吓了一跳！

随着董超多次出入这样的场所，目光所及，又都是性感撩人的女人，他有点儿把持不住了。

潜入到远山市的当晚，他住进了市区一家叫“梦巴黎”的洗浴中心。依然是固定的程序，洗过澡，躺到休息室里。当中一台大屏幕电视机里正放着录像，不知名的三级片，是很久以前董超在午夜时钻进小录像厅内观赏过的那种。

看着看着，董超感觉不妙，预感到这一次要经不住诱惑。果然，只看到一半，董超就慢慢起了身。

门口的服务生悄声问：“先生，需要按摩吗？”

董超点了点头。于是，服务生引领他穿过一条狭窄、弯曲、幽长的过道，来到一处门口。当那扇门一下子被推开时，董超感觉自己的大脑嗡地一下子！那绝对是一个辉煌灿烂的新世界！他甚至稍稍眯了一下眼睛。房间里一排溜的女孩儿居然都站了起来，瞪大眼睛面带微笑盯着他看。她们的装束都一样，在董超看来，长相居然也都一样。董超感觉心脏怦怦直跳，感到一股前所未有的刺激。此前，他虽进过许多娱乐场所，但没料到，在某个房间里，还有如此五彩斑斓的景观！

董超犹豫片刻，冲着离他最近的那个伸出了食指。

于是，马晓雅走出来。

马晓雅直接走进了董超接下来的日子里。

后来有一天，马晓雅心里暗骂董超的时候，说：“这狗日的那晚上伸手一指，把老娘的整个后半辈子生活都指乱了。”

马晓雅走过来，挽起董超的胳膊。在她的牵引下，董超的身体继续在一条幽深的胡同里游来荡去。终于，进入一个房间。一推开门，董超却被吓了一跳，他以为屋子里还有个男人！仔细一瞧，却是迎面墙上的一面镜子。镜子宽宽阔阔，就立在床边。镜子里，正是他董超自己和一位姑娘。董超抬头端详了自己好一阵子。头发胡须都一派繁荣茂盛，根本不像是他本人。董超并不是不想剃去胡须，只是担心那样一来，自己作为目标就更加明显。所以，流亡途中他刻意留着长胡子，以至于自己都认不出自己了。再加上墨镜，那形象很像个诗人、画家，或诡秘的神经质的行为艺术家。

马晓雅随手锁紧房门，回身冲着董超一笑。

董超是个实实在在的新手。此前，他还真没有进过这种场所，根本不知道接下来要怎么做。老练的马晓雅继续面带微笑，搭话说："大哥，第一次来这种地方吧？"

显然，这是马晓雅面对顾客常说的一句话，很程序化。董超不好意思地点点头。

"像你这样的男人，这世上可真是很少见了。"马晓雅说着，已经脱下那件本就短得可怜的短裙，再一伸手，脱去短衫，完全赤身裸体了。又说："躺下吧，宝贝儿。"

董超先是惊讶地打量着马晓雅，似乎对马晓雅的坦然感觉不可思议，然后，很听话地躺下来。

可脑袋刚挨上枕头，却忽然听到外面有人走动！

他一骨碌就爬起身子，迅速躲到门后。

马晓雅坐在床边，看着董超这一系列举动，似乎理解，又似乎不解。"大哥，你怕什么？害怕警察吗？不用怕的。我告诉你，这里很安全。我们是在十楼，只要警察进一楼，马上会有人告诉我们。你完全来得及从另一个通道出去。"

董超看着马晓雅，犹豫片刻，这才返回去躺下。马晓雅帮着董超脱去短裤，顺势附上来，伸手抚摸他上身，一副公事公办的样子。可奇怪的是，董超始终进入不了状态。他的肌肉紧绷着，耳朵机警地竖着，随时关注门外的动静。马晓雅在努力，董超的身体却似乎下意识地在反抗。

董超对自己赤身裸体躺在一个阴暗的房间内一张暧昧的床上感到恐惧，感到荒唐，感到不可思议！毕竟，一个人的生命，比一次短暂的性快乐要重要得多。被马晓雅轻轻脱掉衣裤的那一瞬，董超彻底没有了安全感。他的胳膊肘撑了一下，双腿并得很紧。他心想，老天爷！这可是一个浑身光溜溜的杀人犯！假如这个时候警察突然冲进门来，那可真是一点儿反抗能力也没有。更何况，这是嫖娼啊！警察打击嫖娼的手段绝不会那么单调的吧？不会简单到身穿警服全副武装从一楼坐电梯奔上十楼。万一，周围早就布下埋伏，你小子岂不是自投罗网？董超看着马晓雅，脑子里却突然冒出个念头：如果有警察冲进来，那对不起了丫头，我的这双手会首先卡到你的脖子上！

又一想，他妈的，一个光溜溜的男人，双手卡着一个光溜溜的女人的脖子，怎么能逃出这个房间？怎么能逃到大街上？

这样一来，董超意识到自己根本不行。在这种环境和心态下，怎么能做得了这个？马晓雅也感觉到了异样。她明白了，这不但是一个新手，而且还是一个心事重重的新手。马晓雅问："大哥，你不会是真怕警察吧？"

在董超听来，这话有另一层意思："我为什么要怕警察？"

马晓雅一听，更起了怀疑，这人是外地口音！

"梦巴黎"小姐马晓雅当然跟形形色色的男人打过交道。她已经断定面前这男子身上谜团重重。可毕竟马晓雅的顾虑没那么深远，不可能想到她正与一个身负两条女人性命的男人赤裸相对。第一次来这种地方的男人，她倒也见识过不少，心慌意乱是正常的，除非醉得一塌糊涂。

马晓雅不想去深入探究原因，那不是她该关心的事儿。她需要做的，只是让一个男人开心，不管采取什么方式。可这个外地男人的举止实在太奇怪了。看上去，他根本就没喝酒。一个没喝酒的男人，不应该这个样子的。或许，他是真的害怕？难道，这天底下的男子还真有因为害怕而做不了这个的？反正马晓雅是第一次遇到。她并不担心时间在慢慢流淌。时间淌得越快越多，她本次收入就越丰厚一些。

马晓雅经过一番努力，没能让董超兴奋起来。董超反倒稍稍觉得不好意思："算了吧。你放心，我不会少你钱的。"

这话让马晓雅更觉得奇怪，她盯了董超半天，慢慢说道："大哥，你其实是太紧张了。难道，我不漂亮吗？"

董超这才就着昏暗的灯光仔细端详马晓雅。事实上，马晓雅的确不是那种漂亮女人，但身材是不错的。可惜这根本不关乎马晓雅是否漂亮。

“要不，我给你叫另一个来。我可以告诉前台，不会多收你钱。”马晓雅小心翼翼地问。

董超摇摇头：“我不需要别人，谁来都一样的。要不，你躺下来，让我抱抱你就可以了。”

马晓雅一愣，随后乖乖地躺下来，温顺得像只小猫，心里却有点儿高兴，不必花费力气还有钱赚，有何不可？董超伸出一只胳膊，紧紧地把马晓雅搂在怀里，一句话也不多说。久经风尘的马晓雅起初还抱有应酬的或者防范的心态，可慢慢地，感觉到气氛有点儿不同。那是很细微的一种体验。到这里的男人，很少有这样子的，很少有把女人当人看待的，都把女人当工具，拼命折腾。这男人却没有那样，从他越抱越紧，并微微颤抖的胳膊上可以感觉出来。

董超长长地舒了口气，没头没脑就来了一句：“真好啊！好像是回家了。”

马晓雅内心深处猛然一震！

“回家”这两个字，准确无疑地灌进马晓雅的耳朵里，一下子就触动了她的心事儿。马晓雅何尝不想回家？可是，家能回吗？回得去吗？家这个字眼儿，从杀人犯董超嘴里吐出来，又传进三陪小姐马晓雅的思维深处，居然就沾上了一丝患难相惜的感情色彩。马晓雅对“家”这个字眼儿当然也是有情感反应的。她打破惯例，开始跟董超进行实质性聊天。

“你很久没回家了？”

“是啊！”董超叹口气。

“离这儿很远吗？听你口音，可不像是本地的。”

董超机警地反问：“你猜猜看。”

“我猜啊？”马晓雅翘翘红嘴唇，“我猜是很远很远。”

“是啊，太远啦！远到根本就没有家。”

这话倒也算真诚。至少，马晓雅觉得这个男人的话是真诚的。她听过太多空话、假话，多少有一些辨别能力。两个人都不再说话，仍然紧紧抱着。过了一会儿，马晓雅还想再问些什么，却不料耳边传来董超轻轻的呼噜声。

这更加出乎意料！

马晓雅此前没遇见过，一个嫖客在这种环境下，居然由高度紧张到酣然入睡，这真是太奇怪了。

关键是董超太疲惫了。在那个时刻，身子下面的这张软绵绵的床，比身边的这个女人更具有诱惑力，更具备快速催眠作用。搂着马晓雅说了几句话，董超居然慢慢放松下来。紧绷的弦一放松，瞌睡马上就跟上来。有多少个日夜董超都没睡个踏实觉了啊！今天，抱着一个风尘女子马晓雅，他居然真就睡着了！居然慢慢鼾声雷动！

马晓雅起初一动不动地蜷缩在董超的怀里，尽管根本睡不着。干这种活久了，她都成了那种昼伏夜出的动物，白天睡得一塌糊涂，晚上精神抖擞。不但睡不着，思绪还开始四下游走，往深里想了好一阵子，眼泪却不争气地流出来。可是到后来，马晓雅也睡着了，睡得同样踏实。

已经是后半夜，董超一个激灵醒过来！当他弄明白身处何地后，立刻就暗骂自己，你这个王八蛋，怎么能睡得像一头猪呢？真是想找死啊？他歪过脑袋，端详一下身边的女人，想抽出胳膊来，结果，把马晓雅给弄醒了。醒来后的马晓雅好像不是起初的那个马晓雅了，竟然稍稍有了点儿羞涩似的。这让董超恍然有了一丝异样的感觉。可那只不过是一瞬间的事儿，董超当然早就反应过来了。身边这个光溜溜的女人，不过是一个烟花女子而已。董超有点儿神情慌乱：“我得走了！”

马晓雅轻轻说：“你现在想要还可以的。就是现在出去，也算是包夜了，你也得花一晚上的钱。你看，天都快亮了。”

董超哪里还敢停留？他决定马上离开，必须走！一刻也不耽搁！马上离开“梦巴黎”！马上离开远山！这个女人和我守了一夜，肯定把我的相貌记得清清楚楚！或许，她住的楼道口就贴着一张通缉令，上面就有我的头像！董超这么想着，迅速进入了逃跑状态。他穿好衣服，打开房门的时候，马晓雅却突然说：“大哥，你等一下。”马晓雅还没穿妥衣服，就跳下床来，顺手撕下一张纸，拿起一支圆珠笔，写下自己的手机号码，递给董超：“这是我电话。你可以在白天跟我联系。”

董超一愣！

他看了马晓雅一眼，迟疑着伸手接过那个号码。心里却想，去他妈的，谁跟你联系？我马上就离开这座城市，跟你联系干吗？等着警察来抓我？

他把那张纸塞进口袋，根本没拿它当回事儿。

马晓雅根本没意识到，就是她的这个举动，把自己接下来的一段日子，甚至以后整个的生活，整个的人生幸福，都交给了这个董超。

她的命运竟紧密地跟一个杀人犯联系到一起。

6 第七章

第八章

警察和小偷

敲门进来的祁连山把鹿遥的思路给打断了。鹿遥躺在沙发上。本来他想小睡片刻的，翻来覆去却怎么也睡不着。他抬起脑袋，眼圈红红的，问祁连山："有事儿吗？"

祁连山犹豫片刻："要不你睡会儿吧，没事儿，没事儿。"

不等祁连山转身往外走，鹿遥已经坐起身："说吧，怎么了？"

"那个老家伙太滑头了。你说怎么办？"祁连山稍稍犹豫一下，"他说老太太的钱不是他偷的，是另一个同伙干的。一看到你在广场上，他那个同伙吓得一下子把钱塞到他口袋里，跑了。结果，他反倒成了冤大头。他还说，这一次，本来是准备买火车票回老家的。"

鹿遥的火气腾一下子升起来："别说啦，连个小偷儿都搞不定，还科班出身呢！你说，你们干什么能行？"

祁连山不服气："老大，对这种小偷儿，你拿他有什么办法？咱没抓到现行。再者，即便是他承认了又能怎样？你知道老太太那手绢里多少钱？我一张一张地仔细数过了，总共二十一块五毛钱！"

鹿遥眉毛一挑，开始较劲儿："这根本就不是钱的事儿！在大街上抢劫的，一分钱也抢不到，该判死刑的还得死刑！我觉得，偷一个老太太二十一块五毛钱，比偷一个大款十万都可恨！"

"可恨，是可恨！可你总不能把他枪毙啊？关他几天，出来以后，照样还是偷。这帮子鸟人，蹲拘留所都他妈蹲出经验来了。"

鹿遥盯着墙角闷了好半天，噌地一下站起来："我去看看。"

他转身走出办公室，到了楼拐角处，又扭头指一指随后跟来的祁连山："你别去，告诉他们，谁也别来！都待在自己办公室里，该干什么干什么，没你们什么事儿。"

"这不好吧？"祁连山稍稍一愣。

"有什么不好！"鹿遥一瞪眼，"我是队长，还是你是队长啊？"

祁连山伸伸舌头，不说话了。

鹿遥直接下楼，走向地下一层。这幢楼是老式结构，打眼一看，就知道有些年头了。讯问室设在地下。地上的办公室太少，民警都不够用。再说，火车站派出所辖区，治安案件多如牛毛，派出所处警队员有时候兵分三路都忙不过来。不过，把讯问室放在地下也有个好处，民警讯问嫌疑人，免不了咋咋呼呼，吵吵嚷嚷，动静会很大。在大马路边儿上，外面老百姓听到，影响毕竟不好。

鹿遥走进地下室的时候，立刻听到几个房间传来民警喊叫的声音。换在平日，鹿遥会在心底暗笑一番，推门进去帮他们一把。鹿遥的讯问手段还是比较高的。

可今天他没心情。

小伙子祁连山回到办公室，仔细一琢磨，慢慢品过味儿来！老大的神情举止都不对头啊！那两只眼睛红红的，就跟兔子一样，几天几夜没睡好觉似的。他有点儿不放心了。于是，走出办公室，把手插在裤兜里，慢悠悠地下了楼。他想去看看鹿遥怎么拿下那小偷老吴。再说，鹿遥一个人去讯问，的确是违反规定的。假如他一气之下动手打了人，事态就更严重了。祁连山觉得，有必要在鹿遥身边给他提着醒。为一个小扒手犯错误，根本不值。

鹿遥当然很生气。他被祁连山转述的老吴的那番话惹得火冒三丈，心里暗骂：你个狗日的，也太嚣张了吧？人家一个老太太，兴许攒了好几个月才攒那么一点儿鸡蛋，容易吗？就那点儿钱，你也好意思下手！你把人家钱偷走，让一个老太太怎么回家？既然你伸了手，把不该偷的钱也偷了，那好，你就别装孬种。洗手不干，买车票回老家？糊弄洋鬼子呀？不说别人，就我鹿遥已经逮住你多少回了？老子也没见过你洗屁股洗脸再也不干了！以为小偷小摸判罚不严重，蹲拘留所蹲上瘾了是不是？

一路走着，鹿遥的情绪像个气球一样鼓胀起来。到一间讯问室门口，鹿遥抬起脚，“哐”的一声就把门踢开了！

换在平日，鹿遥不可能这么狂躁。可今天发生的事儿太多了。在这种沮丧的情绪下，老吴无疑给了他一个释放火气的出口。

扒手老吴怎么会想到，这一回撞到“狼眼儿鹿”的手上，撞得很不是时候。鹿遥现在脑子乱糟糟的，烦躁无比，哪怕随便一丁点儿火星，就能让他呼啦啦燃烧起来！打流队的几个民警都多少知道一点儿，最近鹿队心情不好，情绪时不时有点儿失控。所以，好一段时间内，几乎没人敢去惹他的火。活该这扒手老吴倒霉，撞枪口上了！

老吴被踢门声吓了一跳！

仔细一瞧，又是一跳！

作为一个经验丰富的老扒手，一个落到鹿遥手上数次的老扒手，老吴心里很清楚，跟鹿遥过招儿，你得格外小心。他真的害怕鹿遥，是骨子深处的那种怕。

鹿遥踢门进去，一看到老吴畏畏缩缩的眼神儿，心底的怒火顿时像两响炮一样直蹿出来！

老吴跟鹿遥对视了两三秒后，眼睛里却突然出现了一个惯偷所特有的那种镇定。的确是一个死猪不怕开水烫的信号。老吴知道，现在的警察不敢打人。谁要打人，马上就卷铺盖走人。他心理上有了最后一重安慰。再说，老吴太清楚警察办理此类案件的程序了，即便是偷窃的事实认定，顶多进拘留所待几天。对他老吴来说，蹲拘留所算什么啊？他这大半生，好像就蹲在里面了。抓了关，关了放，都成正常过日子了。

可他不会想到，这一次，与以往稍稍有点儿不同。

鹿遥二话没说，两三步就走到了扒手老吴面前。再一伸手，把老吴整个身子提起来：“你兜里的钱是怎么回事儿？你再给我复述一遍。”

老吴蒙了！

他嘴角立刻哆嗦起来。好半天，他都没反应过来。等到清醒一些，却是这样一句话：“鹿、鹿队，咱们、咱们有话好好说不行吗？”

“狗日的，谁跟你好好说啊？你跟他们好好说了吗？”

实际上，现在的鹿遥只想找个地方发狠。不是在冲老吴发狠。具体目标是谁，连他自己也搞不明白。他就是一个心烦，狂躁，说不出来的心烦，道不明白的狂躁。老吴呢，不过是一个冤大头，一个恰巧递给鹿遥的出气筒。所以，不管这时候老吴如何表现，鹿遥都难以忍受。他根本就听不进任何话去，完全在自己的意识里行走。

吼完那句话，鹿遥突然把半提着的老吴猛力推出去！老吴踉跄几步，“扑哧”一下就滚到墙角去了！他啊呀一声：“救命啊！警察打人啦！”

鹿遥不理睬他，却开始破口大骂。

不但面前这个老吴从来没见过鹿遥这样子发火，这样子骂人，就连站在门口的祁连山等几个人，听着听着都一个劲儿地直皱眉头。平日里，鹿遥不这样骂人的，面对再狡猾的犯罪嫌疑人他也不会这么做。鹿遥骂出口的那些话，简直太别扭了！一听就是个生茬子。他的那些骂人话，从条理上分析，稍微有点儿混乱，像是在胡乱联系。不过，有个好处，像是信手拈来，仔细一琢磨，还非常智慧。他骂老吴是“母猪发情，跟狗交配的产物”，所以，“你个狗日的，你连猪狗都不如”。

“你就是个畜牲！有本事，你去偷奥巴马！奥巴马你知道是谁吗？现任美国总统！有本事，你去偷比尔·盖茨！比尔·盖茨你知道是谁吗？就是跟你说了你也不明白。再窝囊一点儿，你滚回你老家，偷你们鸡巴村长去。你这算什么本事？对一个老太太下手，你也好意思？狗日的，我听说你们不是还讲究什么职业道德吗？你连最起码的职业道德都没了。我抓过的小偷数都数不过来，像你这么卑鄙无耻的，我头一次见。连我都替你觉得丢人！你也就只配做个小偷儿，你一辈子也做不了江洋大盗。你撒泡尿照照你自己，尖嘴猴腮的像个啥？像猪，像驴，像骡子，像狗！你就是个四足动物！”

老吴再也忍不住了。他在关键时刻忍不住了：“鹿队，你不能、不能侮辱我的人格。你、你也不能打人。”

这话说得太不是时候。

鹿遥说：“就你这种人，还配跟我讲人格！”

他顺手抄起桌子上的墨水瓶，咣一下，就扔向了墙角的老吴。老吴充分展示了他的灵活身手，居然躲过去了。墨水瓶没砸到他，却落到墙上，啪的一声四分五裂。顿时，老吴的身上、脸上，溅得一塌糊涂！偏偏老吴又惊恐地下意识地一抹脸。这样一来，简直太精彩了！老吴一下子成了大花脸。站在门口的几个警察，包括祁连山，起初还担心鹿遥把事搞大了，不好收拾残局。此时，都觉得有点儿可笑。

老吴对着外面几名警察杀猪般尖叫："救命啊！快来人啊！"

鹿遥扔完墨水瓶，突然一下子扑上去，一伸手，又将老吴提起来："你喊，大声喊！使出你吃奶的劲儿来喊！我告诉你，这里是地下室。"

老吴的声音戛然而止！

老吴慢慢瘫软下去："我不喊，我知道，到你们警察手里，喊是没用处的。"

祁连山等人站在外面，都不知道该不该进去。他们此前都没见鹿遥这么狂躁过。鹿遥在屋子里迅速转了一圈，又扭回头来，指着扒手老吴问："我现在问你，你兜里那个手绢儿是怎么回事儿？"

老吴哆嗦着说："是、是我偷的。"

"偷谁的？"鹿遥紧跟一句。

"那老太太的。"

"哪个老太太？"

"那个卖鸡蛋的。"

"哪个卖鸡蛋的？"

"坐在广场上哭的那个。"

"她为什么哭？"

"那肯定是……钱没了呗。"

"再说一遍，谁偷的？"

"我偷的。"

鹿遥伸手朝老吴脸上就是一巴掌，啪一声脆响！鹿遥说："你刚才说什么来着？你不是说没你什么事儿吗？你不是说没偷吗？你现在倒承认了？可是，老吴我告诉你，晚啦！你以为警察是好糊弄的？我告诉你，要是我这时候有枪，我一枪就毙了你！顶多老子我不干警察了，我去坐牢！笑话，一个小偷，你也敢糊弄警察！你也配！警察是你手里的一块泥巴，想怎么捏就怎么捏啊？你以为我不敢打你，是不是？"

"你敢，你敢！我怕你，鹿队，我真的怕你。所有警察里头，我最怕的，最服的，就是你。”老吴脸上满是墨水，显得人鬼不分。祁连山等人在外面隔着玻璃瞧见，是真笑出声来了。可鹿遥一点儿笑的意思也没有。他一伸手，再次把老吴提起来：“你怕我！你怕我？怕老子还跑得那么带劲儿？你以为我跑不过你？”

老吴哆嗦着说：“我就是因为怕你……才跑的，我就知道，我跑不过你。”

“去死吧你！”鹿遥顺手又将他往后一推，“要不是你这狗日的，我鹿遥会出那么大丑？”

祁连山终于推门而入！他有点儿紧张，万一鹿遥把人真的打坏了，可不是小事情。

老吴一脸墨水，倒在墙角那儿，一动不动。祁连山心里“咯噔”一声，扭头看一眼鹿遥。鹿遥也愣了一愣，眨巴一下眼睛，好像不清楚自己刚才干了什么。难道，自己顺手那一推，撞到这小偷的脑袋了？

祁连山蹲下身子，问：“老吴，咋了？”

老吴本来是想假装晕过去的，一见有人，索性伪装一下。他有气无力地说：“我……不行啦！”

鹿遥转身就走出门口，却看到门外还站着几个派出所民警。这几个里面，就有人是纯粹看热闹的了，不像祁连山那样，任何时候都在替鹿遥考虑。鹿遥吼了一嗓子：“看什么看？没见过审犯人啊？”

几个人迅速都散去了。

鹿遥又回头喊祁连山：“找一家医院，去给他看看，回来让派出所的民警配合你给他整份材料。”走几步，又回了身，掏出几张钞票递给祁连山。

祁连山愣了愣：“我有。”

鹿遥说：“拿着！”

祁连山默默地接了，再去端一盆水来让老吴洗脸。老吴有气无力地说：“我……真不行了。”

祁连山一声吼：“赶紧洗洗脸！要不，就让你待在这里。”

老吴哆嗦着伸出手来，把脸洗干净。祁连山一直注视着他的举动，发现他手脚还算利索，稍稍放了心。老吴的脸上褪去一层颜料，露出尖嘴猴腮的本来面目。

随后，祁连山开车带着他去了附近一家医院。一到门诊室，老吴的本事却突然大了，开始哭天喊地："你们大家伙儿都来评评理啊！他们警察随便抓人！抓住人，就往死里打！你们看，我什么都没干，他们都把我给打残废啦！"

祁连山一时倒有点儿手忙脚乱，但祁连山脑子还算快，他伸出食指点着老吴："我警告你啊老吴，你说话得有点儿根据。诽谤警察我同样可以抓你一次！你小子干了什么事儿，你自己不清楚啊？一个卖鸡蛋的老太太的钱都好意思去偷，还长本事了呢，你还敢在这里大喊大叫？老鼠过街，人人喊打！指的就是你这种人。你要是走在大街上，谁都会往你脸上扔鸡蛋！你信不信？你使劲喊，使劲叫。来，我也帮着你喊。大家都来看，这个人叫老吴，是一个长年在火车站广场上掏人家钱包的小偷。大家都来记住这张脸，以后遇到这个人，你可得小心了。"

现如今哪个人没多多少少被偷过啊？丢过钱包的，丢过自行车的，大家都把小偷恨得咬牙切齿。老吴从众人的目光中，立马体验到了那种老鼠过街的感觉，他不喊了。

一个医生给他检查了一遍，微笑着说："没事儿！我没看到哪里有外伤啊！"

老吴说："医生你可得好好给我看看。我觉得这里疼，这里也疼。"

医生说："你放心，我不会因为你是个小偷就不好好给你看的。你的确没有伤。我看，都没必要拍片子。"

这次，轮到祁连山慢慢抱起胳膊来了。

老吴还想喊疼，到了半截，就停住了。说到底，老吴是老油子，知道怎么要赖皮，知道表演到什么时候恰到好处。再者，鹿遥是老警察，尽管心里很气愤，但还是有底线的，手上也不是没轻没重。老吴倒是真没受多大的伤，顶多身体碰到墙上，稍稍有些疼。

祁连山看看这人真的没事儿，就把他带回了派出所，另去喊一个民警来，两人一起做了讯问笔录。老吴这一次彻底老实了，不折腾了。两个小时后，两人开车把老吴送进了拘留所。

处置完毕后，祁连山一边开车往回走，一边忍不住对身边那同事发泄满腹牢骚："你说，咱们这还算是干刑警的吗？这日子真他妈没劲儿，整天跟这些臭鱼烂虾生鸟气。”

那同车民警也叹口气，说：“谁说不是呢？不过，你也别那么垂头丧气。干刑警的，也不是整天大案要案。无非就是排查、蹲守、摸底。像我们这种城市，真刀真枪地干，场面轰轰烈烈，就跟演大片儿似的，你一辈子都不见得遇到一个。再说，我们这儿还算好的呢，派出所那帮家伙日子更没法过。不信你去试试，一天让你处理七八起治安案件，你脑袋都会大一圈儿。”

祁连山说：“所以嘛，我就怀疑，现如今那帮导演编剧的，一个个的都是胡编乱造，真应该让他们到基层来看看。哪有那样的警察啊？咱们是刑警，场面也总算经历过，有那么悬乎的吗？”

“你别这么说，老百姓愿意看啊。外行看热闹，内行看门道。这样吧，祁连山你干脆改行去当作家吧。”

祁连山哧地一笑：“这可说不准。等哪天我干够了警察，我真去写一本书。”

扒手老吴虽说没伤着筋断了骨，毕竟，鹿遥打了他，把他推倒在地，身上说不出哪里还真有点儿疼。鹿遥整得他很不爽，吓得都快尿裤子了。老吴心里窝火得很，到这座城市来，挨警察的打还是第一次呢！他觉得委屈。

老吴有丰富的跟警察打交道的经验。他分明已经感觉到，现在的警察好对付。你只要脸皮厚一点儿，耍耍赖皮，就可以安然无恙。警察们好像都有点儿怕，有点儿谨慎，至少不会动手打人。直到有一天他听说了，警察有纪律，相当严。有个什么五条禁令，中午都不敢喝酒。老吴听说这消息后，曾乐得哈哈大笑。心说，看来当警察貌似风光，实际上也有难处。瞧瞧，你们警察有什么了不起的？还不如我老吴活得潇洒，活得自在。老子想喝酒，什么时候都能喝。你们敢吗？关键一条，警察不敢打人，这对小偷们来说是个福音。简直太妙了！他们觉得好日子来了。蹲拘留所有什么啊？少不了皮，也缺不了毛发。就是吃得差一点儿。可风刮不着，雨淋不着。干活干累了，正好休息一下。可是，如果挨打的话，那就不值了。

没想到，鹿遥跟别人不一样，他居然就敢打人！挨了这种打，实在是太窝火。在街上，小混子们之间打架，老吴也曾经历过，当然也挨过不少打。至于行窃失手被人家追打也时有发生。但那种挨打是合情合理的，你跟哪个都不好讲道理。街上的痞子伸手就可以打人，根本不需要任何理由。他们打你，你敢反抗吗？另一种，当你把手伸进人家口袋里时，本身就冒着挨打的风险。偷谁的东西人家也不高兴，打你是轻的。可鹿遥不行。鹿遥是警察。警察是不允许打人的，有规定的。偷了这么一点儿钱，不但引来鹿遥一顿教训，还被关进拘留所，太不划算了。

在拘留所关了一阵子，老吴又被放出来。当晚，道上的老大集合了一帮同道请他喝酒，为他压惊洗尘。其中一个问老吴："这么说，你在里面还真是挨打了？那'狼眼儿鹿'真对你动了手？"

老吴说："动手是真的。可是没多大伤。"

几个人面面相觑。

其中一个结巴问："不是说、警察、都不、不打人了吗？"

老吴说："这个鹿遥，他不是一般的警察。你们又不是不知道。"说着，他把目光落在一边闷不做声的男子身上。正是鹿遥那天在火车站广场看见的看报纸的扒手。"你的情报信息有误啊！你不是说那天广场上没条子吗？"

"我的确没想到'狼眼儿鹿'会突然出现。那天早上，我一直在派出所门口盯着，他根本就没去上班。我以为那天他休假，会比较安全。要不，我怎么也去广场开工呢？"

老大已经沉默了老半天。他摆摆手，不紧不慢地说："不怪他，谁也有马失前蹄的时候嘛。不过，我觉得这是个好事儿。咱们能不能借这机会，整他一下子？"

一帮子扒手全都一愣。

老吴问："整谁啊？"

老大说："整那个鹿遥啊，他不是打人了吗？"

老吴连连摆手："算了吧，小偷要整警察，我还是第一次听说。这不符合逻辑。"

老大呸了一声："瞧你这点儿出息！我告诉你，自古到今，咱们这一行就一脉相传。我们的死对头就是警察。你不给他们点儿颜色瞧瞧，他们会赏给我们一口饭吃？这样吧，我倒是认识一个记者，请他在报纸上报他一家伙，管保叫那‘狼眼儿鹿’吃不了兜着走。”

老吴到底知道自己是什么货色，先方寸大乱：“大哥，这事儿我不敢做!”

那老大眼睛里顿时露出一丝凶光。

老吴一瞧，先缩了缩身子。

老大说：“你怕什么？他是警察，只要曝了光就会受处分。咱们是游击队，说要走抬起屁股就走人。天下如此之大，哪里没我们饭吃？关键是，这个‘狼眼儿鹿’他太操蛋了，不给咱们兄弟生路啊。我看就这么定了，这不是你个人的事儿，这关乎我们集体的命运。如果把姓鹿的赶走，我们的日子就好过了。”

经不住大家一再撺掇，老吴也决定配合了。

于是，贼们开始策划这件轰轰烈烈的事儿。

第九章

十年怕井绳

陶昕柔感觉自己就像一个长途跋涉的人，终于回到了家。

这还是从没有过的全新感觉。陶昕柔这些年好像总是在奔跑，一刻也不停地进行着另一种意义上的奔跑，好像总有一股子力量在后面推着她。具体终点站到哪儿，自己也不清楚。问题是，一旦停下来，她就会失落，会沮丧，就会不舒服。

当然，她曾经一度有过找不到家的感觉。特别是在北京的那一段日子，终于弄明白了“北漂”是怎么个意思。北京给陶昕柔的感觉，节奏太快，有点儿太霸道，让人紧张、忙碌、恍惚。在地铁里，陶昕柔抓着扶手，注视着车内和站台上密密麻麻的人群，经常会觉得茫然。她有时也想，你这么四处漂着，究竟是想得到什么？你要追求的东西到底是什么呢？

回来之前，母亲的一个电话让她差一点儿流泪。“昕柔啊，回来吧。女人成不了家，就永远是一张四处飘着的树叶。”母亲的话，一下子触及她内心深处。是呀，陶昕柔是该成个家了。这么多年来，一个又一个男人如过眼云烟。可是，在静静的夜里，陶昕柔也需要一个男人来安慰，来抚摸，来平静虚空的灵魂。

是的，是虚空。

陶昕柔有自己的追求。她似乎有强迫症。她给自己的大脑里灌注了太多太多的东西。她试图以这些东西让自己更加充实。可同时，陶昕柔又发现，一个人的视野极其有限，尤其是在北京，简直是由精英人才组成的大森林。在远山傲气十足的陶昕柔，一到北京之后，却突然开始心慌。她走得越远，就越觉得许多东西根本没有止境；越走越觉得自己渺小，越走越恐惧，就有了这种虚空的感觉，看不到自己的成就，感觉不到自己的目的地。对陶昕柔来说，这是另一种焦虑和惶恐。

她给鹿遥解析心理，自己却清醒地意识到，你陶昕柔也是如此。你的心理压抑并不亚于鹿遥。只是形成的原因不同、过程不同、表现形式也不同而已。

陶昕柔越来越意识到，或许，远山才是她的根基所在。当年毅然决然离开，或许本身就是个错误。早知如此，何必当初，这话同样适合你陶昕柔。与北京相比，远山没有喧嚣，没有铿锵有力的节奏。远山是平静的，不温不火的。或许该回回头了，你应该回归一个正常女人的正常生活了。

正常生活，陶昕柔想起这四个字儿，却感到悲哀。女人的正常生活，就是恋爱、结婚、生孩子、做个家庭主妇。

中国传统女人的生活，不就是这样子吗？

另一个焦虑，就来自于婚姻，来自于男人。在北京，有时寂寞难耐了，就去泡吧。自己一个人，静静地喝着酒。陶昕柔其实很清楚自己的软肋在何处。她是太挑剔，太孤傲，太追求完美。其实，难道你自己的脑子里有多么丰富的内容吗？你在哪一个领域取得了了不起的成就吗？你根本没有。这一点你心里很有数。可你为什么又瞧不起曾交往过的那些男人呢？多少个男人在你的面前走过？你的目光是犀利的，带穿透性的，一下子就把一个男人瞧了个清澈见底。这样，麻烦就大啦！有时候，女人需要的不是精明，而是糊涂。雾里看花，水中望月。一个男人，是你从哪个角度去看，去剖析。你的弱点是，你观察男人的时候切入的角度太多。你把一个男人像切西瓜一样，连瓤儿籽儿都瞧了个明明白白，的确是把他看透了，但其实你自己也就失望了。

你认为天下男人不过如此。

难怪有人说，爱情是可遇不可求的。是不是你该放低一下标准，跟一个普通的女子一样，找一个看似门当户对的男人，结婚，生孩子，吵架，和好，柴米油盐，锅碗瓢盆，做个正常女人？

可问题是，陶昕柔一想到要这样过一辈子，就更加恐惧，更加不甘心。

就这样，走着，走着，把自己走成了一个不折不扣的剩女。

有时候，她会把这一切归咎于多年前的那一次爱情经历。

那是一次不完整的，甚至说，有点儿畸形的恋爱经历。

在她警校毕业后第二年，去参加一个酒场，偶然认识了一位作家。朋友给他们俩互相介绍，彼此打量一下对方。陶昕柔轻轻伸出手，跟作家一握，纯粹礼节性的握手。但两只手握在一起的一刹那，陶昕柔心里却立刻有了某种感觉。陶昕柔心里蹦出两个字，手感。是的。很有手感。当然，陶昕柔的目光犀利，一眼就看出，作家的眼睛里有一种异乎常人的东西。具体是什么，她当时说不清楚。那是典型的第一印象，却相当深刻。在整个喝酒过程中，作家先生少言寡语，却分明有一种咄咄逼人的孤傲之气。

对陶昕柔来说，两种不同温度不同气质的孤傲，居然一拍即合。

陶昕柔不喜欢那种夸夸其谈的男人。这真是奇怪，那种男人给她不靠谱的感觉。那个作家就有些不同。一个作家，如果话太多，尤其是卖弄自己思想自己作品的时间太多，那这人肯定不会是大作家。陶昕柔觉得，一个真正的作家如果连他自己都不了解，那肯定也无法操纵自己笔下的人物。一个作家可以允许笔下天马行空，恣肆飘逸，但嘴上的功夫却不必一定多么好。陶昕柔是博览群书的，对这个问题，她有自己坚持的观点。

对作家的初次印象好极了。

后来有一天，陶昕柔突然接到个电话，是作家打来的。不知什么缘故，那一瞬间，陶昕柔感觉浑身的血液一下子涌向大脑，让她神志不清。她当时絮絮叨叨说了很多话，但后来自己分析，都是很没有条理的，净是些废话，傻话，没话找话。这种没话找话，显然是为了掩饰自己的激动。作家的话依然很少。最后，他说："我请你吃顿饭吧。"

陶昕柔犹豫了一下，答应下来。

这样的两个人在一起吃饭，场面很有意思。都是话少的，或者说，都是斗心眼儿的，满怀心事的。表面静默，实际上刀光剑影。两道目光，像是两柄利剑，你推我挡。场面上带有一丝温馨，也有一丝尴尬。陶昕柔不知说什么好，大部分时间低头吃东西。作家总是思索状，好像他肩负许多解秘人类生死存亡的重任。有时候，陶昕柔冷眼去打量作家那个大大的脑壳，不禁想笑，那似乎与身体不成比例，有些夸张，额头鼓着，像是里面装满写作素材。不知为何，陶昕柔对此一点儿也不反感，反而觉得赏心悦目。

吃过饭后，两人很寻常地分手。但这一次吃饭意义重大。陶昕柔感觉心里有扇门，被一双温暖的大手轻轻推开。陶昕柔竭力想压抑那些想法，可是，压不住。她知道，她喜欢上作家那种成熟和沉稳的味道了。当然，她更知道，这可能极其危险，作家的年龄比她大许多，自然是结过婚的。这不是危险是什么？继而，又觉得自己好笑。一次简简单单的吃饭，能说明什么呢？难道这世界上还真有一见钟情式的爱情？

说不定，这一次，是作家创作累了，找个消遣的机会。

可实际上，这本身已经是一个信号。此前，还没有一个男人让陶昕柔这么牵肠挂肚过。在她眼里，突然感觉这才是个男人，而别的相同年龄的，只是稚嫩的男孩子。她终于知道自己孤傲的原因，是那些追求者太不成熟，太缺乏男性的魅力。一个男人，怎么可以清澈见底，如同一洼小水塘呢？男人就应该沉稳、博大，像海洋一般。

从那以后，她跟作家成了熟人。作家出席的交际场合不很多，可总是时不时喊她一起去。时间久了，有人也感觉出这两人关系非同一般，多是作家圈子里的人，作家、诗人、画家、文物收藏者，等等。偶尔有些人的话里露出许多别有意味的内容来。

有一次，陶昕柔从洗手间回来，突然听到里面有个人对作家说："老严，你是武林高手啊！不但把一个妙龄少女悄无声息弄上了手，而且，还是个女警官，真不简单！"

正要推门的陶昕柔一下子就呆住了！站在那里进也不是，退也不是。内心深处，却有一丝温暖拂过。别人的话是糙了点儿，可这有什么关系？她急于想听到的是作家怎么回答。

只听严作家大声说："你小子别胡说八道啊，小陶是我的朋友，不是我的情人。人家还是个小孩子。你要胡说，别怪我不客气啊，我的脾气你是知道的。"

陶昕柔抿嘴一笑。

那人却紧追不舍，说："老严，你就别拿那个架子了。谁还看不出来啊？你跟那小丫头眉来眼去的，那不是一般的感觉。咱们这帮人，哪个人的眼睛不是探照灯？再说，这有什么？你看看咱这帮人，哪个没有几个情人？也不是什么大事儿。就说你老严，以前那些花花草草的事情还少吗？”

屋子里突然哗啦一声响，顿时一片寂静。陶昕柔不知道屋里发生了什么事儿，可也不能老是站在门外。她推门进去，却见屋子里的人一个个面面相觑，场面十分尴尬。有一位诗人的脸上、胸前竟是湿漉漉的，额头上还沾着几片茶叶，那样子很滑稽。看来，严作家出其不意，把一杯茶全泼到人家脸上了。

只见严作家抓起衣服，扭头就往外走。

陶昕柔快速抓起自己的包，跟屋子里的人谁也没有打招呼，紧跟着走出来。

两个人闷不做声走到路边，一起钻进一辆出租车。

司机问：“去哪里？”

严作家说：“往前走吧。”

于是，毫无目的地走。陶昕柔看着窗外不说话。严作家也就明白，她对刚才室内的冲突已经知晓。严作家看着陶昕柔，陶昕柔同样看着他。严作家突然伸出一只手，把陶昕柔慢慢拉在怀里。陶昕柔没有拒绝的意思。好半天，她才微微一笑，抬起头说：“你好像对他们撒谎了，是不是？”

严作家不答陶昕柔的话，却说出了一个地名。陶昕柔没听清楚。

下车之后，才发现那是一家旅馆。

陶昕柔心里有个声音说：不！你得赶紧离开！绝对不能进去！陶昕柔，你必须得马上走！可她的腿并不带她走，而是带她随着严作家进了一个房间。严作家的所有举动透着一股霸气，很偏执，强盗似的。似乎接下来的事情，根本不需要跟陶昕柔商量。而陶昕柔居然莫名其妙地赞赏着这种霸气。

进了房间，严作家突然而至的拥抱，突然而至的吻，同样让陶昕柔幸福得要窒息。陶昕柔起初被动着，慢慢却变得主动起来。这一切非常奇妙。她从来想不到，还有如此美妙的事情。她第一次有这种经历，感觉整个世界都奏起了交响乐。严作家抱她上床的时候，她没有拒绝。相反，她对自己说：“管它呢，即便是一口井，我陶昕柔也打算跳！”

陶昕柔有这个脾气。与生俱来。

那是一次让陶昕柔后来甚至说终生都回味无穷的历程。

作家的干练与成熟，自然是远远超过陶昕柔的。他几乎吻遍陶昕柔每一寸肌肤。陶昕柔沉迷其中，昏昏沉沉，好像找不到自己在哪儿了。于是，干脆任自己在虚幻的空间里翱翔。严作家起初怜香惜玉，接下来，却开始了毫不怜惜的进攻。陶昕柔感觉自己的身体裂开了一道口子。那是一种陌生的、惊喜的疼痛。

她大叫了一声，把作家吓坏了。作家停住了动作，看着她。陶昕柔起初皱着眉头，慢慢地，松弛下来，双手伸出，缠绕住作家的脖子。她开始迎合，开始疯狂。陶昕柔后来想起那个夜晚的许多细节，对自己很是惊讶。她发现自己根本不了解自己的身体。尽管，她有时是那么自信地指挥着自己的大脑，可是，那个时刻不一样，失控了。自己做什么，根本不知道。但她的确有过许多疯狂的举动，

比如，把作家的后背抓得一塌糊涂。

两人后来躺在床上很久，都一动未动。再后来，轮到严作家呆在那里！他在床单上看到一簇艳丽的花朵！他盯着那朵花，张着嘴巴，却什么话都没说。

不过，事先陶昕柔意识到的危险很快就逼近了。陶昕柔意识到，那真就是一口井。陶昕柔跳进去了，干脆利索地跳进去了。起初的那段缠绵过去之后，这段故事，已经不可避免沿着一条特殊的轨道前行。于是，陶昕柔开始了一段旷日持久的单向折磨。事实是，这段折磨影响了她的一生。

她在等一个结果，每时每刻都在等。尽管她已经知道那个结果。那注定是个沉重的打击。两人交往中的一言一行，已经昭然若揭。如果按照美好的方向发展，作家应该离婚，跟她结婚。这实际上是一个被许多人做熟做烂的命题。现代人结婚啊，离婚啊，也不过就是一个简单的仪式。

但这个作家却不同，作家想得很多。作家跟警察鹿遥一样，有一个孩子。是儿子，很调皮捣蛋，很讨人喜欢。这世界上，哪个孩子不讨人喜欢呢？老婆是别人的好，孩子是自己的亲。这是普遍规律。作家陷入了一场非常矛盾的斗争里。事情挑明之后，作家老婆倒是没闹。没闹，并不一定就说明这事情好解决。作家反而感觉自己理亏，开始替老婆孩子盘算。老婆现在离婚，还可能找到合适的男人吗？那个男人会怎么对待自己的孩子？这焦虑也不是没根据，老婆唯一坚持的，就是宁可放弃所有，但决不放弃

孩子。而作家也正是这么想的。这样，两人处于胶着状态。作家开始反思。每一个作家都是习惯于反思的。

在这个世界上，爱情一旦跟实际利益较量，受伤的似乎总是爱情。这好像是颠扑不破的真理！

陶昕柔心里的煎熬，自然一点儿也不比作家少。好在，陶昕柔在单位也是独树一帜，不太跟人交往。作家圈子跟警察圈子的交合点也不是太多。因此，这段地下的隐情，一直没有在更大范围公开。或者说，只是在极小极小的范围内曝了光，但大多数人依然不知道细节。细节是什么？细节当然就是上床。上床的事情怎会有别人知道？即便你看到一男一女从宾馆走出来，你就能判断出两人刚去开了一个房间，刚刚躺在一张床上？流言传得再广也只是流言，不真实的。除非当事人自己把不住门，四下去宣传。

作家嘴巴严实得像一个特工，以陶昕柔的性格，自然也不会说。

所以，这实际上是一股暗流。直到有一天，作家以为自己的理性战胜了激情。他退了。他这一退，就苦了陶昕柔！不管怎么说，陶昕柔这次付出的代价太大太大！普天之下，除了陶昕柔自己，恐怕没有一个人会清楚，陶昕柔身体里的那道伤疤究竟有多么深。

那个夜晚，两人静静地坐在酒馆里，吃最后的晚餐。陶昕柔再次吃得一塌糊涂。这一次吃，有点儿糟蹋自己身体的意思。直到吃得再也不能吃。陶昕柔直起身来，面带微笑："你看，严老师，我终于吃饱了！"她把头扭向一边，很轻松的样子。整个过程中，她一直不去看作家的眼睛。后来，她站起来，说："好了，我走了。你解放了。"说完，头也不回就离开了。

可一出门，她忍不住了。她压抑着，不让作家看到她哭泣的背影。于是，泪水就静悄悄地渗出来，沿着脸往下淌，一直淌到脖子里。直到钻进出租车，她才伸手擦了一把。她把手伸进嘴里，发觉眼泪是咸的。她对自己说："看吧，丫头片子，结局和你预料的一样。这个男人依然是懦弱的。你太不值。你的付出太低贱。你以为作家是多么有深度多么高尚吗？最后他还是一个人，一个俗人，一个不敢为了爱情去探险的人。或者，他根本就是一个花花心肠的人，跟你这次经历，不过是一次猎艳而已。"

这次经历，让陶昕柔不止十年仍然怕井绳，而是直接不相信男人了。

尤其可怕的是，每次遇到一个男人，她不由自主就会想起这段经历。

终于有一天，她不得不承认，在那个过程中，自己是毫无保留地去爱了。尽管对那个男人，自己打开内心所有空间去接纳，有些傻，有些不值。但是，自己毕竟是全身心投入了。

也许除了那位严作家，谁都不可能知道，陶昕柔拼命去考取律师资格证，以及后来离开公安队伍，就是为了疗治那段伤痕。

每个人的疗伤方式其实都是不一样的。

第十章

警察的困惑

电话打进来的时候，陶昕柔已再次进入梦乡。她正在做一个非常奇怪的梦。居然梦到了鹿遥！鹿遥那傻小子憨憨地笑着，在一间大房子里走过来走过去，说着一些不着边儿的话。就在那个时候，鹿遥的电话恰巧就打进来，陶昕柔一下子被惊醒了。屋子里很暗，天已经很晚了。她摸过手机，一边还兀自怀疑着，为什么鹿遥会出现在她的梦中？他的电话怎么会恰巧就打过来？

陶昕柔脸上浮起婴儿般的笑，懒懒地摁下接听键。

鹿遥半天无语。

陶昕柔慢慢坐起来，说："鹿遥，不是让你早叫我吗？"

鹿遥还是沉默。

"发生什么事了？"陶昕柔感觉不对，轻声询问。

鹿遥终于开了口："我准备接受你的心理治疗，我越来越控制不住自己了。"

陶昕柔一愣，咬咬嘴唇，半天才说："这可真不像是你鹿遥说的话。"

半个小时后，鹿遥已经躺在陶昕柔家客厅里的一张竹椅上，闭着眼睛，一副听陶昕柔聊天的架势。陶昕柔不知道鹿遥出去的半天里，究竟又发生过什么事情，但显然，有些事儿是发生了。陶昕柔猜测，是李小曼又跟鹿遥吵架了？鹿遥起初一声不吭，脸色却非常难看。陶昕柔柔声说："来我这里，还用这么紧张吗？好吧，我们现在明确一下身份，从今天起，我可是你的心理医生了。你是我在远山的第一个病人。你得定期来啊。"

说出这句话，陶昕柔自己先怦然心动，心想，这话是不是有点儿重了，或者，有一些别的意味呢？

鹿遥点上一支烟，苦笑一声："老陶，你这么说，我怎么感觉有点儿可怕呢？说实话，你认为我真的有心理疾病吗？"

"每个人都有。"陶昕柔看着鹿遥的眼睛，"包括我。我也有。"

"这可就奇怪了。一个有心理疾病的人也能做心理医生吗？这实在太不靠谱了。再说，一个警察怎么可能有精神方面的问题？"

"你错了老大，这是两码事儿。心理疾病不是精神疾病。实际上，生活中几乎每个人或多或少，或者在某一个阶段，都会有这种心理疾病。比如说吧，一个人胸怀大志，满身技艺，却半生碌碌无为，他必然就会焦虑，就会压抑。一个女人，长得非常好看，奇怪的是，她感觉自己根本没有对男人的那种吸引力，从精神分析学来看，这是一种病态人格。用我们都可以理解和接受的说法，这就叫做抑郁症。我说过，这是一种心理亚健康状态。这种病态人格的起因就是焦虑、不安，根源就是对事与物的判断缺乏信心。我对心理医生的理解是，她会根据不同人的症状，选择不同的方式，来舒缓对象的焦虑。那只是一种方法或者手段，目的实际上是疏通和引导。说实话，上一次咱们在远山见面，我就看出你的情绪很不稳定，你自己不肯承认罢了。"

鹿遥叹口气："也许吧，可是我这阵子的确有点儿失常。今天下午，我把那个小偷教训了一顿。"

陶昕柔继续微笑："你脸色不好看，就因为这个？"心里却想，原来是我判断错了。

鹿遥说："也不完全因为这个，就是感觉烦躁。"

"你教训小偷，采用了最原始的方式？"

鹿遥点点头："也不完全是吧。我只是……推倒了他。"

陶昕柔稍稍沉默："只是推倒了他？你的意思是，你很谨慎地采取了适度的暴力惩罚手段？他伤得很厉害吗？"

"祁连山打电话来说没多大事儿。"鹿遥叹口气。

陶昕柔转身端来一杯水给鹿遥："你能告诉我，你当警察这么多年来，有多少次动手打嫌疑人吗？"

鹿遥明知故问："你是指犯罪嫌疑人无力反抗的时候？"

陶昕柔说："别拐弯抹角。你知道我指的是什么时候。抓捕嫌犯对方反抗时，采取必要的手段当然不在此列。"

"那就是讯问室里？对不对？"鹿遥闭上眼睛想了一会儿，"说实话，很多年以前，也就是咱们刚参加工作那会儿，讯问时遇到撬不开的，的确动过手。当时也有那样的大环境，这一点你应该知道。可现在情况不一样。这么多年来，我还是第一次动手。"

"一个警察，打毫无防范能力的人，意味着什么呢？"陶昕柔紧追不舍。

鹿遥皱一皱眉头："你又说到打人这个字眼儿，听起来多严重似的。"

陶昕柔反问："难道不是吗？不管轻重，你的确动手了。"

"这我难道不明白？可是，你不知道那小子有多气人！老陶，你是没在公安一线待过，你理解不了。不信，你去预审大队体验一下试试？明明证据确凿，犯罪嫌疑人就是死不承认，你说怎么办？"

陶昕柔抱起了胳膊："这要看预审人员的素质了。时代是变化的，法律越来越健全。一个预审人员的素质得随着提高啊。"

鹿遥冷笑一声："什么叫素质？那些只是书本上冠冕堂皇的理论。素质是相对的，面对什么素质的人，采取什么素质的手段。你不知道现在有些案子，实在撬不开嫌疑人的嘴，只能作罢。"

"你的意思是说，那种人只有靠刑讯逼供才能打开突破口？"

"我的意思不完全是这样，刑讯逼供当然不可以，但有些犯罪嫌疑人就是吃准了警察不敢动手这一条。"

"如果证据充足，完全可以依法定罪。"

"嫌疑人不说，跟嫌疑人交代，这里头的差别你知道吗？牵扯到很多取证难题。指认现场、寻找作案工具，他不说，你去哪里找？杀人案如果凶器找不到，你敢把材料移交检察院吗？即便是按程序走下来，明明是该判实的案件，证据不完备，有的就取保候审了。"

陶昕柔摆摆手："为什么要让证据不完备呢？"

鹿遥说："因为犯罪嫌疑人不交代啊。"

"我发现，咱们俩说的不是一个问题。"

"当然不是。说实话，现如今，基层民警的心态跟以前大不一样了。谁都不愿去引火烧身。我承认，老百姓法制观念是增强了，这一点儿都不假，这是好事儿。可你不要认为，中国老百姓的素质就得到了普遍提高。你如果在乡村的派出所工作几年就会明白，现在的老百姓啊，很难缠，动不动就拿上访威胁你。在这种大环境下，民警处置一起案件，往往会非常小心谨慎。如果是系列案件，只要稍稍放松，就有可能忽略掉很多细节，挖掘不出更多东西。这样，犯罪嫌疑人就得不到应有的惩罚。甚至，有一些还会逍遥法外。”

陶昕柔似乎想钻牛角尖：“那你认为打人是对的，或者说，打人是讯问的必要手段之一？”

“你强调的是打人这个动作，而我说的是隐在的效果。打人当然不对。我干刑警大队长的时候就严格要求，绝对不能动手。”

“可你内心里仍然不否认打人是有效的。”

鹿遥无语。

“你看，人都有许多面。你要求自己不打人，也这样要求你手下的民警。可这个出发点，或许仅仅是要保证队伍内部不出问题。再往细里说，只是要保护你们自己不要一时冲动，丢了饭碗，断送了前程。可你们内心深处都有那么一种倾向，或者，有一种心理欲望。这才是本质所在。”鹿遥又要插话，陶昕柔一摆手，继续说，“你听我把话说完。就像你今天打了那个小偷。是的，他很可恨，这一点儿都不假。我也恨他。所有守法的老百姓估计都会恨他。对你们警察动手打这样一个小偷，在心理上或许都有某种程度的认同感。但问题是，他可恨，警察就可以在他无防卫能力的情况下打他吗？他首先是有人权的，法院没判定嫌疑人有罪之前，他永远只是嫌疑人。如果我是他的辩护律师，我可以代他上诉，去告你们警察。”

“算了，咱俩辩论这个有什么用处？像是吵架。大道理我都懂，你不用给我上课。”

“我发现你不懂，或者说，你懂大道理，但在我们远山这种地方，现实比理论要严峻得多。我不是给你上课，是在解决你的心理问题。实际上，咱们刚才探讨的这个话题，是影响警察心理健康的一个重要因素。按我们的专业术语来说，叫做——警察暴力次文化。”

“什么文化？”鹿遥皱起眉头，“这个词儿太专业，我真不懂。”

“这是警察这个特殊职业的特性之一。一方面，老百姓支持你们使用暴力维护法律，维护良好的社会秩序。甚至说，一些成功的恰到好处的暴力行为还能为你们的脸上增光添彩。比如说吧，你们采取强制手段抓捕犯罪嫌疑人，就像那些胡编乱造的电影电视里的镜头一样，砰的一声，警察举着枪破门而入，一声大喊：不许动！我是警察！然后，噼里啪啦把犯罪嫌疑人摁在地上。或者，最好是有反抗的，然后，格斗啊，枪战啊，把犯罪嫌疑人彻底制伏。多威风啊！多刺激啊！在警察队伍内部甚至还非常欣赏这样的民警，敢于冲锋陷阵嘛。可是，从另一个角度来说，警察必须避免使用不恰当的暴力，以和平的方式化解矛盾和问题，尤其是现在这个时代。因为警察不是法官，不能直接决定一个人的罪行，在执法的尺度上就得留有余地。实际上，出现在老百姓中的信任危机，已经影响到警察队伍的整体形象。曾几何时，老百姓一想到派出所就吓得腿肚子哆嗦。为什么？因为警察厉害！老百姓吓唬小孩儿，都说，你要不听话，叫警察来抓你！这本身是个矛盾。当这个矛盾真正摆在我们面前的时候，容易使人特别是使民警们困惑。如果不能合理引导，就会导致警察心理上的紧张和压力。实际上，我觉得你今天的所作所为，你的心理变化，就是因为这个矛盾引起的。”

鹿遥点点头：“多多少少有点儿意思了。”

“多多少少？我费这么多唾沫，就这么一点儿效果？”陶昕柔很不满意。

鹿遥说：“那你这么说，我就得承认，你说得很对。现在，很多基层派出所的民警就面临这个问题。陶老师，你继续。”

“良好的开端是成功的一半。”陶昕柔稍微有了点儿成就感，“看来，我学的东西终于有点儿用武之地了。”

鹿遥呵呵一笑：“我明白了，你就是想拿我当实验品。能驳倒我，或者说，能把我的抑郁症治好，就是你的成功。”

陶昕柔一板脸：“鹿遥，说话要负责任的。我对你的心理治疗还没真正开始呢。”

“那好，咱们现在正式开始。”鹿遥说，“你还需要催眠吗？我看国外电影里，很多心理医生都是这样做的。”

“老陶不需要那种手段。再说，我可不敢保证能把你催眠。现在，我面临一个问题，我饿了。”

第十一章

丫头片子成精

第十一章

杀人在逃犯董超在远山“梦巴黎”娱乐中心遇到的那个马晓雅，老家也在偏远的农村。而且，跟鹿遥家所在的那个村子相距不过四五里路。马晓雅从小到大，当然经常会听到乡亲们谈起干警察的鹿遥，甚至远远看见过鹿遥。这也就是马晓雅告诉董超她认识鹿遥的缘故。当然，鹿遥比她大很多，又长年在外，他是不认识马晓雅的。乡规民俗，十里八乡谈婚论嫁是常有的事。如果仔细论一下，鹿遥说不定还是马晓雅的什么曲里拐弯的亲戚。但不管她跟鹿遥有什么关系，都不会让在远山的她跟鹿遥走得更近。因为，她工作的地点是“梦巴黎”，她是一个三陪小姐。她跟鹿遥不是一类人。所以，马晓雅自始至终就没想到，在远山发生什么事情时去找鹿遥解决。这也是她不告诉董超自己怎么会认识鹿遥的原因。

马晓雅这一次刚从老家回来。每次回家，情形差不多都一样，都是沮丧地回到远山，同时身上添上新一轮的压力。不过，马晓雅一回到城里，就会逼迫自己把所有的不愉快都忘掉。她告诫自己，得学会麻木，得学会忘掉一切。说得直接一点，得学会做所有事情都直奔一个目的：挣钱！

钱真的是天底下最好的东西。没有钱，什么都做不成。这次回家，马晓雅是给她母亲看病的。母亲的眼睛出问题已经有好多年了，几乎看不见东西。尽管马晓雅带她去了县里的专科医院，但治疗的结果仍然不尽如人意。而进一步治疗需要的费用让马晓雅吓了一跳。

马晓雅在家是老小，上面一排溜儿五个哥哥。

在一个又一个儿子呱呱坠地之后，马晓雅的老爹彻底给愁坏了！在农村，那意味着得一个一个给他们盖上房子，讨上媳妇，成个家啊。可是五个儿子，每一个都安排妥当，那得花多少钱啊？五个儿子，看上去是五只猛虎，能充分显示出家族命脉的兴旺，但这一家子吃起饭来也是相当惊人的。困难的时候，每户人家口粮都紧，这样一来，马晓雅家就彻底撑不住了，五个儿子竟没有一个能上完小学。等一个个孩子生龙活虎长成大人，问题又来了，家里太穷，都找不上媳妇！村子在山沟沟里，山下的女孩子哪一个愿意上山去受罪？马晓雅五个哥哥，目前还有三根光棍。两个成家的，处境也凄惶不堪。一个娶了跛腿的女人。另一个，是下山做倒插门女婿。当年，马晓雅的呱呱落地带给这个家庭更多的是惊喜。马晓雅的爹娘整天看着那一串儿子，看得都皱纹横生了，就盼着有个体贴人的丫头。

马晓雅一出生，就备受全家人宠爱。可现在，马晓雅干不动农活的爹彻底学会麻木了，什么都不管，什么也不问，好像自己就是孤家寡人，每时每刻都琢磨着怎么把自己喝成醉酒状态。醉了，也就根本不去思量生活的艰涩，不去思量那些早就传到山村里的关于儿女的流言蜚语。娘坐在炕头，眼睛什么也看不见了，外面的世界无论发生什么事情都与她无关，想吃了，喊老头儿，想喝了，还是喊老头儿。

马晓雅每次回家，一走进那间漆黑的房子，忍不住就想扭头离开。屋子里，弥漫着一股浓重的霉味儿，简直让人窒息。

马晓雅的三哥至今还打着光棍。他的胡子头发就像杂草丛生，脸也像是一辈子没洗过一次。偏偏他又嗜烟如命，烟瘾很大，整天抽那种自卷的旱烟，一咧开嘴，漆黑一片。马晓雅每次回家，都要给他带上两条很便宜的香烟。他高兴得不得了。有时候，马晓雅会打开钱包，一张一张把钞票塞在他的手里，嘱咐说：“少抽点儿烟啊，也琢磨着出去挣点儿钱。你老大不小的，打算怎么办啊？总不能你们做儿子的，还让我这个老闺女养老吧？”三哥嘿嘿一笑，不多说话。马晓雅一边递，一边心里在滴血：“哥啊，这是你妹用身体换来的钱！你怎么就不争口气，自己出去闯一闯？”

马晓雅当然知道，这种无奈的牢骚也仅仅是牢骚，发过去就发过去了。爹娘是有五个儿子，可是，至少目前看起来，养老的担子还是在她的肩膀上。何止是如此，简直整个家庭都要由她来支撑呢。你说，要是不拼命挣钱，怎么活呀？

马晓雅有时候发恨，会咬牙切齿说："我要是从石头缝里蹦出来的就好了。"时间一久，马晓雅会把这股子恨转嫁到这个家庭里。老天啊，有哪个家庭像这个样子啊？这么大一家子人，都半死不活，浑浑噩噩。我怎么这么可怜啊，偏偏就生在这样一个家庭里。

依仗着父母的溺爱，马晓雅是读过几年书的。名字是老师起的。一开始叫马小丫。晓雅这名字，是她自己后来改的。只读到初中二年级，她就读不下去了。家里根本交不起学费。老师一个劲儿地催着要，每次上课前，总把这事情提一提。到后来干脆给马晓雅下了最后通牒：拿不来钱，就不要来上课了！马晓雅回家要钱，还没进屋，就听到父亲高声唱样板戏，知道他又喝醉了。马晓雅的爹不知何时起开始嗜酒，一大清早就开始喝。喝了酒，开始唱。唱个差不多，提着裤子站到院子里就开始骂，骂天骂地骂狗骂猫骂人骂花花草草，想到哪里，骂到哪里。马晓雅一听他开始唱，开始骂，顿时就心灰意冷，恨不得去跳河自杀。干脆，扭头回到学校，收拾一下学习用品，辍学了。

回家之后，干了几年活，帮着母亲做饭。但她终究是心野了。那时，几个哥哥，有的已经开始走出山沟，去闯江湖。其中的老四，跟一个玩杂技杂耍的江湖班子出去溜达了一年。马晓雅的爹以为他很可能就此流浪，死在外面，不回来了。老天爷开眼，家里总算挤出一张吃饭的嘴。可突然一天，老四又出现在家门口。走的时候两手空空，回来时依然空空两手。在家待了没几天，忽悠一下子，又不见人了。

但老四的那一次回家，影响到了马晓雅。他让马晓雅明白了天下之大，知道了新疆，知道了东北，知道了许多少数民族的有趣的事儿。外面的世界丰富多彩，马晓雅渴望去亲近，去体验。她渴盼自己能够走出那一带贫瘠的重重叠叠的大山。马晓雅的爹本来早打好了算盘，在就近的村子里给小丫找个婆家。这样，最起码，以后喝酒的问题就基本有了保障。在农村，不管你多么穷，女孩子找婆家还是不愁的。按马晓雅的长相，甚至还能找个好婆家。老头子思来想去，整个家里，也就这张牌可以让自己的腰杆儿挺一挺。

可马晓雅不是这么想的，完全不一样。她早就打定主意，最好离这个家远远的。找婆家，即便不是高飞，也要远走。眼不见心不烦嘛！虽说她没有勇气随着四哥去闯荡江湖，但在山沟沟里，无论如何是憋屈死了，呆不下去了。

马晓雅在镇上读过初中，总认识几个同学的。其中一个同学的爹在镇上开一家小酒馆儿。马晓雅有一次去赶集，恰好遇到那同学。三聊两聊，就聊到同学家的酒馆儿里去了。等她再回家，就干脆利索收拾好衣服，用一个小蛇皮袋一提来小酒馆儿上班了。

应该说，这一次义无反顾的出走，决定了马晓雅的一生。她就是在那个酒馆儿开始启蒙的。

干到第二年的时候，再回到山沟里，马晓雅的样子就很不像个庄户地里的人了。口袋里有了些零钱，也就学会了打扮自己，开始涂脂抹粉了。姑娘一大，身体的许多部位随之发生变化。马晓雅的变化，在胸脯，在屁股，一前一后慢慢凸起来，就很挑逗和刺激男人的想象力了。当然，不止是身体上的变化，心里也有了潮绒绒的心思。见多识广了嘛。

虽说是在小饭店当一个服务员，但也是很锻炼人的。南来的北往的，千奇百怪的人，不好对付。可马晓雅却逐渐得心应手。她懂得了什么时候该笑，什么时候应板起面孔，什么时候得理不饶人，什么时候是可以让男人拧一下子屁股、摸一把胸口的。这些都来自于点点滴滴的实践，课堂里无论如何学不来的。马晓雅认为，女孩子只要心野一些，胆子大一点儿，几乎没干不了的事儿。

更主要的是，同学的那个爹言传身教得非常到位。那个络腮胡子小老板说："闺女，让人捏一下，也捏不掉什么的是不是？谁让咱们天生就是伺候人的命呢？开饭店，就是靠服务挣钱。服务是什么？为什么人服务？这咱们都得明白是不是？我保证，只要你把该伺候好的主儿给我伺候好了，让他们高兴了，我就给你加钱。"

马晓雅当然盼着加工资。谁跟钱有仇啊？想想也是，让男人捏一下，摸索一下，又不短斤少两，怕啥呢？

马晓雅开始喝酒了。一开喝，连她自己都被吓了一大跳。有一天，老板请个客人，是镇上什么单位的头头儿。老板有求于人，就很殷勤，很低声下气。马晓雅立马明白，这个人是需要重点服务的。那小老头儿喝得醉眼迷离，一抬头，却盯上了马晓雅，他伸手一指，说："丫头，你来，陪我们喝一杯。”

马晓雅扭头看一眼老板，后者的眼神里有鼓励的成分。马晓雅一咬牙：“喝就喝，谁怕谁呀！”她找来一个杯子，倒上满满一杯，“我干了这一杯，你也来个满杯，好不好?”

这很有点儿意思了。男人就喜欢在女人面前逞能。那老头儿红光满面，端起杯来跟马晓雅一碰，一饮而尽。马晓雅从没这么喝过，但此前老板已暗示过她，关键时刻，要勇于冲锋陷阵。此时，等于箭在弦上，自已把自己逼到没有退路了。她一仰头，也喝了个干净。只听四周一片叫好声！马晓雅感觉嗡地一下，以为这次彻底完了！可实际上，她并没完。这证明，马晓雅的酒量实在不小。接下来，那老头儿果然兴趣转移，且兴致高涨，紧盯马晓雅不放，直到最后，他自已出溜到桌子底下。

马晓雅当然也醉了。但她醉得很有价值。她一战成名。

经那老头儿一宣传，镇上许多人都知道了马晓雅这个酒桌上的杀手，觉得好奇，都想跟马晓雅过过招。跟女人喝酒，想想就有意思，简直太有意思啦。男人眼中的女人，尤其是漂亮女人，不喝酒都让人眼馋的，更何况喝了酒呢？女人喝了酒，两腮粉红，眼波流转，可爱死了！跟女人拼酒的过程中，还有另外一种乐子，可以趁机做点儿别的小动作，比如，搂一搂，抱一抱。状态佳了，脸对着脸喝个交杯酒，至少还会大过一把嘴瘾，借着酒劲打情骂俏一番。倘若碰到一个风情万种的，那就更妙了。

这样一来，镇上好几个单位的接待场所，都开始慢慢转移到这个酒店来。而且，点名要马晓雅陪酒。马晓雅的老板果不食言，不久以后，就给马晓雅加了工资。对她的态度也大有改变，不再像以前那样，动不动就大声呵斥。有一次，还顺路带她去了趟县城，逛了逛商店，给她买了一身衣服。当然，是千叮咛万嘱咐，千万不要让老板娘知道。马晓雅岂能不明白这个道理？但那时候她的想法很简单，以为是工作突出老板才赏识她的。

马晓雅越打扮越漂亮。尤其喝过了酒，在小镇上，就宛然一个风情万种的女人了，有了点儿勾人的架势。在酒桌上影响也打出来了。女人一旦放开，就不好往回收了。喝过酒，搂搂抱抱的事儿，自然也就不在话下。

终于，一天晚上，出了一件大事儿。拥有得天独厚优势的老板，竟趁机钻进了马晓雅的被窝。马晓雅醉得一塌糊涂，但脑子里还能明白要坏事儿！老板要来真的！她同学的爹，要真刀真枪地干了。马晓雅当然不愿意，她拼力反抗，可身子已经不听使唤。老板的胡子扎得她的脸很痒，很疼。老板不管不顾地侵入，更是让她疼痛万分。

第二天早上，两人都醒了酒，就心态各异了。

同学的老爹稍稍有点儿后悔，更多的是害怕。兔子尚且不吃窝边草，他居然做出这等事情，简直太乱套了。这丫头可是自己女儿的同学，平时可都喊自己叔叔的。这样一来，觉得有点儿难堪了。

马晓雅呢，头天晚上处在醉酒状态。老板折腾完毕，她只觉得四肢酸疼，浑身乏力，一动也不想动，慢慢地竟睡过去了。等一觉醒来，这才明白夜里发生了什么事情。如果是刚刚走出山沟沟的懵懂小丫头，这事情放在身上，就是塌了天，就是个天崩地裂。可那时的情况略有不同，马晓雅有了较为丰富的社会阅历，也有了自己分析问题面对问题的视角。她当然也恨，当然也要大哭一番。可躺在床上想了半天，她竟然想通了。马晓雅立马意识到，这是个敲老板竹杠的绝佳机会。

马晓雅太了解老板的夫妻关系了。老板最怕的人，就是他的老婆。马晓雅没有给老板难堪。第二天晚上，她就描画一番，衣着光鲜地在几个屋子里转着上菜服务了。老板站在柜台后，忍不住偷眼端详马晓雅，想从她的脸上，她的眼神里，窥探出她的心思来。可是，毫无所获。看上去马晓雅除了眼睛有一点儿红肿，精神头儿竟毫无影响。老板暗暗感慨：这丫头，很不简单啊！一边又暗自高兴，看来，她不打算哭闹。她不哭不闹，老婆自然就不会知道。而且，以后或许有更多的机遇。一想到这儿，老板拨拉算盘的手指都兴奋得发抖。

一连几天，马晓雅都假装根本没发生什么事情。她越是这样，老板越想从她脸上看出点儿内容来，哪怕是生气也好啊。过了一段时间，马晓雅悄悄告诉老板："叔啊，你可惹出大祸来了。这个月，我亲戚来得很不准时，都拖后了整整一个星期了。"

老板那张脸忽地一下子就蜡黄蜡黄的！

他好半天才反应过来。那感觉，如同坠入冰窖！这可如何是好？你把一个小姑娘的肚子搞大了，撇开母老虎一样的老婆不说，事情一旦传出去，在镇上还怎么做人啊？

老板嘴唇哆嗦起来："小丫，叔叔不是人。那天的酒实在喝多了。这样啊，我给你钱，我多给你钱。你去县城住几天院，做个手术。你还没找对象，传出去多难听啊！"

马晓雅要的就是这个效果，她一直笑着："我愿意养个孩子玩儿，挺好的。"

这句话让老板差点儿双膝一软，给马晓雅下跪。"你听我说啊丫头，这不是闹着玩儿的。我给你钱，我保证多给。我给你放假。"

马晓雅带着老板给的钱，先到县城转了一圈，感觉不过瘾。于是，买一张车票，径直去远山市里旅游一圈儿。那是她平生第一次到远山。对她来说，远山太大了。车那么多，楼一座比一座高。她心想，什么时候我能在这里生活就好了。她去逛商店，想买些自己喜欢的衣服。可进去一瞧，吓得赶紧走出来。这才知道，老板给的那几个钱，在远山都买不到一件大商店里的衣服。不过，她那次玩得很高兴，也买了一些便宜衣服，欢天喜地、光光鲜鲜就回去了。

老板一看她那个架势，恍然大悟，知道上了当。这丫头片子，成精了！

马晓雅的聪明之处还在于，从那以后她从不给老板难堪。两人单独在一起的时候，马晓雅偶尔还会开开玩笑。有一天，马晓雅给老板讲起黄段子："叔，你听过这个笑话没有？有个农村大嫂去赶集，卖鸡蛋。走半路上，碰到个男人，一把就把她扯进小树林里去了！那个大嫂吓蒙了，不知道咋样好了。那个男人啊，就把那大嫂的裤子脱下来，强奸了她。完事儿以后呢，男人穿上裤子，拍拍屁股就走人了。大嫂躺在那里，呆了好一阵子才爬起来。你猜她爬起来先去干什么？"

老板说："提上裤子！她屁股还露在外面呢。"

马晓雅说："不对！这可不是脑筋急转弯。她连裤子都没提起来，就先去看她那篮子里的鸡蛋少没少。数了数，一个也没少。那大嫂就一边提裤子一边说，操！我还寻思抢鸡蛋的呢。"

老板哈哈大笑，不由自主伸了手去抓马晓雅的屁股。马晓雅却立马一拉脸子，带着哭腔："我可警告你啊，你可别得寸进尺！我呢，可是连鸡蛋也让你给抢了。"

老板顿时面如土色。老板就知道，他已被马晓雅彻底拿下。

老板娘在的时候，马晓雅很正经，很温顺，很像老板女儿的同学，一口一个姨叫着。老板在一边提心吊胆了好多日子，也就逐渐放下心来，将找个理由辞退马晓雅的念头悄悄压下去，再说，马晓雅给他办了好多事情呢。有马晓雅在店里，他的生意还算不坏。至少，镇上几个头脑人物，都快要把这里当成定点招待酒店了。

后来，老板果然还是压不住欲火，趁着老婆不在店里，马晓雅又处在醉酒迷离状态下的时候，一次又一次钻进马晓雅的被窝。当然，马晓雅在每次过后，都会在别的方面有所收获。马晓雅就这样顺理成章地上了道。似乎没人逼她，没有悲剧色彩。

要说完全没有悲剧色彩也不对。后来有一天，马晓雅突然意识到，不能这么做了，她想嫁个人了。她想，女人只有找个男人嫁了，这辈子才算完整。她相中了一个小伙子，就是隔壁饭店的一个小厨师。看上去，那厨师也有那么点儿小意思，经常跟她眉来眼去的。两人就开始朝着貌似谈恋爱的方向发展。马晓雅的确是想改邪归正的，她想做个好女人。可是，她注定做不了好女人。一次，两人偷偷约会，厨师给人的感觉就很不对头，有点儿心急火燎，急于撕扯马晓雅的衣服，急于进攻马晓雅的身体。就在河边的小树林里，他居然就想脱下马晓雅的裤子。马晓雅是个聪明女人，立刻感觉到不对头。她紧紧地抓住裤腰带，犹豫不决。可马晓雅刚刚沉浸到甜蜜蜜的爱情状态里，厨师的样子又很坚决。马晓雅推拒几次，没有成功。她心想，和自己喜欢上的男人，为什么不可以呢？于是，做了。做过之后，厨师却笑嘻嘻地问："小丫，你明明是想跟我来这个，还扭扭捏捏的干啥？平时跟你们老板也这样吗？"

马晓雅头顶上方，咔嚓一声，突然就响了个霹雳！

这一下子把她震得晕头转向。

但马晓雅脑子转得很快，在那短暂的一两分钟内，她闭着眼睛，躺在那里，一声不吭，心里却一直不停地骂自己：马小丫，你真傻啊！你以为你是什么好东西？你以为你自己干的那些事儿很隐蔽啊？居然傻到去找一个隔壁酒店里的男人谈恋爱。真是傻到家了！人家只不过是想玩玩你，你却把这当爱情。真是好笑！这事儿干得简直太丢人了！太不值钱了。

马晓雅骂完自己，站起来，穿好衣服，拍拍屁股，伸手一巴掌就扇在那厨师脸上：“你觉得老娘是白玩儿的？我最近手头很紧，你赶紧回去，给我准备一千块钱。我就这个价！而且，你给我记好啦，你要是敢放出一声屁，马上有人卸你一条腿，你信不信？”

坐在地上的厨师裤子还没穿上，起先是被打愣了，马晓雅说完这番话，他居然嘻嘻哈哈地笑着说：“小丫，怎么说翻脸就翻脸呢？”

马晓雅双手一叉腰：“你少他妈跟我啰嗦，明天晚上，还是在这里，我等着拿钱。”

马晓雅回去后，端了一盆水进屋，关紧房门，开始狠狠地洗自己的下身，一边洗一边哭一边骂。最后，扑通一声趴在床上，好半天一动不动。

第二天晚上，厨师没送钱来。

第四天晚上，他吊着一只胳膊，一瘸一拐，把钱给拿来了。那厨师彻底相信了马晓雅的话。马晓雅做这种事儿，简直太轻松了。她在第三天晚上直接去了街上一个小痞子的家里，让那个胳膊上画着一条小蛇的家伙折腾了半宿。在那个过程中，就把教训厨师的所有细节谈妥当了。那孩子很久没开张，正想找个人陪练武艺呢。

马晓雅接过那一千块钱来，做了一个让厨师意想不到的举动！她哧啦哧啦几把，把那些钱都撕得粉碎。然后，一扬手，将那些碎片哗哗啦啦摔在厨师的脸上。马晓雅以这样一个举动结束了自己的初恋。这个举动，早在心里盘算好了。她还想说一句话的：“你这个傻瓜，我可是真心想跟你一辈子的。”那举动做过后，她觉得这话很没意思，显得自己很贱。

一切都结束了。马晓雅突然觉得心里舒畅无比。

不过，紧跟着后面的一天，马晓雅立刻后悔得牙根都丝丝发疼，那可是一千块钱啊！能买好多好多东西呢！为那样一个臭男人，真是不值得，太不值得了。丫头啊丫头，你还是一个傻！

马晓雅离开那个酒店是几个月之后。

有一段时间，她彻底破罐子破摔了！她开始在酒馆后面那间小小的屋子里接待客人。有镇上的干部，有过往的司机。起初，是觉得很有意思。一个女人一旦豁出去，原来是这么简单！要钱可以有钱花，要想干点儿打打杀杀的事儿，也不必自己去动手。可这样的日子过了没多久，在寂静的夜晚，她躺在床上，看着屋顶，往深里一想，有点儿害怕了！小丫啊，你从那个山沟里出来，就是要做这个来挣钱吗？她终于醒悟，自己两只脚已经站在一个泥坑里，而且越动弹就陷得越深。

与街上那痞子在一起也越来越恐怖，越来越没有安全感。那孩子打别人下手奇狠，打起马晓雅来也毫不客气。在气头上，张口就骂马晓雅是个婊子。

这地方不能待了，再待下去，她马晓雅在方圆一带就会声名狼藉。这辈子的角色就确定无疑真是个婊子了。她突然一下子就不想那样了。马晓雅是个女人啊！哪个女人不希望过上安稳踏实的日子呢？

走之前，她做了一件更让人意想不到的事情。把工资拿到手以后，她跟老板娘谈了一次话。马晓雅的语气很沉着，神态很镇定："我虽然一直喊你姨，但是，你可不知道我心里有多么多么别扭啊。一年前，我就开始陪着你男人睡觉，光孩子就流掉了两个。知道我为什么老是请假吗？其实，我不是回家，是到县城去做流产手术的。我其实很不愿意走，可实在待不下去了。你男人床上功夫太厉害了！不过，他偷着给了好多钱，我挺感激他的。"

老板娘目瞪口呆，好半天没反应过来，等回过味来，马晓雅已经转身走出去好大一截了。老板娘爆发出一声号叫，冲向在后院的老板！

马晓雅嘻嘻哈哈向路边停着的一辆摩托车跑去。

她满以为自己在县城能找到点儿事干。干过一阵子保姆，给酒店洗过盘子，甚至，还摆摊卖了几天内裤和袜子。可惜钱挣得太少，也太难挣，连房租都成问题。有一天，马晓雅站在熙熙攘攘的街头，突然想，我这辈子的路，原来命运早给我设计好了。我干不了别的了。在县城那短暂的几个月，马晓雅也有收获，她的眼界更加开阔。想开之后，她开始盘算着进军大城市。曾经去过一次的远山就成了她的首选目标。这里面，当然还有一个重要因素起作用，那小痞子太流氓，太无赖，像团糨糊，撕都撕不下来。马晓雅躲他几次都躲不开。马晓雅跑到市里，也是为了躲避他。

或者说，也是另一种意义的逃。跟杀人犯董超的逃性质不同而已。

马晓雅一进远山市里，就打扮一番，直截了当去了一家夜总会，找到老板："你们这里还需要小姐吗？"

老板上上下下端详她半天，说："你什么时候能来上班？"

马晓雅说："我现在就能！"

第十二章

"梦巴黎"的女人

现在，马晓雅上班了。马晓雅上班的地方，正是她跟出租车司机说的那个地点——"梦巴黎"。其实，到现在为止，连她自己都记不清已经换过多少个上班的地方了。

一走进"梦巴黎"，她就彻底不想那些让人不高兴的事儿了。"梦巴黎"的环境很好，一进门，灯火辉煌，热闹喧天。下面几层是练歌房、游艺室、宾馆，服务生、服务小姐端了盘子来回奔波。马晓雅已经习惯这份工作了，按点上班下班。走在大街上是个光鲜的女人，进了工作室，换上统一的服装，改头换面，变成一个小姐。一个大房间内，靠墙一圈沙发上坐着那帮姐妹们，统一装束，看上去很是赏心悦目。老板兴许是看国外的片子看多了，定做的衣服像极了国外电影里的学生服。

这样一帮女人，关系必然复杂得很。昏暗的灯光下，一个个表面看上去性感十足。大家互相知根知底，也就无所顾忌。在这里，没有不可以谈的话题。有时候，看上去其乐融融。她们会探讨一下技巧，讥笑一下哪个哪个男人都是不中用的，只不过用了三五个回合，就缴械投降了。有时候，气氛也会不对。勾心斗角的事儿自然少不了。实际上，她们只是看上去像学生而已，却怎么可能再有学生的青春和清纯？说白了，都是靠身体挣钱，冒着被警察抓被性病缠身的风险挣钱。一旦在交往的关系里和利益挂上了钩，必定色彩有所不同。何况，这里面的女人，哪一个不是久经沙场，诡计多端？这帮女人也分起了帮派，谁的帮派大，谁在"梦巴黎"当然就能吃得开，就能工作得舒心。谁的脸盘好，经验丰富，活儿路好，自然钱赚得多。挣得多，势必抢走别人生意，就会引人嫉妒。

马晓雅在这片水域里还算游得轻松。主要是她并不贪多，不主动抢别人生意，也不主动去招惹别人。

刚坐下不久，就有人点了她。马晓雅一瞧，是个熟客。于是，微笑着站起来。可在马晓雅挽着那男人胳膊走向房间的时候，却突然感觉到一丝异样。

坏事儿了！马晓雅又开始骂自己：难道你又开始犯贱！

她居然在那时候想起家里的董超来了。想起董超在她临走的时候问的那句话："今晚上能不能不去啊？"当时，马晓雅犹豫了好一会儿，但还是很镇定地说："我不去，谁养活我？"董超咬着嘴唇，不说话了。

现在，马晓雅想起董超咬嘴唇的样子，心里竟然隐隐作痛。转念又一想，你可别再犯傻了马晓雅，你不是什么好货色。凡是对你知根知底的男人，都不会八抬大轿把你娶回家的。就是娶了你去，迟早也是个悲剧收场。不是没这样的先例。马晓雅的姐妹里也有洗裤裆不干的。嫁了人，或者说，做了小三儿、小四儿，所谓从了良。有的是被男人甩过无数次的，还有的呢，则经常被打得鼻青脸肿，时时低声下气看男人脸色。那日子是人过的吗？至少，你马晓雅根本受不了。是的，你是个妓女。但妓女就应该对男人俯首听命，当男人的玩物啊？在"梦巴黎"可以，出了这个大门口，那就不行！马晓雅自觉对男人了解透彻了。再大度的男人，如果知道你是干这个的，也根本受不了。马晓雅干脆就不去琢磨那些事儿。何况，这个董超只不过是这座城市的过客，他可是自己都承认他是个杀人犯哪！这样的男人，怎么能寄托终身呢？

那你跟董超之间的交往，到底算怎么回事儿啊？

那天，给董超记下电话号码，也多半是职业性的。尽管她这人相当谨慎小心，但偶尔为了挣更多的钱，也曾这么干过。"梦巴黎"的班多是夜班，白天客人少，是可以轮班休息的。钱多了会咬人手指头吗？谁不想多挣一点儿？不过，对心里没底的男人，她是从来不这样的。那太危险啦！一个小姐的住址让不三不四的男人知道，不要命了啊？

现在，你基本上就算是不要命了。对董超，这已经算是个例外了。

对董超说的那句话，是脱口而出的："你可以去我住的地方。"事后，马晓雅也有点儿后悔，怎么能把电话号码给这个外地人？谁知道他做了什么？万一他是个杀人不眨眼的，岂不是找死吗？你把一个杀人犯弄到家里，他一时兴起，就能把你的小命捏掉。马晓雅由后悔而感到后怕。可董超那晚的举动又莫名其妙给她一种安全感。那晚过后，她甚至感觉这个男人一定会再跟自己联系的。

果然，第二天下午，就有个电话打进来。马晓雅正准备收拾一下出门，接起电话一听，是董超的声音，说："我没地方去了。能去你那里吗？"

马晓雅既担心，又莫名其妙觉得一丝温馨，顺口就说："来吧。我等着你。"

现在，马晓雅陪客人进了房间，感觉更加不对劲儿。那恰巧是她跟董超在里面睡过觉的房间。一脱掉衣服，就想起跟董超的那个夜晚。于是，马晓雅的动作就变得很拘谨，很被动。男人躺在床上一声不吭，闭着眼睛等着。马晓雅伸手抚摸他的时候，自己也感觉手是凉的。男人终于意识到了什么，他睁开眼睛，冷冷地问："我说，你怎么哭丧着个脸呢？谁欠你什么了？"

马晓雅赶紧挤出一丝微笑："大哥，我没有啊！"

男人恶着一张脸："你自己去照照镜子。你跟以前不一样。我可是因为以前你伺候得好才点你的。"

马晓雅悄声说："对不起啊，大哥。我今天，心情有点儿糟。"

男人"嘁"的一声冷笑。马晓雅顿时心里一凉。干吗非得这么贱啊？你心情不好，不过是换来男人的一声冷笑而已。男人笑过了，却忽然伸过手来，抓住马晓雅的头发，把马晓雅的头往下面推去。马晓雅内心深处厌恶那样做，但她知道不喜欢也不行。客人怎么要求，就该怎么做。否则，自己就会被扣钱，严重一点儿，会失去"梦巴黎"的工作。没有了收入，就不能在远山这座城市混下去，就不能给家里贴补，就不能到更好的医院治好母亲的眼睛。

马晓雅双目紧闭，完全心不在焉了。在那一瞬，突然又一次看见自己的下贱，看到了自己的脏，她想呕吐。感觉一来，真就撑不住了，嗓子里有一股污浊的东西忽地一下子涌上来！她手忙脚乱地起了身，奔到墙角，蹲在一个垃圾桶边呕吐起来。

男人坐起身来，盯着马晓雅骂道：“臭婊子，你恶心不恶心啊？去，你去给我另喊一个来！”

马晓雅如获大赦，起身穿上衣服就走出屋。回到那个大房间，她问：“我拿不下那个人，你们谁愿意去？”

一个叫阿玲的女孩儿站起来，把嘴一撇：“哟，还有你马晓雅拿不下来的男人？”

马晓雅平日就与这女孩子不和，此时更不做声，转身就走。阿玲跟着马晓雅进了房间。

马晓雅说声：“大哥，对不起！”就想走人。

可男人说：“你别走！你看着她是怎么服务的。”

马晓雅愕然：“不太好吧，大哥？”

“大哥”说：“我喜欢这样，你俩的钱我都会付。怎么着，以为大哥没钱哪？”

马晓雅心里哀叹一声，冷眼旁观地站在那里。男人开始在阿玲身上摸索。阿玲的声音让马晓雅的呕吐感再一次冒上来。她闭上眼睛，忽然一下子很想哭一场。那一刻，她浑身发冷，像是感冒的样子，她的身子开始摇晃，开始哆嗦，像一片秋叶。

马晓雅抱起胳膊，慢慢地蹲下去。

男人却突然指着马晓雅：“你也过来。”

马晓雅抬起头，看着床上的两个人，慢慢起了身。阿玲也在看她，眼睛里有一丝火花突然闪过。男人说：“你过来，跪在床上。”

马晓雅的泪水流了出来。她说：“大哥，我病了。”

男人说：“病了还出台啊？糊弄谁呀？我告诉你，今天我还就是认准你了。我还从来没遇到你这样的，有什么了不起啊？”

阿玲竟然幸灾乐祸地一笑。马晓雅上了床，摆出来男人要求的姿势。她趴在床上，模模糊糊地看到，自己的眼泪落在了床单上，啪的一滴，啪的一滴，四下溅开，竟洇成一片。马晓雅慢慢把脸贴向床单，她伸出舌尖，悄悄舔噬着自己的泪。

男人走后，马晓雅躺在床上，好半天一动未动。

突然，她“扑哧”一声笑了。她的脑子里想着董超。此时的马晓雅似乎又要开始飞翔。

阿玲送走男人，却返回来了。她站到床边无声地盯着马晓雅。马晓雅却定定地看着房顶。没想到，阿玲突然俯下身来，伸手给了马晓雅一巴掌！“你是不是在耍弄老娘啊？你喊我来干吗？臭婊子，你不是说你不行吗？你喊我来，想出我的洋相？”

马晓雅忽地一下坐起来，定定地问：“你骂谁是婊子？”

阿玲冷冷一笑：“你不是吗？”

马晓雅反问：“难道你不是？”

阿玲咬牙切齿：“我警告你，你少惹我生气。否则，我找人废了你！”

马晓雅的眼里顿时冒出火焰：“我出来混的时候，你还不知在哪里和泥巴玩呢！敢威胁我？”

阿玲突然扑来，向马晓雅的胸前抓去。马晓雅赤身躺着，阿玲早穿好衣服。这样一来，有点儿不公平。但在那种地方，光身子的哪会怕穿衣服的？本来就不是光天化日，本来就是阴暗之地，穿不穿衣服又有何差别？马晓雅觉得胸部火辣辣地痛，却也顾不得去看，伸手就抓住阿玲的一把头发。马晓雅打过的架自然也不少，知道怎样下狠手。这一把下来，手里就是一簇头发。阿玲尖叫一声，跳上床来。

这样的两个女人打架，简直惨不忍睹。根本不按套路，完全没有章法，纯粹零距离搏斗，谁更狠些谁就占上风。狠是必须的。这种狠是带有毁坏性的。毁坏什么？自然是对方的身体。小姐靠的也就是这点儿本钱了。这点儿本钱折腾了，还有什么指望？因此，两个人都下了狠手，都不遗余力。两人在床上滚了半天，到底马晓雅更壮一些，阿玲被压在身子底下。马晓雅拿膝盖抵住阿玲肚子，又伸手揪住她的头发。

马晓雅逮住这个机会，开始发泄：“你他妈以为自己是好东西啊？骂我是婊子？想骑到我头上拉屎啊？还找人废我？你以为黑社会老大听你的？”

不一会儿，阿玲的脸就被扇得红肿起来。她的双手在四下里抓、拧、掐，但马晓雅一旦掌握主动权，就不放弃，直到打累了，手一松，阿玲的脑袋软软地落下去。马晓雅此时方觉浑身疼痛，低头一瞧，有四道抓痕，从左肋一直到右乳，整个胸口到处是斑斑点点。她一气之下，抬脚踢在阿玲肚子上。阿玲双手捂着肚子，缩成一团。阿玲头发散了，衣服也七零八落，跟赤身裸体差不多。她已经毫无还手之力，有血从她鼻子里涌出来！

马晓雅觉得出了一口恶气。小姐之间争吵是正常的。然而，像这样短兵相接，直接破相，还不多见。她在化妆室一边换衣服，一边兴奋不已，虽说浑身疼痛，到底是打了一次胜仗。可这个样子断然没法继续工作下去了。她坐在那里，抽出一支烟点上，手指在抖。狠狠地喷出一口烟，把自己笼在烟雾中。抽完那支烟，她站起身来，挎上自己的包，准备回家。

可她走不了了！

门突然被一脚踢开，闯进两个彪形大汉！紧跟着，她看到了他们身后的阿玲。那两个大汉马晓雅都熟悉，是“梦巴黎”的打手。哪个娱乐场所都有这样的男人。马晓雅在刚来不久的时候，还跟其中一个睡过。

阿玲一指马晓雅：“替我收拾这个臭婊子！”

马晓雅正想说话，前面那个已经扑过来，狠狠地扇了马晓雅一巴掌。这一巴掌奇狠无比，马晓雅被打得咕噜一下，翻到沙发后面。马晓雅一动不动，只觉得耳朵里嗡嗡乱响，天地在旋转！她的头发把自己的脸都覆盖住，嘴角和鼻孔立刻流出血来，头发沾在上面。

那个曾睡过她的男子此时却一个踏步过来，伸手抓住马晓雅的头发，把她提起来，不动声色地问：“丫头，你想死吗？在这里头想混大姐啊？你还差得太远。我警告你！你要是再乱来，我让你死都不知道死在哪里！”

马晓雅一声不吭。

那个男子一甩手，马晓雅的头砰的一声撞向墙壁！

第十三章

医生也需要治疗

这一次，鹿遥是半躺在陶昕柔家的沙发上了。他已经越来越放松。在陶昕柔的家里，越来越像个主人。偶尔，会有一些念头一闪而过。我这个样子，是正常的吗？为什么跟陶昕柔聊天会觉得是一种轻松呢？

“老同学，我知道你挺累的。很早以前我就跟你说过这句话。在你跟李小曼的结婚典礼上，我坐在下面，静静地打量着你们这一对新人。那时候，我心里就有这么一句话。我就想，鹿遥啊鹿遥，你个笨头笨脑的家伙，跟李小曼这种女人结婚，有你受罪的那一天！老大，你可别怪我乌鸦嘴哦。我当时心里的确就这么想的。”陶昕柔眯着眼睛，调皮地笑着说。

鹿遥微笑着，示意她继续。

“真是奇怪啊。当时我就感觉，你跟李小曼好像不是一路人。李小曼眼睛里都写着呢。你们过来敬酒的时候，有一个细节不知道你注意到没有？我们那一桌都是同学。可是，站到我们前面时，说话多的是李小曼，而不是你鹿遥。”

“哦？”鹿遥问，“我都忘了，这能证明什么？”

陶昕柔说：“能证明两个人在未来家庭里的地位。你得相信，女人看女人，往往很准的。李小曼不像是一个居家过日子的女人，像是不食人间烟火。而以你鹿遥的工作性质，应该找一个传统的顾家的女人当老婆。知道怎么把家收拾得干干净净、利利索索，知道怎么心疼老公，心疼孩子。而李小曼她做不到这些。她自己本身就是个孩子。有些女人啊，一辈子都是孩子，一辈子都需要人伺候。”

陶昕柔也半躺在沙发上，两人之间，隔着一张茶几。听到陶昕柔说这番话，鹿遥看着她，再次微笑。陶昕柔一下子反应过来："我知道你笑什么，是的，我承认，我跟你家小曼差不多，也是个孩子。"

她甚至觉得脸上一热。

鹿遥说："看来，我心里想什么，躲不过你的眼睛。"

"你听我把话说完。你老丈人李大鹏的社会地位，对你来说，我看也不是什么好事儿。在警校的时候，我就了解你的一切，包括你的脾气性格。你是个只想踏踏实实干工作的人，本本分分的，不想借助任何外来的力量。说白了，鹿遥你不会去巴结领导。这一点，咱们在警校时，从你入党的问题上就体现出来了。那个时候，队里有两个入党名额，你是队长啊。队长都入不了党，那谁能入得了？可你倒好，根本想不到，这种事儿是需要做工作的。在关键时刻，你还跟人家班主任闹别扭。呵呵，鹿遥，那时候我一边觉得你可爱，又觉得你真是傻到了家。"

"你不要说得这么绝对，这个社会并不是像你想的那样。"鹿遥嘴里这么说，但自己也觉得这句话苍白无力。

"呵，这个世界上有多少暗箱操作的东西，你鹿遥应该比我更清楚。"陶昕柔继续说，"以鹿遥你的个性和能力，不管是在家庭中，还是在官场上，你根本就无法左右自己所处的局面。你是完全被动的。"

显然，这句话触动了鹿遥的内心。陶昕柔果然把自己看得很透。

"你未必像一些官迷们那样，心里无时无刻不在想怎样爬得更高，飞得更远。可一旦你成了人家检察长的女婿，自然就进入了一个官场序列。有时候，我就琢磨，是不是每个男人内心深处都有做官儿的欲望？在中国，似乎对权力的追逐是一个共性欲望。很奇怪，好多女人也有这种欲望。也可以说，这是一种瘾，像是吸毒。男人对官位的攫取欲望，永远没止境。官场上的人，官儿做得越大，越是品到甜头，越是难以自拔。"

"说起官场来也头头是道的。"鹿遥轻笑一声说，"难道你老陶一个女人对官场就了如指掌？你又没在官场上混。"

"呵，你小瞧女人啊？女人不当官则已，只要想当，你们男人根本就不是对手。"陶昕柔笑了，她把脚从拖鞋中抽出来，盘腿坐在沙发上。

鹿遥倒是赞成这句话："你说得很对。女人有着先天的优势。"

陶昕柔说："我知道你说的先天优势是什么。但是，鹿遥你要明白，女人当官，并不是都靠自然优势。说白了，并不是都靠自己的身体，而是靠大脑。女人的大脑一旦用在官场上，绝对是比男人聪明的。"

鹿遥看着陶昕柔，不说话了。这一点他同样也无法反驳。

"你发现没有，你总是寻找机会反戈一击。我承认，我没有在官场上混过，可我研究的是所有人的心理。"

"像你这么厉害的女人，不能放到官场上。"鹿遥嘟囔说，"让我们男人怎么混？"

"呵，给我个官，我也不当。本姑娘嫌累！"陶昕柔转移话题，"还是说你，当年，你岳父一手操作，把你弄到了刑警大队长的位子上。当然，这与你拼命工作也不无关系。不过，我想，连你自己怕是也有心理压力吧？你不愿意以这种形式得到你想要的东西。"

"我想要什么啊？"鹿遥伸个懒腰。

"你想要证明自己的能力，当然，你也想当官。男人没有一个不想当领导的。那时候，我还担心你最终会变成一条在官场里游来游去的鱼，变成一台官场机器。我告诉你鹿遥，其实，人到了那种程度，也是很可怜的。一旦那样，你可就不是你自己了。幸亏你没那样。你看，你现在不是无官一身轻了么？"

"我第一次听说，当官的人是可怜的。"鹿遥嘿的一声笑，"还有，你这叫从京城回来的人的观点吗？在北京多大的官你没见过啊？像我这样的，也能叫官吗？不过，有一段时间我倒的确是轻松了。可这种轻松是很矛盾，很痛苦的。我要是犯了什么错误，被人拿下来，这合情合理。可是我干得好好的，凭什么拿下我？就因为李小曼她爹倒了。这道理谁都懂，但是谁能拿到桌面上去公开讲？"

"你还是心理上不平衡。你还没有参透官场文化。"

"其实，我的心理压力不完全是来自你所谓的官场。那些破事儿，对我来说不是什么沉重的打击。我说咱们最好别官场官场的，就一个最基层的公安局，谈不上什么官场，谈不上。"

"可你已经进入了。与女人相比，男人注定要在这个领域承受更多压力，有时候是不由自主随着往前走。当然，一个人的心理压力来自很多方面，一个警察，面临的当然会更复杂。官场是一个方面，工作压力当然也是主要的，还有复杂恶劣的工作环境。尤其是刑警，生活毫无规律可言，加班加点，没白没黑，而且还会经常面临危险。在和平年代，这是个考验你心理素质的职业。当然，还有家庭、爱情。”

陶昕柔似乎又把话题慢慢引回来，鹿遥默不做声了。陶昕柔稍许沉默，却问：“你跟小曼之间究竟发生了什么事儿，至于闹到要去离婚？”

鹿遥叹口气，闭上眼睛：“这不是三句话两句话能说清楚的。我也不想让别人知道。”

陶昕柔歪着脑袋看着鹿遥：“那你们现在处于什么状况？分居？同一屋檐下，形同陌路人？还是偶尔的小打小闹？”

“我跟你说过，我们分居了。她直接搬到李大鹏家去了。李大鹏进了监狱。家里只剩孩子的姥姥。”

“你现在不去她家了？”陶昕柔问罢，才觉得自己关心的事情好像太多了。这是你该问的吗？似乎这阵子你对鹿遥和李小曼的分手很感兴趣。这两个人闹起矛盾，你为何在内心里竟暗暗高兴呢？这是你应该有的心态吗？

看上去，鹿遥倒没注意到这一点。他叹口气，说：“很少去。我去干什么呢？不过是看看女儿。老太太见了我，仍然横挑鼻子竖挑眼的。结婚前那样，现在还那样。你猜她跟我说什么？鹿遥啊，我家老李是出了事儿，可他在里头什么都没说。现在上上下下都在替他忙活，用不了多久，他还会再出来。你不要拉着个脸子给我看好不好，我们李家从来都不欠你的。如果没有鹿璐她姥爷，就凭你鹿遥自己的能力，顶多还是一个小民警。”

陶昕柔笑着说：“居然还有这样子跟女婿说话的丈母娘。”

“是啊，我能怎么办？我无话可说。她说什么，我只能听着。可能李小曼还没对她妈说我们俩的事儿，老太太对我还算留着面子。小曼呢，好几次我在她家都见不到她。就是在家里，当着鹿璐的面儿，还像那么回事。鹿璐不在身边，基本上形同路人。”

“依我看，既然彼此之间没有了感情，就干脆离了。你们这样耗着，算怎么回事儿？”说出这句话，陶昕柔紧跟着就骂自己，陶昕柔啊陶昕柔，你这叫什么心态啊？劝人离婚啊？你什么目的？她又觉得自己脸上一热。

“你说得倒轻巧。”鹿遥无奈一笑，似乎稍稍对陶昕柔的心理有了一丝察觉。他抬头看看挂钟，“哎呀，我得回去了。跟你说会儿话，心里好点儿了。看来，人的确是需要交流的。”

“你回哪里？”陶昕柔问，“丈母娘家，还是队上？”接着又伸伸舌头，做个调皮的样子，“你看我这个人，这种话也是我可以问的？”

鹿遥又伸个懒腰：“我回自己的家啊！”

陶昕柔仍然坐在那里，抱着胳膊微笑。

鹿遥站了一会儿：“我走了。你休息吧。”

陶昕柔跷起脚来，去找拖鞋：“回去吧，路上开车慢一点儿。”

鹿遥走出门后，陶昕柔站在门口，愣了好大一会儿，然后坐回沙发上，幽幽地点上一支烟，喷出一口，伸手抚弄一下头发。她问自己，陶昕柔，你到底怎么回事儿？话题越说越危险了。

走出楼洞，鹿遥才发现外面竟然下起了雨。难怪上午会那么燥热。鹿遥在雨里慢悠悠地走向自己的车。雨淋在身上，有了一丝凉爽气息。钻进车里，静静地坐一会儿，陶昕柔却打进电话来：“外面雨下大了是不是？刚才居然没注意到。”

鹿遥说：“是啊！下大了。”

陶昕柔沉默一会儿，然后说：“还能开车走吗？”

鹿遥怦然心动，沉默片刻后说：“没事儿！放心吧，我驾车技术很好。”陶昕柔后半截提的问题，说的话，似乎是某种暗示。鹿遥当然也捕捉到了，而且，也能够品味出其中的意思。他看着车窗外，半天才启动车子。

陶昕柔站在窗前，举着手机，看着鹿遥的车终于慢慢驶出了院子。她把手机扔到沙发上，骂了自己一句：“臭丫头，你还给别人解决心理问题呢。依我看，你也已经基本上心理不正常了。”

她又想起了母亲的话：“昕柔，姑娘大了，不找个男人是不行的。不要说别人以为你有问题，就是你自己，你琢磨琢磨，你还和正常人一样吗？”

当时，她有些不耐烦：“哎呀，你啰嗦什么呀？我不是卖不出去的便宜货，积压在家里就烂掉。就是卖不出去，我也绝对不会让你赔本的。”

当妈的哈哈大笑：“哪像个姑娘家说的话？难怪你到这把年纪还嫁不出去。”

第十四章

不期而遇

拐过一个路口，鹿遥突然发现右前方的路边有个女人，正跌跌撞撞地往前走着，像是喝醉了酒的样子。雨已经越下越大。车上的刮雨器来回摆动着，雨水还是形成一道道小河，顺着玻璃往下流。那个女人居然没有搭乘出租车的意思。有几辆出租车经过她身边都慢下来，一个劲儿地摁喇叭，女人却不管不顾，继续深一脚浅一脚往前走。路面上的积水被她踩出片片水花。

就在鹿遥把车慢慢靠到她身侧时，女人突然摇晃一下，摔倒在地。鹿遥被吓了一跳，难道是我把她碰到了？不对呀，离着车还有好一段距离呢。女人头发披散下来，跪在雨里，似乎发出一声呻吟！随即，突然甩起头发，仰面朝天喊叫了一声。虽然隔着车玻璃，鹿遥依然听到了那声呼喊。

他急忙停下车，绕到车后，从后备厢取出一把雨伞，跑向那个女人。女人先是看看鹿遥开的警车，慢慢站起身来，弓着身子，盯着鹿遥看，似乎要看清楚他的样子。鹿遥跑过去，撑起伞，刚要问她，却被吓了一跳！借着车灯路灯的光，他看到女人满脸是血！鹿遥立刻大声问："怎么回事儿？告诉我，是谁干的？打你的人呢？"

女人盯着鹿遥："你别管我！"

"是不是有人欺负你了？"鹿遥掏出警官证给女人看，"我不是坏人，我是警察，你告诉我到底是怎么回事儿？"

女人好像是笑了一下："我知道你是警察，我还知道你叫鹿遥呢。"

鹿遥一愣："你是谁啊？你怎么认识我的？"

"哈哈，我是谁？"女人肩膀一耸一耸地笑着，"我是一个经常被你们警察抓的三陪小姐。记不住所有男人的名字不要紧，可最好得想办法记住抓我们的警察的名字。"

鹿遥嗅到了一股子酒味儿，他皱起眉头："你喝多了吧？"

女人张着双手，突然大喊一声："我没喝酒！"

鹿遥往四下看看，雨下得更大了："快，上我的车，我送你去医院！"

"我没事儿。我干吗要上你的车？干吗去医院？我又没病！"

鹿遥急了："你浑身都是血，怎么能说是没事儿呢？要不我给你叫辆救护车？"

女人推一把鹿遥，身子摇晃一下，又继续往前走："你走吧！咱们不是一路人。我们做小姐的，挨打是经常的事儿。你别管我啦！"

她居然连地上的包都不要了。鹿遥低下身，捡起女人的包，又跟上去，说："赶紧跟我走！我送你去医院。"

"我说过了，不要你管！"女人叫喊一声，一把抓过她的包，扭头就跑。

鹿遥急忙喊："给你这把伞，你拿着！"

可女人已跑出一段距离了。鹿遥看着她的背影，觉得莫名其妙。他对这个女人可是一点儿印象都没有。为什么她知道自己的名字呢？她真的是三陪小姐吗？真是在娱乐场所里被人打了？鹿遥当然知道，在那种场合，打架斗殴简直是家常便饭。也许，真是什么时候抓过她？可是，一直在刑警队工作的鹿遥很少办理此类案件，抓嫖是治安大队和派出所的事情。

就在鹿遥想这些的时候，女人已经跑出一段路。鹿遥想，她这样子在雨里跑可不行，弄不好会要了她的命。鹿遥跑向自己的车，去拿手机。他想打电话找几个人来，把这女人送到医院。

就在他转身往回走的时候，却发现前面有一辆出租车在那女人身边停下来。车上下来一个男子，将女人连拖带拉弄进车里，女人并没有反抗。鹿遥稍稍放心，看来那个男人跟这女人认识。可就在那男子低头钻进车里的一瞬，鹿遥心里突然像被撞击了一下！借着车灯光，鹿遥一下子看清楚了：正是在火车站见到的那个男人！

——杀人犯董超！或者说，那个疑似董超的男人！

鹿遥立即跑向自己的车，钻进车里，打开远光灯！刚要进出租车的那个男人本能地抬手一挡自己的脸。鹿遥觉得更加蹊跷，他马上发动引擎，想把出租车别在路边。出租车本来跟鹿遥逆向行驶，鹿遥有足够的时间。可没想到，那出租车突然提速，转眼间，居然擦着鹿遥的车刷地一下子就蹿过去了！鹿遥甚至感到两辆车的后视镜轻微碰撞了一下！等鹿遥掉回头来，两辆车之间就有一段距离了。鹿遥记住了出租车牌号，随后掏出手机，跟指挥中心联系，要求附近派出所出警堵截！

转瞬之间，那辆出租车已不见踪影。

“妈的！”鹿遥狠狠地捶了一下方向盘。

就在鹿遥四处寻找的时候，有两辆警车从不同方向赶过来。鹿遥下了车，三四个民警从雨中跑过来。鹿遥简单跟他们说明情况，安排大家分头去找。鹿遥站在雨中喊道：“那个女人受了伤！要注意附近大大小小的医院，甚至是小医务室！”

再次上车，鹿遥才突然醒悟过来，刚才发号施令的时候，语气好像自己仍是刑警大队长。“可你现在不是了鹿遥。”他警告自己说，“这样怎么能行呢？你得赶紧把角色转回来。”

看到鹿遥开的警车没追上来，董超才扭回头对马晓雅说：“好险哪！这不就是那天上午遇到的那个警察吗？”马晓雅趴在他的身上，好像已经晕过去了。董超把握着匕首的手抽回来，对司机说，“停车！赶紧停车！”司机立刻在路边停下车，董超把马晓雅刚扶下车，那出租车就刷的一下子狂奔而去，司机哪里还敢跟董超要车费？董超回头骂了一声，跟马晓雅说：“快，趴到我背上！”

马晓雅居然呵呵一笑：“猪八戒……背媳妇儿？”

董超恶声恶气地说：“还有心思开玩笑？为了你，我差点儿都没命了。咱们得赶紧离开！我估计，满城的警察都在往这一带赶！”

“听起来像是演电影啊。马上要来一场警匪大战？”马晓雅趴在董超的后背上嘟囔了一句。董超并不理睬，背起她就跑。马晓雅闭着眼睛，脑子里很混乱，突然很想大哭一场，果然她就哭了！而且，气势磅礴地哭起来。

鹿遥的判断倒是没错，马晓雅是喝了酒。马晓雅的包里，随时都装着一小瓶酒的。她趺趺撞撞从“梦巴黎”走出来，一屁股坐在台阶上，仰面朝天，迎接着噼噼啪啪落下来的雨点儿。然后，从包里掏出那瓶酒，用哆嗦着的手指拧开盖子，仰起头来，一饮而尽！随即，将那个空酒瓶远远地扔了出去。

喝了酒，身上的疼痛会略略减轻。

此时，趴在董超的后背上，她虽说浑身麻木，但心里一股子受憋屈的劲儿却急剧上涌。马晓雅再也忍不住了。她的身子一抖一抖，号啕大哭！董超背着马晓雅正在钻一条小胡同。他扭头喊道：“哭那么大声干吗？我这不是都来了吗？”

马晓雅脸上已说不清是泪水、鲜血还是雨水了！

大雨倾盆，胡同里面很黑。就在一瞬间，马晓雅体验到了那种叫幸福的味道。在马晓雅孤苦伶仃，备受欺压凌辱的时候，董超的后背是如此温暖，如此宽阔。这让马晓雅顿时有了一种踏实的感觉。她凑到董超的耳朵边：“董超，我喜欢上你啦！”

“你说什么？”董超大声问。

马晓雅捏了一下董超的耳朵，大声喊：“我说，你是个坏蛋！”

董超说：“姑奶奶，你小声点儿好不好？我跟你说，我本来就是个坏蛋！”

马晓雅笑了：“还让我小声点儿，你的声音也不小。”

穿过两条胡同后，董超突然发现迷路了，眼前的胡同像是个巨大的迷宫，钻过来钻过去，就是找不到出口。董超说：“丫头，坏事儿了。我找不到路了。我得赶紧送你去医院，就是找个小诊所也行。”

马晓雅说：“只要和你在一起，我就没事儿了。”

董超说：“那怎么行？你满脸都是血。”

“你这个样子，可真不像个杀人犯。”马晓雅在董超耳朵边说。

“杀人犯也是人！”董超瓮声瓮气地说。

马晓雅哈哈大笑：“你这人，猛不丁儿说句话还挺有意思的。照此推理，是不是也可以这么说，妓女也是女人？”马晓雅说完这句话，就觉着眼泪再次涌出来，她又一次放声大哭！

好不容易拐出一条胡同，忽然发现路边有一家小诊室。董超急忙背着马晓雅走进去。屋子里有两个女孩儿，正在嘻嘻哈哈说着什么笑话，一看到浑身鲜血的马晓雅，两人脸色都变了。董超把马晓雅放在座椅上，一回头，也吓坏了："天哪！你告诉我发生了什么事儿？怎么会流这么多的血？"

马晓雅咧嘴一笑："还能怎么回事儿？被狗咬了呗。"

董超的脸上肌肉扭曲，咬牙切齿地问："告诉我，谁干的？"

马晓雅脸上依然挂着笑："咱们得赶紧回家，这里不能待时间太久。"

董超却不管她，又问："你觉得哪里疼？"

马晓雅一咧嘴："我说过我没事儿，我哪里都不疼。现在，我就想回家躺着。喂，你怎么来了呢？"

董超没回答她的问话，一边看着门外一边说："大夫，你们赶紧来给她包扎包扎。"

那俩女孩儿却一时手忙脚乱，其中一个说："我俩都不是大夫啊。医生回家睡觉了。我们就只管卖药。"

董超一伸手就把刀子亮出来："你他妈刚才说什么？你再重复一遍！赶紧给她治疗，要不我杀了你们！"

两个女孩哆嗦着，赶紧去收拾包扎用品。

马晓雅看着董超，笑着说："我靠，不用这么夸张吧？看个医生还需要动刀子？"

董超不说话。他站到门口，警惕地看看外面，顺手抽出一根烟来点上。

第十五章

雨夜狂奔

董超和马晓雅两人前脚刚走，鹿遥的车就停在这家小诊所门前。

鹿遥走进门，看到两个身穿白大褂的女孩子，脸上仍然带着恐惧。他立刻意识到，那两人已经来过了。鹿遥立即问："有没有一男一女来过这儿？女的满脸是血。"

两个女孩儿一时都不做声，像是吓傻了。片刻过后，一个女孩儿说："是啊，他们刚离开！那女的看上去伤得好厉害，我们只是给她简单包扎了一下。男的手里拿着一把刀子，很凶很凶的。"

"往哪个方向走的?"鹿遥一边掏手机一边问。

两个女孩儿一起指了指一条小胡同。

鹿遥扭身就跑出来，同时打通了指挥中心电话："我是鹿遥。我发现那个杀人在逃犯了，请协调附近的所有值班民警，赶紧过来支援！"扣下电话，他下意识地去腰间掏枪，可那里空空如也。才想起来，今天没特别任务，根本没去申领枪支。鹿遥看看那条胡同，知道现在车已经没有了用武之地，于是，拔腿向那条黑乎乎的胡同跑去。

在鹿遥的记忆中，这条胡同他是曾进去过的。胡同的另一端，就是一条开阔的马路，而胡同两侧是居民小区。在这座城市里，这个区域一直是藏污纳垢之处。鹿遥心里很清楚，这一带到处是分支出口。别说是两个人，就是更多的人躲在里面，找起来也有难度。假如那一男一女住在这一带，就更不好说了。他加快脚步，沿着那条胡同迅速追过去。幸好，拐过一个弯儿，前面有一盏暗淡的路灯亮着，可以看见整条胡同。但是，没发现人影，灯光却映得雨线更加清晰。鹿遥抹一下脸，浑身上下早就浇透了，头发紧紧地贴着头皮。

就在鹿遥在迷宫一样的几条胡同里找来找去的时候，突然，他在雨声中听到了一男一女模模糊糊的对话声。

鹿遥悄悄地躲到一棵香椿树后。

说话的正是董超和马晓雅。董超对这一片根本就不熟悉，刚拐了两个弯儿，就再一次陷入稀里糊涂的胡同迷宫。尽管有一个出口，只有几米远，出去就是大马路，可对这座城市根本不熟悉的董超就是钻出不去。此时的马晓雅趴在他的后背上，或许是受伤的缘故，也或许是那瓶酒继续起着作用，还是有点儿神志不清。董超知道警察随时会出现，内心焦急万分，连连地问："丫头，我们该往哪个方向走？"

马晓雅的声音在雨声中细若游丝："别问我了，我现在也不知道！"

董超恶狠狠地骂了一句："狗日的！我早晚得让你给害死！"

马晓雅笑了："那你干吗傻乎乎地背着我满世界乱窜，把我扔下好了。"

"闭嘴！"董超说，"奶奶的，看来这辈子我就跟女人有仇。"

就在两人拐过一个角落，站到一个路灯下面的时候，突然听到背后有人喊叫："董超，站在那里别动！你要敢动，我就开枪！"

董超一下子呆住了！

他果然就一动不动了。

雨下得更大了！几条小河沿着他的头发流下来。董超站在那里，慢慢闭上了眼睛。那一瞬间，他甚至一下子浑身轻松。

老天爷啊！这噩梦般的一切，终于要结束了吗？

既然有人直接喊出他的名字，毫无疑问，那就是警察了！在远离家乡的这座城市里，还有谁能张口就叫出他的名字呢？董超想，也好，不能再跑下去啦。老子不跑了。老子真的是累了，真的要好好休息一下了。

就在这个时候，马晓雅却伏在他耳朵边说："他只有一个人。你放下我，赶紧跑吧！"关键时刻，这句话又起到巨大的作用，把董超的求生欲望给激起来了。

鹿遥在向董超慢慢靠近。他心里也是没底。手上并没有枪，只是抓着一副手铐。可怎么把手铐铐到董超的手上，这需要想好接下来的每一个环节。实在不行，就把手铐连接在自己和董超的手上，等待支援。可是，万一这个女人跟董超联起手来对付他，那样就会有不可预测的麻烦。鹿遥嘴里却在虚张声势："对！站在那里，一动也不要动！否则，别怪我不客气。"

鹿遥现在寄希望于董超一动不动。鹿遥测算好了距离，只要他不动，三五秒之后，手铐的一端就能扣在董超的手腕上，他的双手就在背后，就搅在马晓雅的屁股上。

就在这时，天空突然划过一道闪电，胡同内亮如白昼，紧跟着传来一声雷响！也就是在那一瞬，马晓雅突然从董超的背上挣脱下来，扭身向鹿遥扑过来！董超回头大喊一声："丫头，你别这样！我不想跑啦！"

可马晓雅似乎根本没听到。鹿遥知道，自己的计划已然落空。鹿遥当然不可能让一个女人迎面拦腰抱住。他身子一闪，马晓雅就摇晃一下，跌倒在地上。可没想到，她居然死死地抱住鹿遥的左腿。

此时，大雨倾盆，雷声连连！马晓雅可着劲儿喊："你这个傻瓜，还不赶紧跑啊！"董超傻愣愣地站在原地，看着鹿遥和马晓雅，呆了一两秒钟后，突然扭身就跑！

"你给我松开！"鹿遥大声吼叫。

马晓雅的双手仍然紧抱着鹿遥的腿不放。鹿遥没有办法，狠劲地一提腿，似乎鞋尖踢到了马晓雅的下巴，马晓雅一下子向后倒去！鹿遥回身看她一眼，又抬头看看快要消失在胡同口的董超，毫不犹豫拔腿追上去！

不管是鹿遥还是董超，这注定是一次惊心动魄的奔跑。

打流队长鹿遥这一次遇到的，是一个真正的亡命之徒！是一个真正的对手！尽管董超对这座城市的路况并不熟悉，但是，慌不择路的人更能够将自身的潜能发挥到极致。

董超此时心里的念头已经彻底扭转。他已经醒悟过来，心里只有一个念头：跑！使劲儿跑！使出浑身的气力奔跑！只有逃离这个警察的视线，才能够活下去。

一个人为了活下去而跑，那种奔跑速度当然非同寻常。更让董超欣喜若狂的是，这一次，他奔跑的方向是对头的。他已经看到胡同口前面马路上的车辆来回穿梭。

鹿遥的奔跑速度是很多人领教过的。尽管在倾盆大雨中，在电闪雷鸣中，他的速度仍然不算慢。而且，这一次他的注意力相当集中！在火车站广场发生的那一幕，肯定不会出现在他跟董超的赛跑中。因为这个董超的特殊性，无法让鹿遥的思维游走。此时的念头只有一个，抓住这个杀人在逃犯！

自从发现董超的背影，他就开始咬紧不放。有那么很短的一瞬间，鹿遥好像感觉到，自己一伸手就能够抓住董超的后衣领。当然，这只是奔跑过程中一个目测的很不确定的距离。同样，有一瞬间，跑在前面的董超，甚至在意识里能听得到身后鹿遥的呼吸声。

马晓雅的确被鹿遥踢到下巴了。那个部位顿时火辣辣地疼了起来。她伸手抚摸一下，骂了一句："鹿遥你个混蛋，还真敢踢我！"停顿片刻，又嘿的一声笑，嘟囔说，"人家是警察，有什么不敢的？还好，摸起来还在上面，没有被这家伙踢掉。"与脑袋上其他部位的伤相比，这也根本不算什么。

马晓雅像个死人一样，躺在雨水里，好半天没有起身。她的脑袋昏昏沉沉的，浑身没有一丝力气。她仰面朝天，甚至张开了嘴巴，任雨水灌进去。不过，她可没将那些浑浊的雨水吞到肚子里去，而是扭过头，恶心似的，噗哧噗哧朝一边吐起来。

过了好一阵子，马晓雅心想，我不能躺在这里，我得赶紧离开。用不了多久，这里就会出现一大帮子警察。他们会把我抓走。我不能被他们抓去。这种想法总算给了她一些力气，马晓雅恐惧地爬起身来，四下张望一番。她在辨识着方向，然后，也一瘸一拐跑起来。

出了胡同口，她立刻就明白所处的位置了。

毕竟，马晓雅在这座城里生活了好多年。

鹿遥和董超此时已经奔跑在远山城里一条主线上。慌不择路的董超突然改变了奔跑线路！他跑过人行道，躲过一辆迎面而来的摩托车，跨过路边绿化带，蹿上了马路主线！一辆出租车"吱"一声，来了一个紧急刹车！

司机惊魂未定，摇下玻璃，一句骂娘的话刚要出口，却见又一个人紧跟着跑过去。甚至，那个人还伸手摁了一下出租车前灯的位置。只眨眼工夫，董超已经一跃而起，翻身越过了马路中间的护栏，跑到路对面去了。随后，鹿遥的身子也灵巧地跨了过去！

那个司机于是把那句恶狠狠的骂，变成小声嘟囔：“奶奶的，都他妈的不要命啦？”

董超的身形一拐，沿着一条小道，钻进了这座城市最大的远山公园。公园里的灯已经熄灭了，到处一片漆黑。董超暗暗叫苦，鹿遥却高兴起来。鹿遥可是熟悉公园里的每一条小道的。董超的逃生欲望此时稍稍转移，心底的杀气却冒出来。他在瞬间就动了跟鹿遥决一死战的念头。反正，迟早也是个死！索性跟他拼一下。他的腰间是随时都别着一把匕首的。

那把匕首，伴随了他整个逃亡的过程。

此时，他悄然把匕首抓在手上，突然来了一个回身，向紧追不舍的鹿遥刺去！他要的就是出其不意的效果。他期望自己能够一击成功！

经验老到的鹿遥，在追赶过程中当然也料到董超随时会突然回身袭击。他注意着董超的一举一动。恰巧，此时一道闪电划过，鹿遥看到董超的手中一亮，随即将身体一扭！

可由于奔跑的速度以及董超此举的突然，鹿遥的反应还是稍慢了一点儿。他胳膊上突然热辣辣地一疼！

鹿遥本能地用左手格挡董超的右臂，右手一个直拳直奔董超面部。董超躲闪不及，这一拳结结实实打在他的右脸上！他感觉牙齿好像掉了几颗。董超的反应速度也够快，迅速抡起手中的匕首，逼得鹿遥后退几步。

鹿遥忍着疼痛，说：“董超，你应该明白，你跑不了的。如果你再暴力反抗，伤害警察，那就是罪上加罪，谁也救不了你！”

董超冷笑一声：“既然你是警察，你应该知道我到底犯的什么罪！一个杀死两人的罪犯，罪上加罪，还能怎么样？”

两人借着远处微弱的灯光对峙着。同时，寻找着制伏对方的机会。

“老兄，放松一下，我们能不能谈一谈？”鹿遥慢慢移动着双脚，继续做说服工作。

“谈什么啊？警察和杀人犯之间有什么好谈的？”

董超说着，突然挥起匕首，向鹿遥刺去！

实际上他是虚晃一招。他已经看到右边有一条小道通往大马路。在鹿遥扭身躲闪的时候，他的重心却迅速收回来，沿着那条小路，疯狂奔跑过去！鹿遥稍稍一愣的工夫，董超已经跑出一大段了。

鹿遥骂了一句："这个狗日的！"

公园的四处都是开放的，当董超从那条小道跑出来的时候，居然在路灯底下发现一个骑摩托车的人。雨已经停下来，那人的摩托车没有熄火。他是停下车脱掉裹在身上的雨衣的。董超片刻也未停留，猛地一下子就把那男子推倒在地！男子正要开口叫骂，却见董超已经跨上那辆摩托车。

男子立刻大声呼喊："干什么？抢劫啊！"他话音还没落，摩托车突地蹿出去了！紧跟着，男子看到了鹿遥的身影。他在飞速追赶奔跑的摩托车！人跟摩托车赛跑，怎么能占到便宜？终于，鹿遥眼睁睁地看着那车驶远了。他站在路侧，狠狠地跺了一下脚！

那个男子却跌跌撞撞跑过来，一把抓住鹿遥的胳膊："你肯定跟他一伙的，告诉他，把摩托车给我骑回来。要不，我就报警！"

鹿遥弯着腰，呼哧呼哧喘了一阵子，他指指董超逃走的方向说："不用报警了，我就是警察。知道吗？那个人，是个杀人犯！"

男子浑身哆嗦一下，立刻把抓着鹿遥的手松开了，冲着摩托车消失的方向看了一眼，好半天才嘟囔说："好悬哪！他手里有凶器吗？"

鹿遥不作答，掏出手机打给刑警队长何涛："何队，刚才我发现了一个网上在逃犯，叫董超。他在原籍杀死了两个女人。"

何涛好像已经知道了这件事情，语气非常冷静，问："你现在在什么位置？"

第十六章

惹来杀身之祸的电话

已是凌晨时分了，房间里的马晓雅弄清外面是谁以后，迅速打开门，一把将董超拉进来。这才压低声音问："狗日的！你是怎么逃回来的?"

"一言难尽啊!"董超抬手擦一把脸上的雨水和汗水，说，"我回来就看你一眼，马上就走!"

"傻瓜！那你还回来干什么?"马晓雅递给董超一条毛巾，"你就不会先跑远一点儿，再给我打电话，我去找你啊。"

"你才傻瓜呢！我估计明天一大早，你的手机就会被监控。我到哪里找你?"

马晓雅看着董超，突然扑上来，紧紧抱着他，寻找他的嘴唇。两个人吻在一起，像是要把彼此吸到自已的身体里。良久，董超慢慢地推开马晓雅："丫头，看来，咱俩的缘分到头了。"

马晓雅眼里含着泪："你千万别这么说。哪怕就有这么一个夜晚，我已经知足了。不过，你现在不能走。要走也得过了这几天再说。这时候出去满大街都是警察，找死吗?"

"可我担心明天一大早，通缉令就会贴到楼下，更走不了了。这楼道里的邻居，好多人看到过我，会去举报的。我迟早是个死，干吗拖上你呀?从法律上讲，你可是窝藏罪。"

马晓雅沉默半天，幽幽地说："说这些屁话有什么用?我早就知道，咱俩在一起就是个麻烦事儿。我不管那些了。不管怎么着，你现在不能出去。"

董超悄悄走到卧室的窗前，拉开窗帘往楼下看了看，长长地叹了口气，同时嘟囔说："不出去，天亮以后，恐怕就更走不了了。"

马晓雅说："你就躲在屋子里，哪里也不要去，我这个地方，也不是一天半天就能找到的。你来之后，就很少出去，邻居不一定能记住你。再说，你根本就没地方去。"

董超不说话了。

马晓雅坐在客厅里的沙发上发呆，她仍然浑身疼痛！董超回到客厅，看着马晓雅的脸，再一次问："到底是谁干的？"

马晓雅冷冷地说："都什么时候了，你还管这闲事儿？自己还顾不了你自己呢。"

"可我得知道是谁干的！"董超声音还是压抑着，"君子报仇，十年不晚。"

"算了吧你，少给我惹麻烦。你知道了又能怎么样？我一个小姐，挨别人打，有什么好奇怪的？"马晓雅说着说着，就激动起来，"你以为那些男人是人吗？我身上的伤，从来就没好过！你没看门诊室那俩女孩儿打量我的眼神吗？不错，我是个小姐！可小姐就他妈不是人啦？你说，是不是我脸上就写着妓女这俩字儿？为什么我到哪里都受歧视？为什么我马晓雅走到哪里，都是个婊子！"

董超咬咬牙，突然吼道："你别惹老子发火！哪来那么多废话？我在问你话呢，谁打的你！你认识不认识那人？"

"我说过啦，我不想说！"马晓雅一声大叫。

董超扑过来，一伸手把马晓雅提起来，压低了声音："我早就告诉你，老子是个杀人犯！"

"你以为我怕死啊？"马晓雅冷笑一声，"我是怕你死！杀人犯有什么了不起，整天挂在嘴上？就因为你是杀人犯，我才不能告诉你。难道，你还想去替我出口气？算了吧，你这份情我先领下。你现在要再去惹乱子，就真的是去找死。"

董超稍稍软了一点儿："丫头你记着，我不是个忘恩负义的人。这些日子，你够照顾我了。一个慌不择路的人，能过这种日子，我觉得够幸福。你受人欺负，我不能撒手不管。"

马晓雅伸手抚摸了一下董超的脸，说："我知道你什么意思。"沉默片刻，她抽出两支烟，一支给董超，自己点上一支，才说，"这鬼日子，我一天也不想过了。我讨厌这城市。"她扭头看着董超，"要不，咱俩一起走吧？"

董超语气还是恶狠狠的，脸上有一丝嘲讽似的微笑一闪而过："你跟着我能去哪里？我没地方去。"

马晓雅说："我想好了，你跟我回老家吧！你要不嫌弃我，就娶了我。咱们躲到山沟沟里去，那里有一片大森林。咱们躲到那里面去，去过安稳的日子。你会种地吗？"

"妈的，种地比杀人还难吗？"董超哧的一声笑。

马晓雅瞪他一眼："怎么老是杀人杀人的？以后我不准你再提这个词儿，你再提，马上就给我滚蛋！是什么光辉业绩啊怎么的？"

"好，我以后不提了。我跟你回家种地。"董超顿时软下来。

马晓雅说："不知怎么回事儿，我就觉得，你这人心还不坏。我甚至不大相信，你竟然会犯罪。"

董超说："你别指望我会告诉你我犯的那些事儿。"

"我根本就不想！"马晓雅连忙摆摆手，"你也不要跟我说。我是什么人，你很清楚，我自己也很清楚。我也不管你到底是不是杀人犯。咱俩以前的事儿，都互相烂在肚子里吧，没必要互相知道老底儿。"

董超叹口气："种地会很难吗？我以前可真没种过地。"

"种地倒不是很难，一学就会。可是会很累人的。说起来真怪，以前吧，我多么讨厌在地里干活啊！一想起大热个天，弯着腰在地里锄草，愁死了。可是现在，我突然不那么想了。我真的很想过那种日子。山里头的空气，比城里可干净多了。咱俩要是回到老家，就一起上山干活，一起回家做饭。或者，你在地里干活儿，我做好了饭，站到门口喊：'董超，董超。回家吃饭啦！'"马晓雅突然淘气地笑了，"嘿嘿，就跟唤小狗一样。你想想，那种日子是不是很好啊？"

董超眨巴眨巴眼睛，憨憨一笑："那叫什么，你挑水来我浇园。"

"是啊！要是你高兴了，说不定我还能给你生个儿子。你上山的时候，他就像个跟屁虫似的，颠儿颠儿地跟在你后头。"马晓雅越说越兴奋，"那可是我儿子啊！”奇怪的是，她忍不住又要掉眼泪。

“我想要个丫头。”董超瓮声瓮气地说。

马晓雅予以否决：“丫头不好！我不想要丫头。下辈子，我再也不想做女人。要有个孩子，我绝不允许她是女孩儿。这事儿我说了算，就要儿子。丫头大了，就会让你提心吊胆，会担心她受人家欺负。这个世界是你们男人的天下，女人走到哪里都受欺负。”

董超像是有点儿心不在焉了：“那就听你的，要个儿子。”

马晓雅闭上了眼睛，舒了口气：“那才叫日子。不知道我还能不能过那种日子。”

董超也觉得奇怪，他什么时候也这样儿女情长起来。

就在这时候，马晓雅的手机却不合时宜地响起来！董超立刻警觉地盯着马晓雅。在凌晨的这个时候，谁还会打电话进来？难道，警察这么快就找到了线索？马晓雅也皱紧了眉头，似乎她的好心情一下子被打乱了！

却是那个阿玲！

那个女人犯的这个错误实在是太大了。她太得势不饶人了，有点儿痛打落水狗的意思。她怎么就不明白，这样一个电话，极有可能惹来杀身之祸。

“小骚货，知道锅是铁打的了吧？”阿玲分明带着胜利者的口吻。

马晓雅还沉浸在刚才美妙场景的勾画当中，这个电话来得太不是时候，太破坏好情绪了。马晓雅稍稍沉默一会儿，咬着牙悄声说：“臭婊子，算你狠！我承认我骚不过你！我床上功夫不如你好。你可真厉害啊，能让那一群狗围着你转！”

“你承认老娘我厉害就好。记着，在‘梦巴黎’，你要是再敢和我作对，我就让你光溜溜地死在大街上！”

阿玲说完就扣掉了电话。马晓雅捏着手机，咬着嘴唇，瞧着房间的一个角落，好半天不说话。

董超问：“谁？”马晓雅依然不说话。董超再问一遍，“谁！”

马晓雅盯着董超：“是一个叫阿玲的小婊子。今儿晚上，就是她和几个畜牲把我打成这样的。”

董超轻轻吹了声口哨："亲爱的，让我看看她的电话号码。"

马晓雅猛地抬起头，端详了董超半天，然后，悄无声息地把手机递过去。

第十七章

紧急补救

鹿遥是在第二天晚上才拖着疲惫的身子回家的。在前一个夜晚，冒着大雨，他跟同事们在大街小巷里一直转到了天亮。董超劫走的摩托车，是祁连山找到的，在一座即将拆除的旧楼房里。当然，董超已经不见了踪影。整整一个白天，远山城里几乎所有的一线民警都参加了排查搜捕。可是，没有任何董超的消息。傍晚收队的时候，刑警大队长何涛看了鹿遥有几秒钟，嘿的一声笑，什么话都没说就走了。鹿遥看着他的背影，稍稍皱皱眉头。他很清楚何涛那一声笑里夹杂着什么内容。

鹿遥推开了家门，打开灯，刚一转身，却呆愣了数秒！

李小曼正坐在沙发上，只穿着睡衣，双手抱着膝盖。她抬起头来，看一眼鹿遥，又看一眼墙上的挂钟，轻飘飘地说："我还以为，你今儿晚上还不回来呢。"这句话证明，昨天的雨夜，李小曼是在这边度过的。她的话很柔软，让鹿遥一下子感觉有点儿不太习惯。

鹿遥嘟囔一句："怎么不开灯呢？鹿璐呢？"

李小曼站起身来，整个凸凹有致的身体，就摆在鹿遥视线内，声音却更加温柔起来："她啊，早就睡着了。"

这句话，让鹿遥心里的焦躁和郁闷稍稍缓解。他甚至有一点儿莫名其妙的轻松，或者感动。这简单的一问一答，稍稍唤回了往日里夫妻间的那种温馨。

李小曼说："先去洗个澡吧，你看看你，都成什么样子了？头发跟草一样。"

鹿遥又问了一句："这么黑，你怎么不开灯啊？"

李小曼幽幽地说："在黑暗里，人容易冷静下来，容易想明白一些事儿。"

鹿遥一愣，忍不住又打量一眼李小曼。看来，小曼这次回来，是有事情要跟他聊一聊的。这种话语，这种腔调，根本不是李小曼的风格。鹿遥甚至有种错觉，他俩又开始慢慢回到很久以前的某种状态。

鹿遥换上了拖鞋，先悄悄踱进女儿的房间，打开床灯。鹿璐的那张小脸儿就摆在眼前。

小家伙似乎做了一个什么美梦，嘴唇翕动着，面带微笑。鹿遥伸了手，轻轻拂撩一下遮在她额角的一缕头发。小家伙似乎讨厌别人动她，皱了皱眉头。鹿遥轻轻嘟囔："你个小坏蛋。"

这句嗔骂一出口，鹿遥笑了，心里的烦恼似乎那一瞬间消散了许多许多。

小鹿璐已经五岁半了。她是鹿遥跟李小曼婚后第二年顺理成章的果实。鹿遥那时候还没做好当爸爸的准备呢！在那个上午的某个时间之前，鹿遥一直还把自己当成孩子的。但那个时间之后，不一样了。鹿遥成了男人。

鹿璐是无意中钻进李小曼的肚子的。李小曼自然也没做好当妈妈的准备。按她的话说，她还想再玩几年的。她满肚子的宏伟计划，一直想在自己的书画艺术上更上一层楼。为此，她曾设计好一些路线，打算离开远山，去拜名师再加以深造。当北京的一些画家村一个又一个冒出来之后，她在一些朋友的劝说下也有了动摇，想入住北京，开工作室。鹿遥对此无法不支持。婚后，他就发现自己的排名在副检察长的家里永远是靠后的。所以，他不说话。不说话，就代表着默许，或者支持。

李小曼就像一艘扬起风帆的大船准备起航。可是，走不成了！小鹿璐开始在她体内折腾，开始让她时不时地出现妊娠反应。李小曼终于面对着这样一个现实——怀孕了！

跟鹿遥不太一样，当时这一消息带给李小曼的，并不是欣喜，而是沮丧。她认为鹿璐的出现，把她的人生格局整个打乱了。她把这个归罪于鹿遥。那段日子，李小曼的脾气，开始和她的肚子一样，一天天膨胀。鹿遥当时在刑警队，时间不那么充裕，一靠案子，哪还顾得上家呢？老丈人对此倒是很理解。男人嘛，男人是打天下的。他倒是越来越喜欢这个整天闷不做声的女婿。可女人们不理解，丈母娘伺候闺女烦了。她老人家可好久不受那种苦了。

丈母娘开始唠叨："鹿遥啊，我家小曼跟了你，你说一说，是不是你的福气？就凭你的家境和工作，哪一点能配得上我家小曼啊？现在，小曼怀的可是你们鹿家的骨肉。当然，也是我们李家的。可最起码你得尽一个丈夫的责任吧？我理解刑警队的忙，但再忙，你也得抽空照顾一下老婆吧？"

这话实际上很刺激人。她竟然跟鹿遥谈责任问题！李大鹏的老婆还是老观念作怪。她不知道，这种话本不该出现在丈母娘对女婿的话里。你地位再高也不行。毕竟，家里不是要官腔的环境。尤其，对鹿遥这种人，这种盛气凌人的话是很容易引起情绪反弹的。

虽说鹿遥来自农村，可他从小到大也没受过多少委屈。相反，在副检察长家里，鹿遥却感到委屈无处不在。

不过，在那个时期，鹿遥还是采取隐忍态度。他不让脾气外露。鹿遥在单位、家、医院三点之间，往来奔波。这样，就相当疲惫了。

终于，曙光出现，李小曼在一天上午九点不到的时候给鹿遥打电话："鹿遥，你快回来，鹿璐想出来了。"

鹿璐这个名字，在李小曼怀孕一个多月的时候就诞生了。李小曼根本没和鹿遥商量，就把肚子里的一个小生命命名为鹿璐。鹿遥对此实际上非常满意，不满意的是，李小曼居然连这也不跟他商量，就擅自做了主。好在，李小曼不跟他商量的事儿，多得没法计算，不在乎多这一件。

鹿璐要出来睁眼看世界，无论如何是大好事儿！鹿遥赶紧驾车跑到医院。鹿遥的母亲，小曼的母亲，都已经在产房门口严阵以待。鹿璐的出生颇费一番工夫。按李小曼母亲的意思，直接采取剖腹产。可小曼不答应。李小曼是艺术家，脑子里有许多稀奇古怪的想法儿。她认为，女人生产，是一个伟大、刺激而又幸福的过程，必须得自己亲历。剖腹产是对这一艺术整体的摧残，也是对孩子的极大不公平。

鹿遥脑子里一团糨糊，根本不在乎她的理论正确与否，说实话，艺术领域里的很多事情他根本不关心。但老婆的话你得听，马上就要生孩子的老婆的话，你更得听！李小曼此前还精心准备了一台摄像机，让鹿遥把她整个生产过程全拍摄下来，她要留作资料。可是，小鹿璐显然是急性子，一旦想出来，就一刻也不想再待下去。所以，她催得太紧急，折腾得太厉害。事到临头，两口子都把全程录像这事儿给忘了。

即便是不忘记，鹿遥那天也根本顾不上。那一天，他彻底完成了从男孩子到男人的转变。如果说，人生当中有几次大的转折点的话，这一次肯定是无比巨大的一个。它让人醍醐灌顶，大彻大悟！

鹿璐折腾得太厉害，李小曼叫喊得惊天地泣鬼神，偏偏她又坚持不剖腹。估计，几名医护人员不堪其折磨，破例让孩子的爹——鹿遥——进了生产室。鹿遥一只手压着李小曼的腿，另一只手被她握着，拧着，掐着。李小曼叫喊声一波高过一波："鹿遥！鹿遥！！鹿遥！！！"

鹿遥觉得脑子嗡嗡作响："我在这里，我在这里，小曼你别紧张我在这里！"鹿遥都语无伦次了。看到鹿璐的小脑袋一点儿一点儿冒出来，鹿遥感觉自己的脑袋空了，成了个大皮球。

一个生命，原来就是这样诞生的！

鹿遥一下子熟了，真熟了！

鹿璐苦大仇深叫喊出第一声来的时候，鹿遥把自己的脸贴在同样大汗淋漓的李小曼脸上。

他满脸泪水。

这个夜晚，鹿遥坐在小家伙的床边，忽悠一下子就想到了那些场景。李小曼悄无声息站到了门口，抱着胳膊，看着鹿遥的一举一动，轻轻地说："睡着好大一会儿了。你别弄醒了她！"

鹿遥退出来，看看李小曼，又没话了。一点一滴的往事就又浮出来。他终于问："今天怎么想起回家啦？"

李小曼嗔他一眼，微微一笑："你这话里有问题啊。怎么了？这里，难道不是我和鹿璐的家了？"

这样的一句话，有点儿避其锋芒。鹿遥不好接着再问，走到门边去脱衣服。没想到，李小曼居然走近了，悄悄把睡衣递过来。鹿遥脱衣服的手就猛地一下子停住了。

李小曼今晚的举动的确有些反常。

但鹿遥却猛地发现，其实自己内心里是渴盼这种场景的。闹也闹过了，正是疲惫的时候，来这样一次温馨的调整，似乎也很有必要。

接过睡衣，鹿遥进了浴室。他站在镜子前，端详着里面那张脸。眼角皱纹多了，胡子也是乱的，长短不齐，头发果然像是一堆乱草。一看就知道这个男人近期生活相当潦草。鹿遥嘟囔说："怎么成这样子了呢？"他拿过剃须刀来，先把胡子收拾干净才去洗澡。低下头的那一瞬，又注意起自己的肚子，居然有点儿显山露水。立刻想起来，好久没去健身俱乐部了。这样下去，恐怕身体也会垮掉，一个干刑警的，身体怎么能松松垮垮呢？

回到卧室，小曼已经躺到床上，用毛巾被横盖住腹部。鹿遥擦着头发，并没有去看她。李小曼也没看他，却拿出一本书胡乱翻着，发出哗啦哗啦的声响。

鹿遥擦了好久，就那么站在床边，好半天才说："我睡沙发去。"

李小曼继续翻书，没有抬头："也好。你是男人嘛，应该主动睡沙发。"

鹿遥转身打开衣橱，抱出一床毛巾被，转身走出去。李小曼看着他的背影，咬咬嘴唇。她把书重重地扔在一边，盯着门口发呆。

能做到这一步，李小曼自己也认为的确已经很不简单。她什么时候对鹿遥这么低三下四过呀？她这一次的大转变，来自于几天前一个闺中密友的电话。那女人问得很直接："小曼，你跟鹿遥，还真就打算这么闹下去呀？闹到最后，各奔东西？不考虑自己，也得考虑一下孩子吧？"

李小曼烦躁地说："哎呀，别提这事儿好不好？三句话两句话说不清楚的。"

那女人也爽快："什么说不清楚啊？就你那点儿小破事儿，我心里还不清楚？咱们都是女人，理解万岁！再说，女人嘛，也不要老是端着个架子。小曼，我很了解鹿遥的为人，这样一个男人，你怎么能扔掉呢？你扔了以后，就再也找不到这样的了。我可警告你，我今天开车路过火车站，发现你老公鹿遥接回来一个女人。说实话，论长相，论气质，一点儿都不比你李小曼差。"

李小曼当场就大吃一惊："你说什么？鹿遥接回来一个女人？"

"你看你，听听你的口气。你这样子，可让男人怎么活呀？你要知道，男人有时候是需要女人去哄的。你没听说吗？一个女人要当好一个完美的老婆，那就必须对老公也具有母性的情怀。"

“算了吧你，要我哄他？想得倒美。他找到一个，我就彻底放心了。我还担心他歪瓜裂枣的，再找一个很困难呢。正好，我就盘算着怎么处理破烂！”

这话让另一端的女人哈哈大笑：“小曼啊小曼，你是高手！醉死了也不认三壶酒钱。你好自为之吧。”

当时，李小曼的确是有一肚子的火。拼命压着压着，还是压不住，就给鹿遥打电话了。可打过电话没一会儿，她就沮丧得像泄了气的皮球。她立刻醒悟过来，她的举动已经作了很好的证明：她还是很在乎鹿遥的。

当初搬到娘家去住，也是一时之气。一来，跟鹿遥的确闹到了不可收拾的地步，看上去像是一副无可挽救的残局。二来呢，鹿璐的姥姥身体现在越来越差，住段日子陪陪老人也是应当的。

李大鹏的事儿对老人打击太大了，竟把一个倔强的女人一夜之间给打垮了。别看老太太在外面腰板挺得老直老直，那是硬撑着的，是不想让外人看笑话。她要让人家明白，瘦死的骆驼依然比马大。李大鹏虽说进了监狱，但他的嘴巴很严实，最后来了个财产来源不明。对于那些数额不算巨大的灰色收入，李大鹏两口子内心自然明了。不但这些明了，而且流失走的，流失到什么地方去了，都明白。但他闭口不说，似乎也可算聪明之处。他知道，说跟不说，其实还是有差距的。审查他的那帮子人，虽说是全省各地抽调来的，但里头也有旧熟人，采取的手法招数，李大鹏多少年前也曾用过。

何况，据说，那案子挖着挖着，突然盘根错节起来，牵连的人越来越多，专案组的人开始如履薄冰。再后来，案子就此止步。

毕竟是虎老雄威在啊！李大鹏的老婆对这些事情看得很是透彻，等李大鹏的案子差不多大局已定，就有人偷偷把电话打进她家来嘘寒问暖。老太太心知肚明，心里暗骂：“你们要是讲良心呢，就该记着，是我们家老李救了你们一命！他没把你们都拖进去。”

话虽然这么说，人倒了，一切也就都不一样了。不要说像李大鹏这样直接倒进监狱里的，就是那些在任时风光无限的局长们，退休之后，立马就被人遗忘，被人抛弃，说句话连个屁都不算。

老太太在外面铮铮铁骨，一回到家，差不多浑身就松弛下来，往往瘫倒在沙发上，一倒就是好半天。

李小曼回娘家住，也是想照顾母亲一段时间。她已经眼看着母亲瘦了一大圈儿。

可鹿遥和一个女人在一起的消息一传到她耳朵里，她嘴上虽说强硬，但是头脑有点儿发蒙，接下来，开始心慌意乱，开始着急！她这才意识到，要真正失去鹿遥了。她的那个位置，可能要有另外一个女人去填充了。一想到这儿，她坐也不是，站也不是。最后得出结论，她其实心里还是爱鹿遥的，她根本不想扔掉鹿遥。后面这话，其实是不对的。现在扔和不扔的主动权是在鹿遥手里的，而不是在你李小曼手上。

所以，女友的话正确无比，轮到你去求鹿遥了。

其实，鹿遥没什么做得不对的地方。除了不能顾家，不能给她带来花前月下的浪漫，鹿遥是一个好男人，好丈夫，好爸爸。做得不对的，是李小曼。是李小曼一时失控，把一个好好的婚姻弄得遍体鳞伤。这才是问题的关键之处。如果你意识不到问题所在，还要继续拧着，死不低头，那这局面真就不可收拾了。

李小曼手忙脚乱收拾东西，手里牵着小鹿璐，打上一辆出租车，主动回家了。

她要进行紧急补救。

第十八章

出轨

半年前，另一个男人以另一种方式“潜入”了这座城市。男人叫王枋，李小曼的艺术学院同学。

李小曼在大学的最后一年，跟这个王枋有过一段恋爱经历。

大学艺术系的学生，在校期间不谈恋爱，简直就是天方夜谭。李小曼天生丽质，一向接受良好教育，因而形成良好的气质，追求者自然纷繁众多。可李小曼毕竟不是小家碧玉，她的眼光很刁钻，最初，一般的男生是不入法眼的。这倒有点儿像陶昕柔。不过，李小曼远没有陶昕柔那么孤傲。李小曼在关键时候是把持不住自己的。到了临毕业那一年，终于，这个叫王枋的锲而不舍的男生打动了李小曼的心。

他们开始约会，出双入对出现在校园里的角角落落。在一个花好月圆夜，两人在学校的操场上，由开始亲吻到手忙脚乱抚摸对方身体，再到王枋试探着解开李小曼的衣衫，一切按部就班。

李小曼没有反抗，没有矜持。

那个时候，在另一座城市的鹿遥，或许正在训练室里，戴着拳击手套狠狠地击打着沙袋。

但是，李小曼毕业的时候出了问题。王枋出生在外省的另一座城市，而且，家境比李小曼还要好。他老爷子已经设计好儿子未来的成长路线，毕业后，立即就会把他送到国外。男孩权衡再三，终于一声叹息：“天涯何处无芳草。”

李小曼得知他的决定后，扬起手狠狠地扇了他一巴掌。

这个举动太平常，太缺乏新意，太无可奈何。如果换了陶昕柔，是绝对不会这样的。男人这时候反倒希望有这样一个动作，作为一个句号。

就是那个暗叹“天涯何处无芳草”的男人，在国外逗留数年之后，又回来了。其实，李小曼早就从别人嘴里知道，他已在北京定居。在作画上，他属于那种高不成低不就，露不出将来能成为艺术大师迹象的画家。但海外归来，如同戴上了一顶华丽的帽子。加上这人对业内的旁门左道非常清楚，一边作画，一边倒腾画。与其说是一个画家，还不如说是个画商。因此，积了好多银子，与全国同道互相炒作的本领又高超无比，竟混到京城书画界腕儿的份儿。

男人到这座城市来是为了卖画。卖他自己的，也卖别人的。市里画界人物彼此都是老相识。画家王枋在酒店下榻，几个当地画商画家请他吃饭。聊着聊着，聊到了李小曼。

“李小曼啊，她还在远山？”男人哎呀一声。

听到他俩是同学，好事者就给李小曼打电话。李小曼一听，心态居然一下子有点儿乱。毕竟，这是她的初恋对象，而且，还把第一次给了他。远山的书画圈子里，乱七八糟的事儿自然也是一大箩筐。市里几个牛气烘烘的画家聚在一起，什么洋相都出。当然，不是没有人打李小曼的主意，但有贼心没贼胆儿。一则，李小曼脾气像个刺猬一样，弄不好会把人狠狠地扎一下子。再则，检察长的闺女，刑警大队长的老婆，那是好勾搭的吗？

知道那个男人来了，李小曼先是暗骂一声，心说，你还好意思联系我？当年是你甩了我，对我李小曼来说，简直是奇耻大辱！当时连杀死你的心都有，这时候你还找我干什么？

可毕竟时过境迁，许多年过去了，爱恨情仇，总是随着时间的流逝而淡化。再说，这男人来得也真是时候，正值李大鹏被“双规”，家里一团乱麻。李小曼正心烦意乱着。本来，是决定不去的。但在家里照样也是个心烦。于是，带了无所谓的心情算去散心。

没想到，两人一见面，许多往事又回到眼前。

那帮子市里的书画家，哪一个是傻子？从他二人的目光和话语里，很快就捉摸到一丝暧昧的气息，都恍然顿悟了。

当夜，酒席散后，只剩下两人在路上走，聊家庭，聊孩子，聊画坛。

聊到半夜，才各自散去。

第二天早晨起来，李小曼就感觉心里更乱了。有那么一瞬，她突然觉得想哭。李小曼很清晰地看到，这些年来柴米油盐的日子，把自己锻造成了一个世俗的家庭主妇。而李小曼的志向，是做一个个性独特的艺术家的。李小曼走进画室，打量着自己的那些画，突然非常沮丧！她说："你现在的水平，已经局限在了教孩子的层次。再这样下去，你充其量也就是个美术老师。"

这当然也是陶昕柔跟鹿遥所说的那种焦虑了。李小曼对自己很不满。李小曼还没意识到，此前这种情绪虽然有，却没这么强烈。此时的强烈，正因为王枋昨晚的那些话。

"小曼，你很有艺术天赋。在学校里我根本就比不上你。你把你的画交给我，我在北京给你运作。或者，你干脆去北京开个工作室。用不了几年，你的画的价值就会数十倍增长。你会成为一个大画家，而不是在远山这样的小城市委屈自己。在远山，你的艺术天赋会被埋没。"

此前，她还没彻底明白地看到，自己在远山是委屈的，是被埋没的。这样一来，竟然很清晰了。而且，李小曼在那个清晨，对鹿遥的评价也突然有了些异样。鹿遥这个人，不但不懂得艺术，而且还不解风情，一点儿都不浪漫。他不懂毕加索，看不懂后现代主义的作品，甚至，蒙娜丽莎的那一抹微笑，都根本触动不了他。王枋可就不同了。长发飘逸，风采不减当年！尤其是那一顿海侃，简直中西方艺术集大成。

因此，王枋再次把电话打进来，邀她赴宴，李小曼没有拒绝。到那里后，却发现只宴请了她一个人，意思就再明显不过了。吃过饭，两人进了王枋下榻的宾馆。关上房门，李小曼突然意识到将会有一个极大的诱惑在等着她。当那个诱惑真正来临时，鹿遥，鹿璐，在她心里居然慢慢消失，变成模糊的背景，有的只是一种莫名其妙的刺激和诱惑。男人是情场老手，李小曼一看就明白的。可李小曼居然不在乎。说到底，在那个时刻，她内心里只不过渴盼一次外遇，或者婚外情，来刺激一下死水一潭的生活。李小曼也一直认为，艺术家是需要激情才能迸发艺术天分的。毕加索可以作证，他所以蜚声画坛，与他跟数不清的女人交往是息息相关的。女艺术家当然也是如此。

李小曼把这样一次危险的旅程，上升到形而上的高度。或者说，她那时，根本意识不到这是一次情感上的背叛。说来也很奇怪，有时候，李小曼甚至渴望来一次充满冒险色彩的一夜情。鹿遥在那方面不是不行，可小曼一直感觉不满足。实际上，时光流逝，两口子彼此之间细至丝缕的互相熟悉，加之乱七八糟的琐事，影响到了鹿遥和李小曼之间的性爱质量。缺乏激情，像是互尽义务。在那样的一种情绪下，李小曼曾经在寂静的黑夜里睁大眼睛，看着虚空的地方，绝望地想：我的艺术才华，就注定要被这种平淡无奇的生活遮掩得毫无光芒了。

可这次跟王枋却大大不同。本是一段旧欢，不捡起来还可，一旦捡了注定是翻天覆地。在那个夜晚，她开始体悟什么叫释放自己。她明白了身体完全舒展开的滋味。她觉得自己身上的绳子一圈一圈地被解开。

当然，那一天，李小曼一回到家，心态马上就转变了。她开始后悔！她开始明白这一行为的危险性。尤其是面对鹿璐，面对鹿遥的时候，她的灵魂开始承受折磨。

当晚，刑警队长鹿遥就凭着极度敏感，觉察到了什么。

他问："今天怎么了？你眼神不对。"

李小曼吃惊地抬起头，可是，她发现自己不敢跟鹿遥对视了，只得顺口说："我去过鹿璐姥姥家，她很憔悴。我心里真的很难受。"

鹿遥于是顺理成章地相信了她的话。是啊，谁摊上那样的事情会心情愉快呢？

为了李小曼，男人在远山停留了半个月。

可那半个月，李小曼不再跟他联系，发短信也不回。事情往往就是阴差阳错，那一天，男人终于觉得应该离开远山了。于是，发一条情意缠绵的短信给李小曼。

而那一天，李大鹏恰好被宣布正式逮捕。

李小曼正在家里作画，闻讯后画笔啪的一声掉在地上。她正不知道如何是好，就收到了那条短信，鬼使神差，居然打回电话去。李小曼一开口就哭了。男人就开始哄。哄着哄着，男人感觉自己有责任去面对面安慰李小曼。于是说："你等着，我马上过去！"

李小曼还没反应过来，本还想说："你不要来我家里。"但心里方寸已乱，还有个幻想，平时，鹿遥这个时刻是根本不会回家的。

于是，画家敲开刑警队长家的门。

一进门，两个人就拥抱到一起。画家此行的目的是要道别的。他实在没有理由继续逗留在这座城市。他们俩谁都知道，这样一次见面凶险万分。可这个时刻，双方都显得有点儿弱智。李小曼在心烦意乱的时候感觉找到了依靠，再说，男人就要离开了。

就在这时候，鹿遥推门而入！

鹿遥一进房间，就凭着刑警队长的敏锐感觉气氛不对。客厅里的一男一女神情慌乱。鹿遥的脑子当时出现一片空白，一时居然不知道该如何开口，呆呆地站在那里。其实，客厅里的两位艺术家，也都吓得变了脸色！男人当然知道进来的是一名警察，而且，还是一位刑警大队长。李小曼则呼吸急促，脑子怎么转弯也不管用。她磕磕巴巴给鹿遥做介绍："我大学的同学，王枋。"

鹿遥脑子里再次嗡的一声！

在鹿遥跟李小曼的新婚之夜，鹿遥就感觉李小曼像是轻车熟路。传统观念根深蒂固的鹿遥一直注意着床单。结果，他在现场没有发现让人放心的痕迹物证。这个细节，一直藏在他的脑海里，让他耿耿于怀。

此时，他醒悟了！大学的同学，学画的，明白了。

鹿遥冷冷地伸出手，跟那位艺术家轻轻握了一下，然后扭头跟李小曼说："局里开个会，我回家来换警服。"

李小曼急急忙忙去卧室，给鹿遥找警服，以平定自己的心慌意乱，却差点儿将卧室门边博古架上的一个花瓶蹭下来。鹿遥扭头打量艺术家一眼，后者正在看李小曼画的一幅画："小曼的画，越来越不同凡响！"又扭头对着卧室门口，"小曼，还有其他的作品吗，我可以一起带到北京去。我现在对画市的行情可是很有研究的。"

鹿遥坐在沙发上，跷起脚来，冷眼打量这位艺术家。画家没话找话："我本来就要回北京的，可听说小曼这里几幅画不错，忍不住就过来看看。"

鹿遥根本就没听到他说什么。他的思维很乱。小曼从卧室里出来，递给鹿遥一套警服。鹿遥接过了，转身就往外走。

鹿遥当然不会了解所有的细节，也曾往好处去想，希望李小曼不是那样的人。可是，反复回想那天他走进家里的镜头，男人的慌乱，李小曼的张口结舌，这一切却都写满了内容。鹿遥是干刑警的，眼睛自然是毒辣。退一步讲，即便你们之间没什么事情，你也不告诉我一声，就把一个什么狗屁男画家往家里带，这也说不过去。

虽说，当天晚上由于李大鹏被宣布逮捕那桩事儿，稍稍放松了鹿遥夫妻俩之间绷着的那根弦，但两人心里都很明白，一道深不见底的沟壑已然形成。

第十九章

后院起火

鹿遥忍不住坐起来，点上一支烟。卧室的门悄悄打开。李小曼穿着睡衣，站在门口，悄声说："鹿遥，你能不能进来睡？"

鹿遥不吭声。李小曼走过来，蹲在鹿遥面前，轻轻抓住鹿遥的手，眼里满是泪水："鹿遥，你原谅我以前那些事儿吧？我现在除了鹿璐，什么都没了。我知道，有些事情我做得不对。可是鹿遥，我从来没想过要和你离婚。你别离开我，行不行啊鹿遥？你看，咱们还有鹿璐呢。"

这番话看似李小曼后退了一步，可在鹿遥的心里，却是某种猜测得到了具体的验证。鹿遥闭上眼睛，内心深处哀叹一声。当然，李小曼知道，鹿璐是最有力的撒手锏。鹿遥内心里坚守的某些东西，因为孩子而开始动摇。

鹿遥说："可这一次伤口太大了，我接受不了。"

李小曼半天不说话，就更证明了某些事情。过了好久，她突然抬起头来，说："鹿遥，你抱抱我。就当可怜我。好不好？你就忍心在这个时候抛弃我？"

鹿遥说："你要明白，不是我抛弃你。"

虽然嘴上这么说，但鹿遥看着李小曼的脸，仍然有一丝心疼。李小曼这个样子，以前是从没有过的，已经到了哀求的程度。而一天前，他们之间通电话的时候，她还是矜持得像一个充足气的球一样。看上去，此时突然泄了气。这让鹿遥稍稍有点儿没有防备。

在这个夜晚，相持已久的鹿遥和李小曼做爱了。

那已是后半夜，李小曼光着身子钻进了鹿遥的被窝。鹿遥在半睡半醒之间，终于还是搂住了李小曼。那是一次斑驳复杂，同时似乎又期望已久的做爱。无论对鹿遥还是对李小曼，似乎都有了一次新的体验。鹿遥甚至感觉，他第一次让李小曼体验到了那种眩晕的快感。过了很长时间，他们都一动不动。两人的眼里都有了泪水。

可同样，在凌晨的某个时间，鹿遥突然醒来以后，脑子里，忽地钻进了一种很奇怪的屈辱的感觉。而且，一旦钻进去就再也清除不掉。

他又在反复地问自己那一系列的问题，你怎么能这样呢？她在自己的家里，跟另一个丑陋的男人约会！难道，我鹿遥对你不好？那个男人能满足你什么呢？

鹿遥极力地躲避这样一个疑问，是不是那个男人，在某一个他不知道的时间里进入了李小曼的身体？一想到这问题，他的头就像是要炸开了。他决定不去想，要绕着走。那天清晨，他看了看身边的李小曼，突然感觉她身上有一种异味。他眼睛红红的，忽地一下起了床，走进客厅，坐在沙发上点上一支烟，然后双手抱起了脑袋。

鹿遥揪着自己的头发，陷入焦虑和惶惑之中。

有那么一瞬，鹿遥觉得有点儿异样。他一下子抬起头，看到李小曼光着身子，站在卧室门口，一言不发。

鹿遥现在总算深切明白了一个词的含义：后院起火。连它的危害性都明白了。一个家庭突然出现缝隙，就像一幢老房墙上出现裂痕，不完整了，心里没底了。这种危害性是带有颠覆意味的，好像把整个人的意志、自信、尊严，都给颠覆掉了。

像陶昕柔所分析的那样，鹿遥跟李小曼的结合的确太缺乏共同基础，两人之间的差距是很明显的。

李小曼的童年是幼儿园、小学，而鹿遥小时候根本就不知幼儿园为何物。村里在上世纪七十年代曾设过育红班，算是幼儿园了。但鹿遥没去上过。鹿遥的爹鹿有余是个石匠。在生产队那会儿，的确是把好手。他力气大，大冬天里也能光着膀子抡大锤。不但如此，活路还蛮好。鹿有余是在石头上雕刻花纹的，算得上是民间艺人。鹿遥的孩童时期，差不多就是在叮叮当当的凿石声里度过的。夏天里，鹿遥几乎没穿过衣服，光溜溜的，黑不溜秋的，在石窝里钻来钻去。天冷时的衣服，是姐姐倒下来的，已经层层补丁。而且，很宽敞，可以在里面拳打脚踢。而那时的李小曼，在幼儿园里，唱着歌跳着舞，天真烂漫无忧无虑。

再向前发展，更加不同。鹿遥坐在村子里原地主的旧宅里读书，光线很暗，石头桌子，一直上到小学三年级还没用过铅笔，甚至，连课本都没有。那时候，李小曼就已经开始接触艺术，学儿童画。李大鹏在官场上也开始崭露头角。

鹿遥上初中了，是在离家三公里的一座山头上。早晨天还不亮，几个人互相吆喝着，背着早饭午餐——地瓜、煎饼——披星戴月去上学。民办学校的老师，家里大多有地可种，农忙时到教室转一圈，布置完作业就回去帮婆娘下地劳动。孩子们没了管束，就放了羊，呼啦一下，满山遍野。也许鹿遥掀开一块石头发现底下盘着一条蛇，惊恐地跳起来时，李小曼正站在市里某个礼堂里面，接受老师们给她颁发绘画大奖赛的奖状。

鹿遥念完初中，鹿有余不打算让他上了。鹿有余说："跟我学手艺吧。"

鹿有余对自己的手艺还是满自信的。他雕刻的石器很受欢迎。生产队解散，分田到户，鹿有余家明显滋润了。在农村，石匠、铁匠、泥瓦匠，这都是技术人才，有钱可赚的，有小酒可喝的。鹿有余当初拜师的时候，费了不少功夫。能称得上匠的人物，在村里走路的姿势都不一样。这是技术活儿，当然也是养家糊口的本钱。怎么可以轻易传给外人？因此那些匠门大多是家族式的。鹿有余满心希望鹿遥把他的手艺学到家，算是巩固住地基，可以娶个像样的媳妇，吃喝不愁。人这一辈子，可不就是如此吗？可鹿遥不同意。鹿遥倒不是有多么大的志向，但他的同学有好几个也考上高中了。别人能读，我为什么不能？为此，鹿有余大动肝火："我这是为你好，为你以后打地基，上学有什么用？你寻思大学是好考的？别做梦啦，人这一辈子该干什么是一定的，龙生龙，凤生凤，老鼠的儿子会打洞。你是石匠的儿子，能做个好石匠就不错啦。"

但鹿遥的母亲和鹿有余观念相左，她认为："男孩子不读书，不识字，就算是在庄户地里也是睁眼瞎。"她意识到了知识的重要性。说到底，还是一次农药中毒事件给了她这种观念。村里有个女人在给黄烟打农药的时候，把自己给药死了。兑水比例不对。她看不懂，不识字，估摸着操作。结果，背着喷雾器打了半截地，就躺下了，再没起来。这事例很残酷，让鹿遥的母亲一下子意识到识字的重要性。有了母亲支持，再加上鹿遥的倔脾气，这才使他如愿以偿。

而那个时候，李小曼已经正经八百地攻书画艺术了。

鹿遥读高中读得很吃力。基础太差，而且，严重偏科，结果，高三毕业一考，理所当然不中。到那个时候，鹿有余只有唉声叹气。开弓没有回头箭，鹿遥就是射出去的那支箭，不能回头了。那时候，农村盖房已经用窑砖，石头成本太高，不划算。鹿有余越来越感到有下岗的危险，也没底气让儿子继往开来。只闷了头，鼓足力气，供着鹿遥继续复读。鹿遥在学校再奋斗一年，开始了第二次冲刺！看成绩那天，忐忑不安地去，耷拉着脑袋回来。鹿遥把自己关在家里闷了好多天。一天早晨，他胡子拉碴地出现在爹妈面前，鹿有余嘴里刚刚塞块窝头，腮帮子都撑起来了，一会儿在左边，一会儿在右边。儿子一进来，那疙瘩固定住。鹿遥闷了半天，突然扑通一声跪下了！鹿遥那个动作太突然，太让人错愕，以至于鹿有余两口子变成了两尊浮雕。

鹿遥说："爹，娘，我还想上学！"

鹿有余看看老婆。老婆也正在看他。鹿有余总算把那块窝头吞下去，走过来轻轻一巴掌拍在鹿遥后脑勺上："只要你想上，我和你娘砸锅卖铁也让你上！"

鹿遥哭了。真的哭了！他爬起来就往门外跑。鹿遥家的屋后就是大山，鹿遥顺着熟悉的小路就跑上山。跑得腿软的鹿遥一下子躺在草地上，像狼一样号叫起来。好半天鹿遥才爬起来，看着东山顶慢慢升起来的太阳，狠狠地攥着拳头。

鹿遥发出那声号叫的时候，李小曼也许正在大学的操场上，跑过两圈，然后坐下来读一本琼瑶的小说。

不一样。简直太不一样啦。许多年以后，鹿遥和李小曼缠缠绵绵的时候，说起这些来，李小曼听得热泪盈眶。

第三次参加高考，鹿遥的分数仍然达不到本科分数线，但是专科或者中专，已大有希望。鹿遥看榜回到家，就像是一粒饱满的麦子，一进院子，就把自己的母亲抱了一下。有这个举动就够啦。鹿有余放心了，泪珠子在眼眶里转了几圈却没掉下来，他很夸张地咋呼：“还愣着干啥？杀鸡！挑个大的。”

母亲擦擦眼角，连连点头：“这就去，就去!”

院子里顿时生机盎然。母亲追赶那只鸡的动作都变了形。数日过后，鹿遥去拿录取通知书，一蹦一跳着回来！还没进院子，鹿遥就喊上了：“娘，娘，我以后就是警察啦!”

鹿有余正在院子里举着镐头劈一块树墩子，听到这句话，砰地一下把镐头扔到地上，那镐把头砸在他的脚背上，居然没感到疼。

“什么！警察?”这太出乎老石匠的意料了。

第二十章

警察打人

鹿遥的电话响起，是刑警大队长何涛打来的。如果没有任务要安排，何涛一般不会主动给鹿遥打电话。鹿遥正猜测什么事儿，何涛却闷头闷脑发起火来："鹿遥，你去看报纸！"

"看什么报纸?"鹿遥莫名其妙。

"晨报！"何涛撂下这俩字儿，啪一下扣掉了电话。

鹿遥快步走向广场一角的书报亭，卖报的老太太冲他一笑，对鹿遥都很熟悉了。鹿遥回报一笑，迅速抽出一份《晨报》翻看起来。果然，在一版的头条位置，看到一个非常醒目的标题：《你是警察，就可以打人?》后面的感叹号很夸张，像是要把无比的愤怒从报纸上喷出来。鹿遥迅速瞄了一眼，倒是没有太多虚构的成分，也没掩盖老吴的扒手身份。但文章侧重点显然在于，"警察打了人"！

报道说，老吴从拘留所出来，现在重又住进了医院，"记者赶到医院时，看到老吴的右脸肿胀，左眼角有伤痕。据老吴自己称，他的后脑部位至今还有些疼，尽管拍片未发现问题，但老吴坚持说，他可能是轻微脑震荡。"文末还称，"老吴显然被那名警察吓破胆子，一开始不管记者怎么问，他都没有说出打他的警察究竟是谁。最后才透露，对他进行刑讯逼供的是刑警队一位姓鹿的打流中队长。据老吴称，在整个殴打过程中，讯问室里只有那位姓鹿的警察一个人。"

文章下角，刊发了老吴的一张照片，眼睛被遮盖住，但鹿遥还是一眼就能认出他来。老吴正躺在病床上，旁边挂着吊瓶。

鹿遥沉默半天，突然三把两把就把报纸撕了个粉碎，骂道："这个狗日的，老子就是打你了，怎么着？狗日的记者，你怎么不把他偷老太太钱的事儿写上？"鹿遥觉得一阵眩晕，眼前金星乱冒，一股强烈无比的烦躁情绪突然袭击了鹿遥的大脑，甚至整个身体。

卖报的老太太莫名其妙地看鹿遥一眼，遂抓起一张报纸来看。看罢了，冲着脸色铁青的鹿遥诈唬起来："打得好啊！小鹿，大姨我支持你！这种人呐，就该打！狠狠地打！这个小偷我也认识，化成灰我也认得他，老是在这广场上偷人家钱包！那一回被人抓住了，打了个半死，还是不改。"

鹿遥冲老太太苦笑一声："可是，大姨你知道吗？我这下子可惨啦！"说着，伸手掏出钱递过去。

老太太连连摆手："钱我不要了！小鹿，需要大妈给你作证，你吱一声。"

鹿遥无奈地一笑："能需要您老人家作什么证呀？"他内心哀叹一声，把钱放在报摊上，摆摆手，走了几步，突然又想起了什么，重又走回来，仔细看了一眼那记者的名字。

李佑！对，这个记者他还算熟悉。不止他熟，打流队包括分局好多民警都熟。这几年，他已经对几个派出所进行过虚张声势的曝光。这家伙好像对警察怀有刻骨铭心的仇恨，时不时地冲民警下手，让人防不胜防。

一路上，鹿遥已经做过深刻反思。毕竟，这真是你的错！你没有控制住自己的情绪。人家记者报道的也算是事实，怨不得别人。他打算跟何涛检讨，承认错误，听凭领导处置。

不料，一走进办公室，鹿遥立刻感觉气氛不对。刑警大队长何涛抬头看他一眼，就低头忙他的事儿了，好像办公室里压根儿就没鹿遥这个人。鹿遥的火气腾一下子冒出来，心想，姓何的你要什么大腕呀？我干大队长的时候，你敢这个样子吗？他转身就想离开，何涛倒开口说话了。

何涛一开口，就连讽带刺："鹿遥，你可以啊！你以为，你是警察就了不起啊？"

鹿遥正半转着身，忽地一下子又转回来："你这话什么意思？你干了半辈子警察，敢说你没打过人？"

何涛一拍桌子："我什么时候打过人了？公安民警严禁刑讯逼供！你是

老警察，这还不知道吗？还需要我随时提醒你吗，鹿大队长？”

“你了解事情经过吗？他偷了一个什么样的人你知道吗？他在火车站转悠了好几年，一直在偷，你知道吗？当时，就在现场，他已经全部承认了，并且交出了偷的钱，可一到派出所，就百般抵赖，这些你都知道吗？”鹿遥压不住火气了。

何涛手指上转着一根签字笔，慢条斯理地说：“我不知道，我也不想知道，我只知道你鹿大队长把一个偷了二十一块钱的小扒手打成了脑震荡！不管怎样，打人就不对！”

这话把鹿遥一下子闷住了！是啊，你打人就是不对的。

他抬脚就往外走，这个房间太让人压抑。可这个时候，何涛又嘟囔了一句话，鹿遥就站住了。

何涛说：“还说什么远山进来了杀人犯，在哪里啊？我们搜了好几天，连个鬼影子都没见。”

鹿遥折回身说：“这件事儿，我还真能拿着我的脑袋向你保证。因为，我亲眼见过那个家伙！他也亲口向我承认了，他就是杀人犯董超！还有，我追了他老半天，差点儿就追上他了！”

何涛仍然微笑着：“这我就纳闷了。按你的说法，杀人犯董超跟一个女人在一起，以你鹿遥的身手，总不能一个也盯不住吧？”

鹿遥说：“何队，如果是你，一个杀人犯，一个还不了解其背景的女人，你会首先想到控制哪一个？”

何涛微笑了，话锋一转：“当然，我很理解你。整天抓偷小钱的扒手，对你来说，是有点儿腻了。”

“什么意思？”鹿遥一瞪眼，“你还是以为我在编故事？”

“我没那么说。摆在我面前的事实是，我动用了几乎整个分局的基层警力，可是连董超的毛也没见到一根。”

鹿遥哧的一下掀开衬衫，露出董超的匕首留下的伤口：“这个总可以作证明吧？”

“这不过是一个伤口而已，”何涛不紧不慢地反问，“能证明什么？”

鹿遥立刻觉得，这个时候来见何涛是自取其辱。他扭头就走，没想到何涛又说了一句刺激鹿遥的话：“你以为，还是当年吗？”

鹿遥忽地一下转回身："当年怎么啦?"

何涛微微一笑："当年你是风云人物，你能一呼百应啊。"

鹿遥没料到何涛直接把这样的话说出口，等于冲他的脸就是一口痰。鹿遥伸手指着何涛说："姓何的，一出算一出，最好你别扯其他的。"

何涛说："难道我说错了吗?你那个大靠山李大检察长不是已经倒了吗?"

鹿遥气得一句话也说不出来。他悄悄把拳头攥起来。何涛不该继续刺激鹿遥，他忽视了鹿遥此时的心境。鹿遥现在就像一个已经点燃引线的炮仗，随时会"砰"的一声爆炸!

何涛却继续说："人啊，一定得记住，在其位，谋其政，不要太贪，手莫伸，伸手必被捉!这个道理大家都懂，可有些人为什么就不长记性呢?"

鹿遥恍然大悟，原来，何涛终于抓到一个对他冷嘲热讽的机会，等于他把一件武器递给了何涛。

鹿遥突然就爆发了，是非常可怕的爆发!他一个箭步跳到何涛的桌子上，下一个动作已经把何涛摁在身子底下!何涛还没反应过来，就被鹿遥双手抓住了衣领。

"你要干什么?"何涛的脸上，五官稍稍有点儿挪位。

鹿遥恶狠狠地说："你他妈的再敢侮辱我一句，我宰了你!"

何涛眨巴一下眼睛，呆愣片刻，吼叫起来："你知道你在干什么吗?"

鹿遥双手一推，何涛的旋转椅滑向墙壁，砰的一声，何涛撞到了墙上!何涛的身手自然也不慢。他迅速地站起来，扑向了鹿遥，一记勾拳狠狠地打在鹿遥左脸上。鹿遥觉得半边脸突地一麻，但他已经顾不得了，只意识到要还击!还击!狠狠地还击!他的拳头也出其不意打在何涛的下巴上。这一拳太过瘾了!鹿遥自己都感觉既快又重，何况，何涛的下巴迎过来得恰到好处。刑警队长何涛一声闷哼，向后倒去!

呼啦一声，门外闯进来一帮子刑警队员!

看来，这帮小子已在门外听了多时。大家一起动手，把鹿遥硬拉出去。鹿遥直接下了楼，拉开车门就钻进去。当他开着警车驶出刑警大队门口的时候，接到了祁连山的电话。祁连山小心翼翼地说："老大，那件事儿，居然上报纸了。"

鹿遥正在气头上，说："你小子别掺和！"

"鹿队，都怪我！可我当时没注意那小子身上有伤呀！医生当时也说了，他根本就没事儿！"

鹿遥慢慢把车停在路边："怪你什么呀？兄弟，别想那么多。这事儿有我顶着。有人问你，你就说什么也不知道。特别是那些狗日的记者，谁问也别说。"

祁连山急了："那怎么行？我要给你作证，那个狗屁记者全是胡说八道！谁说没别人在现场？我在！好多人都在门口站着呢！我们都能给你证明！"

"你小子考虑得太简单啦！这是有人想整我。"说完这句话，鹿遥突然想到了刚被自己打倒的何涛，难道是他？他故意整我？看来，那一拳还真打对了。刚要扣电话，鹿遥又想起了一件事情，"对了，你想办法把那个记者的手机号码给我搞到手。"

祁连山问："要他的号码干吗？扁他一顿？"

鹿遥一皱眉头："又多嘴不是！"

祁连山连声说："好的，我去查！"

鹿遥的脑袋快要爆炸了。他搞不懂为什么会发生这样的事情！难道，我就像陶昕柔所说的那样，真有了病态人格，神经病？真有了暴力倾向？先是打了那个小偷儿，现在，居然把大队长何涛给打了！怎么能这样呢？不管怎么说，人家何涛现在是领导！堂堂一个大队长，被自己下属打趴下了，这还了得？那一拳的力量很大，落点很准确，很踏实。鹿遥甚至听到何涛的下巴咔的一声响！要是把何涛打进医院，可就真麻烦了。这件事儿比打老吴还要严重。

鹿遥把车停在路边的一棵树底下，下车点上一支烟，靠在车上抽起来。

第二十一章

艺术家的土匪儿子

在那个雨夜里，马晓雅差不多折腾了半宿，浑身上下没有一处不疼，不管躺着趴着，都睡不好。董超呢，根本就一夜未睡。一则，那个夜晚的经历太惊心动魄，是他逃亡以来所经历的最恐怖的一个夜晚。再则，马晓雅那个样子的确让他不放心了。他靠在床头上，打量着马晓雅那张肿胀的脸，忽然有点儿心疼。是真的心疼了。

董超开始像一个丈夫那样照顾马晓雅。他可很久没扮演这样的角色了。或者说，董超这辈子，就基本不熟悉这样的角色。他一直是被别人伺候的。婚前是老妈伺候，婚后是老婆。从没下过厨房，可那几天里他居然尝试着做菜做饭，而且，感觉到那样的日子很踏实。至于那种感觉，连董超自己都解释不清。就眼前这个女人，刚结识不几个月，彼此之间很多事情都不了解。马晓雅根本不知道他究竟为何杀人，到底是杀了谁。她不问，董超自然也不会主动说。董超呢，对马晓雅的身世也不想不问。起初，是互相之间都抱着隐瞒的目的，后来，似乎成了一种默契。是啊，问什么呢？对两人来说，那些事儿都不堪回首，甚至根本就不能去触碰。一个杀人犯，一个妓女，身上或者说内心里镌刻的过去，在常人眼里是难以理解也难以容忍的。即便是自己，也不想去揭开看一看。

不管怎么说，短短的时间里，董超却隐隐地触摸到了那种叫爱情的东西。那天清晨，他忍不住伸出手，轻轻抚摸马晓雅的脸。半醒半睡的马晓雅皱皱眉头，好像对董超的打扰很不耐烦。董超悄然笑了。

在那一刻，马晓雅既像个孩子，又像他的妹妹。那种感觉，他很久都没有了。甚至认识马晓雅前，从来就没有过。尤其是，马晓雅的眼睛里闪着光芒，在他跟前柔声勾勒两人未来的幸福的时候，董超感觉自己僵硬的桀骜不驯的心，被彻底融化。

相对来说，董超杀人前的人生还算顺畅，基本是按普通人的人生路线行走的。至少，他没经历过“文革”。他懂事的时候，“文革”的尾声也响完了。

他的家里遭受“文革”洗礼的是爷爷和父亲。

董超的爷爷是搞工艺美术的。简单说，就是设计陶瓷上的花样。这行当能安安稳稳度过“文革”，怎么可能呢？据说，爷爷董文光曾经设计过一套颇具影响力的“钟馗捉鬼”图案。钟馗是一种什么形象？说到底，那是一个大号的妖魔鬼怪。你董文光什么意思？把一个妖魔鬼怪刻画得炯炯有神，栩栩如生，意图何在？董文光的罪孽很外在，很突出。那个钟馗就摆在陶瓷厂的展览馆里，一进大厅就能看到。厂里红卫兵一开始闹起来，董文光首当其冲被揪出来。戴红箍的小伙子大姑娘把那套瓷器抱出来，在批斗会现场，一个个摔在董文光面前。董文光此前一语不发，看到那第一件瓷器哐当坠地，散作八瓣的时候，他突然做了一个很不适宜的动作。他一下子扑过去，想要保护自己的劳动果实。这个动作直接点燃了批斗现场的火焰。有个小姑娘挥着拳头，举着喇叭高喊：“牛鬼蛇神的代表董文光，被打翻在地，还不忘他的妖魔鬼怪兄弟！对这样的人我们是不是应该踏上一脚，再踏上一脚！”

山呼海啸中，董文光感觉一只小姑娘的脚果然踏在自己的脑袋上。很快，无数只脚踏过来。董文光反倒感觉不到疼。董文光的脸贴在一块瓷器碎片上，他的目光跟钟馗的目光久久对视，直到瞪得眼睛生疼。瓷片划破了他的脸，血滴下来，滴在钟馗的眼睛上。

那时刻，董超的父亲董凤翔正跪在台子的另一角陪老爷子挨斗。董文光希望儿子继承自己衣钵，董凤翔倒也心甘情愿。可他最擅长的却是刻瓷和内画手艺，属精细活儿。由于长期歪着脑袋琢磨他的艺术，董凤翔的左肩明显比右肩高一些，脑袋也微微朝一边偏。他的这一形象给小将们造成很不好的印象。简直不像话嘛！你歪着个脑袋干什么？在蔑视谁？还是在无声示威？

看到自己老父亲被很多人踩着，董凤翔一言不发。但他的头抬着，很具有表演色彩地偏在一边。有个小伙子一直试图纠正他这个动作，采取的办法是扇耳光。董凤翔的头向左歪着，这个姿势太适合用右手掌扇。于是，好多人都想试一试。那个小伙子是最锲而不舍的。许多人扇着扇着，烦了。因为，打一下那脑袋晃一下，马上恢复原状。那小伙子却极有耐心，抱有一股子不纠正此动作誓不罢休的态度，抽空儿就冷不丁来上一家伙。可最后那个小伙子失败了，他没有如愿以偿。

直到现在，董超大脑里储存的父亲形象，依然是歪着脑袋的。

董文光在那次政治运动之后，彻底离开他的艺术。不离开也不行，他的右手手指坏了两根！何况，他已经老了，再开始艺术第二春已经来不及。董凤翔损失稍小一点，他的手至少是完整的，不影响继续在鼻烟壶里勾勾点点。可他的左耳朵不听使唤，基本等于废掉了。

这一切，董超没有很深的印象，影响他的是父亲的性格。董凤翔一只耳朵废掉，不能酣畅地欣赏音乐。于是，想让儿子来弥补这一遗憾。董超被送进艺术学校，学美声。可董超的体格后来越来越不像学美声的，倒像是运动员，搞拳击或者跆拳道的。教美声的老师越来越怕他，或者说，怕他的钩子一样的眼神。

后来，董超果然以一记右勾拳结束了他的艺术之旅。

董超喜欢上一个叫梁文莉的女同学，属于暗恋的那种。董超的性格和董文光、董凤翔一脉相承，很内向，不善表达。眼睛里有，嘴巴却不太争气。偏偏那声乐老师对董超暗恋的对象颇感兴趣。结果出乱子了。

有天晚上，那老师继续留下得意女弟子补课。醉翁之意，显然不在于酒。董超早就按捺不住怒火了。老师正准备手把手地教学生把一个高音如何唱得余音绕梁，突然，董超瞪着眼睛就冲进去了！

从董超进去，到那老师哐当倒地，时间只有几秒钟。老师嘴角有血汩汩地流出来。董超的女同学梁文莉，正发出的那个高音就咯的一声，噎在喉咙里。董超以这个举动，把自己的艺术生涯打断了。损失却也并不算大，那老师还是很尊重董超的老爸董凤翔的，所以并没有继续追究。

对董超来说，甚至说有了个大收获——梁文莉变成他的了。

如果此前董超对梁文莉尚属暗恋。这一拳，就把事情挑明了。尽管，这方式看上去太暴力了。但暴力手段的确可以解决很多问题。董超就以这种方式，解决了自己的恋爱问题。

通缉令上说董超杀死了他的妻子。这个“妻子”，就是梁文莉。

董超性格里的另一部分，极有可能来自于他母亲顾秀英。

这一点，几乎所有亲戚朋友街坊邻居都深信不疑。

顾秀英虽说出生于农村，但以她的火暴脾气，拿下艺术大师董凤翔简直是小菜一碟。艺术家虽然在自己的那片领地自由翱翔，叱咤风云，但想在家里自由起来，却根本办不到。这女人不但对自己家人厉害，对外人也毫不含糊。街坊邻居都知晓她的厉害，一般是不惹她的。

有一例可作证明，那就是顾秀英骂街的本事。那时候，陶瓷厂宿舍还是几排平房，各家都有小院儿，就种种菜，养点儿鸡呀鹅呀之类的活物，解决孩子们的嘴馋问题。但麻烦也不免就有，张家的鸡跑到李家院子里，老孙家的猫钻进老王家的被窝里，是再正常不过的事情。但董超的母亲不这么认为，她绝对不允许有外来侵犯。别人家的鸡，怎么可以来糟蹋我的粮食呢？这没道理。有一天，邻居老张家的一只芦花鸡，居然很不识相地钻进董家小院儿。如果是一次礼节性的拜访，也许事情严重性不大。可那鸡天生自来熟，毫不客气伸着脖子享受董家的鸡食。顾秀英脑子里立即冒出领袖的一句话：“人不犯我，我不犯人。人若犯我，我必犯人。”顾秀英脑子里琢磨着这句话，行动上却是步步为营，稳扎稳打。她先去把大门关闭。这样，就形成院中捉鸡之势。随后，她悄悄地将一根棍子握在手里，似乎若无其事地逼近那只鸡。结果，一袭成功！一棍子就敲在鸡脑袋上！那只鸡只是扑腾跳跃几下，就倒在地上，蹬了几下腿，呜呼哀哉！接下来，顾秀英的动作更加干脆，扑过去一把提起鸡翅膀，提进了厨房，扔进一个水桶。拔毛，开膛破肚，塞进沙锅，一个小时后，董家小院上空洋溢着一派浓郁的鸡肉香。

董凤翔和儿子董超只管吃肉喝汤，完全不理会鸡的出处。许多年来已经习惯了。不属于他们管的领域，根本不问。

但老张的婆娘不是吃素的。她循线追踪，不到半天时间，就寻上门来。她走到董家院子里的时候，顾秀英正在颇有气势地对付那颗鸡头，见老张的婆娘进来，异常冷静，继续寻找着鸡脑子。老张女人一抱胳膊，问：“听说，俺家的鸡跑你院里来了？”

顾秀英拿油乎乎的手背擦一下嘴：“是啊，这不都吃完了。锅里还有点儿汤，给你舀一碗？”

这话让人措手不及。顾秀英你还不如说你没见呢，你说你没见，也算给人个面子。当事人否认罪行，至少取证上进展不顺。可是你主动承认，那意思这鸡吃得还有理有据了？

老张女人呆愣片刻，挽挽袖子：“顾秀英你别欺人太甚！你凭什么，凭什么杀我家的鸡？”

董凤翔正在剔牙，董超漱漱口，准备吊嗓子。听到这里才恍然大悟！董凤翔是文化人，不免惭愧起来。我的老天，吃了半天的鸡，原来是别人家的啊？这很不好。但董凤翔不敢说什么，不好说什么，很尴尬。董超则把脑袋探出来，观察局势。

顾秀英不慌不忙，说：“是你家的鸡，跑到我家来糟蹋我的粮食。毛主席说，人不犯我，我不犯人。你是吃屎分子。这道理你总该清楚吧？”

老张女人在厂里的幼儿园教书。但她既不是吃素的，显然也不是吃屎的。老张女人立即怒目横张：“你别以为别人怕你，我就怕你！你吃我家的鸡不要紧，该多少钱，你一分也不能少给我！”

顾秀英一把就把话头抓住：“你不怕我？我怕你啊？你也不撒泡尿照照自家是啥样东西？你就是个骚货，自家男人填不满，再找一根来。”

老张女人的确在“文革”时期有点儿被动。主动与男人划清界限，而且，划得很干脆清晰，表现也很积极，直接积极到革委会主任的被窝里去。

一听这话，老张女人立刻就像被电击了一下，突然，“嗷”的一声就扑上来！

董凤翔听到女人说那话的时候，就紧皱起眉头。他嘟囔说：“不应该，你不应该说这，说这干啥呢？”

他嘟囔他的，两个女将已经斗成一团。顾秀英身形瘦削，动作麻利。她一把就抓住了关键，她把老张女人的头发揪住了。老张女人在贴身对抗的时候，显然缺乏经验，而且，顾秀英违背打人不打脸的作战原则。不到两分钟，她就把老张女人的脸勾勒成一张大花脸。老张女人在这一环节中完全处于劣势。她逃了。但是，逃出门口之后，余恨未消。“俺的鸡也不是那么好吃的，谁吃了，头顶上生疮，脚底下流脓。男的吃了断子绝孙，女的吃了生孩子没屁眼。”

这番话，把顾秀英的战斗激情进一步挑起来，她准备宜将剩勇追穷寇。顾秀英回头朝屋里喊：“董超！到厨房去，拿刀！”

董凤翔此时出来说话了：“算了，算了吧，你吃了人家的鸡，还把人打成那样。”

“算什么算？人家欺负到头上，你连个响屁都放不出来！就凭着你，整天在个小瓶子里胡抹拉，在盘子上乱敲打，我们娘儿俩就被人家满门抄斩，你也不敢吭气。董超，跟我走！”

董超早已经做好准备，就等他母亲一声号令。一听说干这个，他就来劲儿。董超于是微笑着蹿进厨房，把菜刀握在手上，再出来，就问：“顾秀英同志，您发话，砍谁？砍左胳膊，还是右腿？”

娘儿俩走在大街上，天地一片辉煌。

顾秀英在前，双手攥拳。十五岁的董超左执刀，右拿棍，昂首阔步。老张女人在进门之前，一回头，蒙了！她反应倒不慢，一眨眼工夫，大门哐当一声紧闭！

顾秀英站在她家门前，叉起腰，气沉丹田，开始了那场许多年来在陶瓷厂都具有影响力和杀伤力的叫骂。其内容涉及到老张的祖宗八辈，涉及老张女人和天下男人奋力鏖战的每一个细节，每一个姿势，每一声呻吟。

董超站在她背后，脸上一直微笑。

董凤翔看到董超拿着菜刀跟了去，不免就浑身颤抖。他似乎看到了刀落处，血肉横飞！于是，他紧随其后。可一见现场那局面，稍稍放了心。人家关门不出，你娘儿俩总不能架起云梯，强攻城池。于是，他扭头就返回来了。走了没几步，迎头碰到一个熟人，一脸的笑：“董老师，你老婆，那真叫个厉害！”

董凤翔脸上一热，说：“是啊，是厉害。”

老婆就这样子，成型了，不好纠正了。许多年来，董凤翔自己都不堪其苦。就拿夜里那件事儿来说吧。董凤翔什么人物？正儿八经的艺术家啊！其思维，跟一个农村妇女的差距，何止是千里？艺术家么，对做爱这件事情，就很讲究。包括氛围、情调、动作的技术含量，乃至，身体的细微变化，这都在艺术家思考之列，一切细节完美，才能构成整体过程完美。顾秀英呢，对此却完全大大咧咧，竟是个破坏完美的架势。做那件事情，也跟下地干活到点吃饭一样。晚上，女人收拾一圈儿，钻进被窝，董凤翔还在看书呢，她劈手一把把书夺过去，说："来！"就这么简单，多少年了，就一个字儿，来！然后，直直地躺着，董凤翔皱皱眉头，俯身上去，开始"来"。董凤翔家藏书甚丰，"文革"期间虽说损失巨大，但毕竟是见过世面的。他在很小的时候就看过《春宫图》的，知道这其中花样繁多。早些年，他曾经想尝试一下，一次，刚把女人翻过来，女人却咕噜一下转回来，狠狠地扭他一把，说："流氓不流氓啊？"董凤翔顿时兴致全无。

老婆厉害不厉害，也就如此，董凤翔改变不了，也不想去改变，可是对董超这孩子的正常教育，却已是迫在眉睫。这小子完全不是董家风格，完全是个另类。老董家是书香门第，世代的房顶上都冒着艺术气息。到董超这里，一百八十度大转弯，坏了，出土匪了！儿子的前途实在堪忧，照这样下去，他的结局说不定会是杀人犯。

你瞧，董凤翔的眼光多么长远！他早就预测到了，董超迟早是杀人犯。

董凤翔决定采取行动，他把儿子送给一个唱歌的朋友，让他学学美声。意思再明显不过，在董超的血管里，输进一些艺术营养。可万万没想到，几年过后，儿子再也不肯学唱歌了，却领个大姑娘回来，指着他说："这是咱爹。"又回头指指厨房里忙活的顾秀英，"去，喊妈。"

董凤翔好半天才回过神来。

顾秀英却欢天喜地："哈，臭小子，像我顾秀英的儿子了。"

第二十二章

引狼入室

董超终于决定要出去一趟了。他坐在沙发上，静静地抽了几根烟，然后慢慢起了身，去卫生间洗了一把脸。站在那里，他盯着镜子里的自己看了好一会儿，才转身走出房间。在门口，董超又呆站良久。他想，这一去，还能不能再回来呢？还会不会再跟马晓雅见面呢？不由自主又走回来，走进卧室，又端详了马晓雅好一阵子。

马晓雅正在梦乡之中。随着疼痛逐渐消退，她开始睡得踏实了。

走出小区的时候，董超悄悄地朝四下看了一圈，确认周围并无危险，才低了头，沿着便道往前走。他静静地目视着绿红相间的地砖一块一块向后移动，脑子里却反复闪现那一串数字。董超佩服起自己的脑子来，那串号码被他牢牢记住了，再也没抹掉。

从马晓雅嘴里得知，那个女孩儿叫阿玲。跟马晓雅一样，是“梦巴黎”的小姐。

“马晓雅是我的女人。我的女人，我打可以，别人是不能动的。打了她，就是打了我！道理就这么简单。”董超低声嘟囔着，心想：对呀，见到那个女人，我是不是一定要把这几句话说给她听听？但接着，他就否定了自己。不行，最好什么都不说，只是教训她一顿。说出来，就把马晓雅给出卖了。

可以说，自从以一种独特的方式把那个叫梁文莉的女人追到手以后，董超就没有真正享受到所谓爱情的滋味。

与其说，梁文莉是爱上了他，还不如说怕了他！董超追女人的手段是很霸道的，很不讲道理的。梁文莉起初正是慑于他的暴力倾向，才答应跟他交朋友。当然，董超也不是一味逞强好斗。把梁文莉追到手之后，也如同一些小男孩一样，免不了头脑一热，就搞出一些意想不到的小情调，来哄梁文莉高兴。梁文莉既怕他，又慢慢觉得这人还有点儿意思。何况，低头不见抬头见的，摆脱他，的确并不容易。交往一段时间后，梁文莉不是没做过尝试，但董超很快就让她打消了这个念头。董超直截了当跑到她家里去，看起来像是她家的儿子。董超知道采取迂回战术，把未来的岳父岳母哄得挺高兴。他就像一块膏药，粘上就揭不下来。

没过多久，梁文莉被董超彻底拿下，是那种真正的实质意义的拿下。他把梁文莉理直气壮地放倒在床上，就在她自己家里，在一个家里没其他人的时刻，把生米做成了熟饭。

梁文莉自从跟董超结婚以后，根本找不到那种相依为命的感觉。同样，董超想在这个女人身上获得爱情，也几乎是不可能的。董超眼里的梁文莉，越来越像一个陌生人。梁文莉害怕他，结婚后依然是怕的。两口子，其中一个是怕另一个的，这日子还怎么过？怕的会觉得憋屈，被怕的表面上神气，但时间久了，看到另一个在逆来顺受，莫名其妙火气更旺。于是，开展一轮又一轮的战争。董超有时候也意识到自己心理不正常，也时常会焦躁不安。他怀疑自己什么地方出了问题。

跟马晓雅这些日子的交往，董超却遭遇了另一种截然不同的激情。

马晓雅居然不怕他，已经告诉她自己是个杀人犯了，这丫头居然照样不怕。而且，从来没露出鄙视他的意思。这一点很重要。其实董超在杀人前，比杀人之后更加自卑。在梁文莉面前所表现出的那一面，完全是一种虚张声势。结果，越是显得霸气，越是心里没底气。可怕的是，董超屡次从梁文莉眼睛里看到那种蔑视的神色。有时候，会让他不寒而栗！

这证明，尽管你以一种霸道的方式占有了这个女人的身体，可这个女人的灵魂在鄙视你，远离你！

马晓雅却不是这样的。他最初担心马晓雅会出卖他，可接触一段时间后，丝毫露不出一点迹象。这一点同样也很关键。这个世界上，并不是每个人都心甘情愿敞开胸怀，去接纳一个杀人犯的。

还有，马晓雅这个女人，跟梁文莉在床上的表现完全不同。晓雅激情澎湃，非常投入，时而一团面，时而一团火。换种说法，他唤起了董超的自信，更文雅的说法，是唤醒了董超的性意识。而梁文莉呢，自始至终都是一块石头。她让董超的征服欲望逐渐熄灭，甚至，要朝着阳痿的趋势发展了。董超有时候会从另一个角度分析，马晓雅这种女人善于逢场作戏，操那种职业的女人，床上经验自然丰富。可紧跟着会反驳自己，董超你是什么好东西吗？你是个杀人犯，你这样苛求别人，算怎么回事儿？

短短的几天时间过后，董超居然感觉离不开马晓雅了。一开始，马晓雅晚上去坐台，他还觉得无所谓。可慢慢的，那些奇怪的念头，开始像蚂蚁一样在咬着他的神经。马晓雅离开之后，他开始一阵一阵心慌。脑子里，却不断地闪现马晓雅在“梦巴黎”的样子，眼前经常出现一些模糊着面孔的男人，光光的身子，躺在床上，而马晓雅裸着身子坐在那些男人身上。每到这个时候，他就开始坐立不安，满屋子乱转！马晓雅被打的那个时刻，也正是风雨交加的时候，他站在窗前，极度混乱的心态终于达到极限。于是，忽地一下站起来走出门外。

恰巧，就在路边迎到遍体鳞伤的马晓雅！

走在马路边的董超，想起这件事儿来，不由得浑身弥漫着一种幸福感。这是不是证明，两人身上有某些神经是连在一起了？跟梁文莉一起生活那么多年，从来就没这种看似神秘的相互感应。

因此，马晓雅被打成那样子，他怎么可能袖手旁观呢？忍气吞声的事儿，董超向来是不干的。哪怕现在他是个仓皇逃窜的杀人犯。

街角有一个书报亭，旁边有一部公用电话。董超慢慢走过去，抓起电话拨打那个默念无数遍的号码。电话果然通了。好半天，才有一个慵懒的声音传过来。毫无疑问，阿玲是被吵醒的。她对这个电话的打扰显得很不耐烦，语气很冲：“你是谁呀？”

董超转过身子，背对着书报亭的主人：“阿玲啊，这么快就把我给忘了？”

话筒里传来一声哈欠：“我记不起来了。”

董超压低声音，说：“那晚上，在‘梦巴黎’，你不是还给我留过电话吗？”

阿玲说：“哦？我真的忘了。我给很多男人都留过电话。你有什么事儿，过会儿再说，我现在困死了。”

听起来，女人要扣掉电话。董超急忙说：“我想你了，现在。”

阿玲说：“现在？开什么国际玩笑？晚上去‘梦巴黎’吧！”

董超赶紧说：“晚上我就离开这座城市了。这样吧，付双倍的钱。”

电话那一端犹豫片刻，听上去声音精神了些：“为什么想到找我啊？你现在去‘梦巴黎’吧。”

董超的目光落在路口一个交警身上，嘴上却说：“不，我就想找你，我不喜欢别人。”

“你住哪家宾馆？我一会儿赶过去。”这女人上钩了。董超咬咬嘴唇。他知道，现在自己身上已没有足够多的钱了。何况，宾馆更不安全。这个环节，他倒是没想到。他说：“我已经退房了。你就不能破个例吗？与其我再去开房，把钱送给别人，还不如直接给你呢。”

电话那端又是半天没了声响。董超继续游说：“你放心吧，我只不过是个外地的生意人。完事之后，我立刻就离开这座城市。火车票我都买好了。下一次来，还不知道猴年马月呢。”

阿玲终于说：“好，那你过来吧。不过，我住的这地方环境不太好。”

“没关系，我对这方面要求不是很高。”董超歪着脑袋，耸起肩膀夹着话筒，伸手跟电话亭主人要过一支笔，把那个地址写在了手背上。

那是城郊接合部。是城市蔓延扩张到那里时，不情愿继续前行的地带。看上去既脏又乱，几个院子里堆满垃圾。阿玲给的地址，是一个小四合院儿。戴着一副墨镜的董超，老远就下了出租车，沿着一条胡同挨个门牌号搜寻过去。当然，他没忘记随时回头察看。这个时候，董超的心态出奇地好。

终于，拐进一条胡同之后，他看到一户人家的门口，站着一个披散着红头发的女孩儿。董超装作若无其事地走过去，女孩子一直看着他。他先是迅速确定了门牌号，然后，摘下墨镜，对那女孩子笑笑：“阿玲，还记得我吗？”

站在门口的正是阿玲。董超在她脸上还能够寻找到马晓雅给她留下的伤痕。阿玲居然笑着迎上来，一下子牵起董超的手：“怎么不记得？没想到你这人还挺痴情的。”

董超暗道：这小丫头反应倒快！

院子里四处堆满凌乱的东西，破箱子、旧衣服、垃圾袋。空气中弥漫着一股子臭味儿。董超不由得捂了捂鼻子。

阿玲说："我跟你说过，这地方脏了点儿，不过，这里倒是很安全。主要是房租也不贵。"

董超笑了笑，一扭头，却愣了一下。北屋里有个男人，正光着膀子低着头吃方便面。他皱皱眉头，迅速移动目光，朝其他几个房间看了一遍，倒不像有人的样子。阿玲住在西屋，董超进屋之后，发现里面收拾得还算整洁。屋子很小，一眼就能把角角落落都看到。床头一台风扇，正呼呼地旋转着。董超再次回头，确定身后无人跟踪，这才在床沿上坐下来，顺口问了一句："那屋子里的男人是谁呀？"

"他是我房东，没事儿。"阿玲一转身，把门关上，顺手反锁上了。再回过身来，就慢慢脱去了短衫，里面竟是没有穿胸罩的。董超当然不是来做这个的，在这样的环境下，再继续做别的事情，也就有了难度。另一个屋子里有人，如果女人大喊大叫，董超你可就死定了！在这一片儿，你想跑都跑不掉！因为，你根本不熟悉地形。

就在数秒钟之间，董超作出一个骇人的决定：杀死这个女人！

董超一抬头，阿玲已经光着身子贴过来。董超双手抓着阿玲的肩膀，一下子把她摁在下面，阿玲嘿嘿一笑："大哥啊？怎么这么性急？出门在外好久了是吧？"

她话音还没落，突然看到了董超目露凶光！阿玲先是呆愣片刻，接着就惊恐万分！她正要大声呼喊，董超左手迅速摁在她的嘴巴上，右手拇指和食指像钳子一样卡住她的喉咙！阿玲低声呻吟着。

"对不起，丫头！"董超悄声说，"本来，我只想狠狠地揍你一顿，把这口恶气出了。可是，太不凑巧了，那间屋子里有人。我要是不杀了你，他一报警，我就会被警察抓住！我要是被警察抓住，肯定就会被枪毙！我不想死，谁也不想死，那就只有你死了。你死之前，我得让你明白，我其实跟你无冤无仇。可是，你打了我的女人，马晓雅，这我受不了。"董超眼睛瞪得很大，咬牙切齿，"我真的受不了。"

阿玲的眼睛也瞪得很大，她盯着董超的眼睛，双腿蹬来蹬去，可是，她喘不过气来！不一会儿，她眼睛里的一丝光亮逐渐黯淡下去……

董超感觉有点儿奇怪。现在，杀死一个人怎么如此容易？整个过程中，他居然从容不迫，心态良好。

第二十三章

不收房租的隐情

热！天仍然是热的。鹿遥一走出门口，立刻被一团扑面而来的热气所包围了。那股子燥热，让人感觉就像在洗桑拿浴。鹿遥钻进车里，立刻打开空调猛吹一通。车子已经行驶上拥挤的中心大街。他是奔火车站去的。

据可靠消息，何涛并没有住进医院，也没有采取制裁鹿遥的举动。那则负面报道，也没有立竿见影。至少，分局领导还没有打电话来训斥他。这也许是好消息。当然，悄无声息的背后，兴许隐藏着更大的内容。既然还没有一纸令下让鹿遥离开现在的岗位，那么，火车站广场那一带，暂时还是鹿遥主要的工作场地。

就在这时候，一辆警车呼啸而过！

鹿遥看清楚那是刑警队的车，坐在车里面的是大案队的副队长老刘。他立即掏出电话拨过去："老刘，又发案了？"

老刘答："鹿队啊，在城郊发生了一起杀人案！"

"哦？"鹿遥一打方向盘，在路中间刷地一下就掉转车头，后面有一辆车赶紧来一个紧急刹车，"吱"的一声尖叫。鹿遥冲里面那司机笑笑，一踩油门，去追那辆警车。

不一会儿，两辆车一前一后在一个狭窄的胡同口停下。前方一百米左右的地方，另一辆警车停在那儿，派出所的值班民警在维持现场秩序。周围聚集了很多看热闹的人。鹿遥在前，老刘在后，技术队两名勘查现场人员一边戴口罩手套，一边快步跟上来。门口拉起一道警戒线，鹿遥抬脚就迈进去。

第二十三章

四合院的西屋，是一间低矮的房子，似乎是主人为了出租临时凑合搭建起来的。屋里很暗，气味独特，一下子就能嗅出女人的气息，夹杂其中的还有一股子潮湿的霉味。死者躺在床上，浑身赤裸，没有外伤，脖子上有手指掐痕。鹿遥转身走出院子，冲派出所的一个民警问："谁报的警？"

那民警指指一个赤着上身的男子："就是他，房主。"

"你过来一下好吗？"鹿遥冲那男子摆摆手。

两人进了院子，鹿遥说："你说说，怎么发现的？"

男子说："我在这间北屋里面住。上午大约九点左右，我起得晚了点儿，正在吃早饭呢。有个男的来找这个女的。我真没看清楚他长得什么样子。不过，看上去挺壮实的，胡子有点儿长，戴一副墨镜。这女人在夜总会上班儿，整天有男人来找她。有时候一大群，喝酒啊，吵架啊，闹腾到凌晨还不散。所以，平时我也不在意这些事儿。这女的跟那男的好像挺熟，手拉着手进来的。一进屋，就把门给关上了。可从那以后，屋子里头就没了动静，一直到中午吃饭的时候，还没动静。这就很奇怪了是不是？然后——"

男子说到这里，突然稍停片刻！鹿遥一直抱着胳膊，盯着他的眼睛："你觉得好奇，就去门口偷听？"

男子不好意思地笑了。

鹿遥说："你继续。"

男子说："我在门口站了好一会儿，里头一点儿动静都没有。我就寻思，该不是两人都睡着了？这女人是标准的夜猫子，白天睡觉，晚上活动。"

"你为什么感觉奇怪？"鹿遥问，"是不是你以前经常干这种事儿？"

男子拘谨起来，那么魁梧个汉子突然变得扭扭捏捏："我怎么能经常干这种事呢？她这种女人，来找她的男人就像走马灯似的。有时候，一点儿都不顾忌这院子里还有别人。一干起那事儿来，大呼小叫的，真叫人受不了！"

鹿遥摆摆手："你怎么发现尸体的？"

"我感觉奇怪，这一回跟以往不同。那男人进去以后，屋子里就一直没动静。要在以前，没几分钟，叫床声就应该传出来了。我凑到门口，听了老半天，依然没动静。可就在我转身回屋的时候，却听到砰的一声响！那声音离得不怎么远，也不怎么近，就好像是一件什么东西，挺沉的，砸在了地上。我在院里转了一圈，没发现什么不对的地方。然后，我又走到这个门口，你看那块玻璃，不是有一块地方没挡住吗？我就从那儿往里瞅了瞅。看到那女人躺在床上，男的却不见了。你说怪不怪？他怎么突然就没了呢？他绝对没从这院子里出去。再仔细打量一下那女的，不对啊，怎么看都像不喘气的样子。我觉得很害怕！犹豫好长时间，才决定敲门，可敲了半天，她也不开门，一动不动的。”

鹿遥紧皱着的眉头一直就没松开：“你跟这女人什么关系？”

男子没有防备，有点儿结巴：“没，没关系！”

鹿遥扑哧一声笑，伸手一拍他的肩膀：“紧张什么，我不过是随便问问。你对她这么关心，让我觉得这里面肯定有什么关系似的。你真是房东？”

男子很明显脑子有点儿不转弯，犹豫片刻：“也算是吧，这房子本来是我姐的，她跟我姐夫去城里头住了。我搬过来，一个人住也是浪费，就把这几间租出去。”

鹿遥点点头，突然又问：“这女人给过你房租吗？”

“什么意思？”男子又被打个措手不及。

“我没什么意思，”鹿遥突然提高声音，“你老实说，你跟这女人什么关系？什么夜总会啊？她是不是就一直住在你这里？是你雇来的。要不，你没事儿在人家门口偷听什么？”

“我，我，真是没什么！”男子脸色开始难看，汗水哗哗流。

鹿遥又悄声问：“这女人是不是你专门找来的？”

男子更加紧张了：“你可不能冤枉好人哪！我怎么能干这种事儿？”

“那这个女人在哪家夜总会上班？”

“我不知道。我只知道别人喊她阿玲。”

鹿遥问：“你姓李，对不对？”男人点头，茫然不解。鹿遥继续悄声说，“老李，我从你的眼神里就看得出来，你跟这个女人上过床，是不是？”

姓李的男子脸上当即五花八门了：“我，我，我没有！你血口喷人！”

鹿遥皮笑肉不笑，眼睛却一直盯着他：“你别紧张啊。我还知道，她虽然租你的房子，但是从来就没给过你房租，对不对?”

老李张张嘴巴：“你，你怎么会知道的?”

鹿遥嘿的一声笑：“老兄，男人嘛，有什么不好意思?睡就睡了，没睡就没睡。我跟你开玩笑，瞧把你吓的。”

老李尴尬一笑，拿手掌抹一下脸上的汗，悄声说：“虽说我是出租房屋的，可我真不知道她以前干什么。也不是我把她找来干这个的。你刚才说的那情况吧，是，是有。有一回，我跟她要房租，她说没钱，我说没钱怎么行，我得靠这吃饭。她笑了，说你要吃饭，我也要吃饭。你靠房子，我没啥可靠的，要不这样，我陪你睡一觉?我还没弄明白怎么回事儿，稀里糊涂就跟她上了床，后来，后来，这房租就不好再要了。”

鹿遥轻轻地笑了，正要再问，却见何涛从大门口走了进来。

两人对视一眼，都稍稍一愣。何涛的额头上贴着块创可贴，看上去样子有点儿好笑。他又看了鹿遥一眼，没说话，却问身边的民警：“尸体在哪里?”快要走到门口的时候，突然停下了。他慢慢转回身，冲着鹿遥说，“你来这里干什么呀?”

鹿遥脑袋“嗡”地一下子，对呀，鹿遥，你在这里干什么呢?在这个杀人现场，你算哪根葱啊?你的工作地点，应该是火车站广场。

身边那男子却急了：“你，原来你不是警察啊?”

鹿遥已经转身走出那个院子。

何涛冷着一张脸，盯了他的背影好半天。

第二十四章

祸不单行

鹿遥并不知道，此时，市局宣传处已经开始在为他的打人事件进行紧急灭火行动。那一则负面报道，引起了市政法委有关领导的关注。市局宣传处处长整个上午就坐在《晨报》老总的办公室内，洽谈如何挽回影响的事儿。另一路，是市局纪委的同志，已经到达鹿遥所在的分局，开始调查这一事件。

事情正如老吴他们所希望的那样，果然就闹大了！

正走在半路上，鹿遥突然接到分局一把手张局长的电话："鹿遥，你到我办公室来一趟！"

鹿遥问："张局，现在就过去吗？"

"马上！"

局长没称呼鹿队长或者小鹿，而是直呼其名，显然事态严重。这样一个事件，是直接影响整个分局全年工作的。也就是说，鹿遥这么一家伙，说不定就把局里评先进集体、立功受奖等等好多机会给毁掉了。"一百减一等于零"，这句口号，现在还挂在分局门厅内，进门一抬头就能看到。

走进门厅的鹿遥，抬起头看到这句话的时候，愤懑、委屈、羞愧、后悔、难过等等诸般心理，一起在心内纠结起来。

走进局长办公室，看到几个面熟但叫不出名字的人。鹿遥很快就明白了，几位是市局纪委的。

此时，鹿遥的精神似乎稍稍一触就会崩溃。他怎么也想不到，让人崩溃的事件，一桩接一桩降临到他的头上。鹿遥做出一副任人处置的样子，内心里却感到郁闷、压抑。有一瞬间，他甚至想哭！他弄不明白，参加工作这么多年，出生入死的时候经历过，荣誉加身的辉煌也经历过，可现在自己为什么会沦落到这种境地呢？完了，从此以后，在整个分局你甭想再抬起头来了。

鹿遥突然沿着另一个思路想，假如李大鹏还在任上，已经做了检察院的一把手，事情会不会完全不一样呢？

张局长的脸黑着，但话却并不冲："市局领导来，是调查你打人那件事儿。《晨报》的报道，也不见得完全属实。这家报纸的风格，咱们也是知道的。"

这番话，实际上是给鹿遥一个台阶，或者一个暗示，给鹿遥一个争辩或者翻转的机会。局长要么是爱将心切，要么是想大事化小。毕竟，此事发生在自己属下身上，事态越严重，作为局长压力就越大。队伍出了问题，说明领导带队伍的能力存在问题嘛。

鹿遥稍稍沉默一会儿，方说："当时我的确有些冲动，可事情没那么严重。那小偷的伤情，也根本不像报纸上说的那样。"

"也就是说，你动手了？"其中一位问道。

鹿遥低下头："我推了他一下。"

"一下？还是两下？推倒了？他的头部撞在墙上了？"

鹿遥说："两下。我把他推倒了。中间，我打了他一巴掌。"

局长一直紧盯着他，眉头紧锁。鹿遥的回答，看上去让他很不满意。他把头一扭，目光就拐向墙角的某个位置。不管如何，你自己承认了，还有什么可说的？撞得轻重，其实没什么分别。也许局长盼着鹿遥会矢口否认？那样可以延缓调查的进程，也可以为暗中做工作提供铺垫。坐在另一个沙发上的人又问："就只是推了他一下，打了一巴掌，没进行别的更厉害的体罚？"

鹿遥恍然感觉，现在的自己成了一个犯罪嫌疑人，以往他就是以这种口吻讯问嫌犯的。鹿遥说："是的。"

"你还打他身体的其他部位了吗？"问话的人有点儿小心翼翼。

鹿遥眉头紧蹙："没有！绝对没有！"

"你能够确定，那个小偷的伤情根本不严重吗？我的意思是说，我们到现在也没见到那个小偷到底是什么样子，我们不知道。”

另一个插了一句：“你当时为什么推人呢？”问的人在“推”字上加重了语气，似乎这个推的动作也是非常重要的。

“我脑子里很乱，很气愤，一冲动就动了手。那个叫老吴的扒手，已经好多次被我抓住。可结果呢，顶多拘留几天就放出来。仍然不改，还在偷。你们没见过他的那副嘴脸，趾高气扬的，根本没把警察放到眼里！”鹿遥越说越气愤，猛地站起来，“我实在是忍不住了！他居然偷一个卖鸡蛋的老太太！老人从农村赶到火车站，一共才卖了二十几块钱，容易吗？那小偷当场承认了的，到了派出所，又反口了！领导你们说，这可气不可气？我就奇怪了，为什么现在警察面临这么多压力？是啊，老百姓法律意识提高了，可为什么警察的执法环境却恶化了呢？你们领导高高在上，根本体会不到基层民警的难处。不信你们去问问，现在派出所的民警，治安案件还怎么处理？稍稍不慎，老百姓就去上访，去市委、市政府、市公安局，鸡毛蒜皮一点儿小破事儿，动不动就是要挟：警察有什么了不起啊，小心我去告你。是啊，老百姓是上帝，难道我们警察就是孙子？”

纪委的几名同志互相看看，有人欲言又止。鹿遥刹不住车，局长的脸色却稍稍缓和，嘴上却说：“小鹿，说事儿，别扯其他的。”

鹿遥说：“不，局长，我不说我心里难受。还有，那个记者李佑。据我了解，这些年他可没少给公安局搞负面报道。他怎么就没想到，他家里丢了钥匙进不了屋，不也是掏出手机就打110？我们给他屁颠屁颠服务的时候，他哪儿去了？我们整天加班加点，没白没黑，他哪里去了？我们好多同志面对砍刀面对枪支弹药，都冲锋陷阵，生命随时都可能丢掉，他哪里去了？”

纪委一位同志说话了：“基层民警的确辛苦，这我们理解。可也不能因为苦、累，就把这种情绪带到工作里面。不管怎么说，打了人，不，是推了人，这是不对的。但你也别有心理压力，我们来的目的，也是做到心中有数。当时还有谁在现场？”

鹿遥说：“还有祁连山和派出所的几个民警。”

“他们当时在哪里？”

鹿遥咬咬嘴唇：“他们站在门口。”

“这么说，你一开始讯问这个小偷的时候，真的是一个人？”

“是的。我一个人进去的。”鹿遥说，“我知道这不对。可是在基层，在派出所，这种情况时常会有。再说，我那不是正式的讯问。”

调查结束，局长去门口送客，鹿遥坐在沙发上，闭着眼睛，双手捧面。

“鹿遥，你怎么回事儿啊？”张局长回来后，顺手把门关上。

鹿遥抬起头，不知如何回答。因为，他不明白局长到底是指哪方面怎么回事儿，是曝光这事儿，还是跟何涛吵架。

张局说：“打了人，勇于承认这是对的。今后，这种事儿一有发生要及时汇报给我或者分管的副局长，把问题消化在内部。鹿遥，我不是偏袒你，而是从大局出发。你的问题，还不止这一桩！你居然把何涛都给打了！你究竟是怎么了，鹿遥？”

鹿遥急于辩解：“何涛他落井下石！”

局长一摆手：“我知道你心里有想法，你心里别扭。可是，去打流队，是你自己主动要求的，对不对？既如此，就应该摆正位置调整心态。我建议，小鹿你这阵子就休个假吧！休息一段时间，好好想一想问题。”

“为什么？”话一出口，鹿遥就觉着这问话很傻。

张局稍稍沉默：“鹿遥，你的工作能力大家有目共睹。可最近，我也听到一些关于你的消息。跟媳妇闹矛盾了是不是？两口子嘛，要合理化解矛盾。有人反映，你最近情绪很不对。所以，我批准你休息一阵子，解决一下家庭矛盾，放松一下心情。”

鹿遥张张嘴巴，还能说什么呢？心里却想，居然有人到局长这里反映我家庭的事情？肯定是何涛了。这小子怎么如此卑鄙呢？

从局里出来，鹿遥根本不想回家。他知道李小曼就在家里。鹿遥的心情已经糟糕到极点，却偏偏还不想回家，不想去面对李小曼。到陶昕柔那里去的念头是自然而然冒出来的。那儿总算还像是一个港湾，在等着鹿遥安稳着陆。

可是，细一想，又觉得不妥，你怎么能老是往一个单身女人家里跑呢？你鹿遥可还没有离婚呢。鹿遥苦笑一声，感觉可悲，在远山居然能混到如此地步，连自己的家都不想回了。别的朋友那儿呢？想想更加可悲，陶昕柔来之前，鹿遥居然找不到一个可以肆意发泄的朋友。从这个角度讲，鹿遥你是太孤独了。琢磨一圈后，鹿遥心想，不管怎么说，陶昕柔是可以让他宣泄和倾诉的，她还是他的心理医生嘛！

鹿遥为找到一个理由而稍稍心安，于是拨打陶昕柔的电话，问："你在哪里？"

听上去，陶昕柔在一个很吵闹的地方。她大声说："在看房子啊，怎么了？这么快就想我了？"

鹿遥说："我想找个地方清静一下。"

陶昕柔犹豫片刻："好吧，你过来接我。"

不一会儿，鹿遥就开车赶到陶昕柔所在的那条街。陶昕柔上车后，端详鹿遥一眼："脸色真难看，怎么回事儿？"

鹿遥发动汽车："没什么事儿，我这人，整天都这样。"

陶昕柔指指路旁的一间待出租的房子，一脸兴奋："老大，你看那位置怎么样？"

鹿遥说："我看不错！"

"还没看就说不错？就这么敷衍了事？"陶昕柔一撇嘴。

这时候，鹿遥的手机响了。他拿起来一看，是何涛办公室的。这会儿打电话干吗？他不是去发案现场了吗？怎么这么快回来了？难道，听说纪委来人的消息，特地打个电话来，以慰问之名捎带着进行一番讽刺挖苦？他犹豫片刻，直接把手机关了。

进了陶昕柔的房间，鹿遥一下子躺在沙发上，说："我真累呀。我想大睡一觉！"

"嘁！怎么跟我一样？"陶昕柔抿着嘴一笑，走到窗前，把窗帘拉上。这动作让鹿遥猛地抬起头，心里怦地一跳！

陶昕柔一边去开空调，一边说："好吧，你睡你的！我去买菜，做好午饭，再来叫床。"这句玩笑话也没让鹿遥笑起来。他叹息一声，闭上了眼睛。陶昕柔却走过来，踢他的脚一下，"换上拖鞋！"是一副命令的口气。

鹿遥慢慢起了身，去端详陶昕柔手里提着的一双崭新的男士拖鞋。陶昕柔说："这可是专门为你准备的。瞧瞧老同学我有多好！想当年，你要是使劲追我，说不定，我就嫁给你了。"

鹿遥稍顿片刻，说："算了吧陶美女，你那会儿能看得上我？"

陶昕柔顽皮地说："问题是，你也没使劲追呀！"

鹿遥不做声了，慢慢地脱下鞋子。陶昕柔俯下身来，提起鹿遥的鞋子，放到门口。鹿遥看着她的背影，又呆愣了片刻。陶昕柔忽然回头，悄声说："去床上睡吧！"

"我还是在这里吧！"鹿遥说。

"怎么啦？不敢呢，还是不愿意？"陶昕柔微笑着问。

"兼而有之。"鹿遥一笑。

陶昕柔紧追不舍："为什么不敢？为什么不愿意？"

鹿遥立刻感觉出，这是个危险的对话游戏。他投降："好好，我去。我斗不过你。"

他趿拉着拖鞋走进卧室。

陶昕柔抱着胳膊，一副获胜的神态，却跟在鹿遥身后，也走进来。鹿遥站在床边停顿片刻，陶昕柔在他身后，心底突然升起一股子怜惜之情。"怎么了？鹿大队长，没见过单身女人的闺房？"

鹿遥傻笑一下，乖乖地在陶昕柔的床上躺下来，说："那我就体验一下，单身女人的床，是什么感觉。"这句话一出口，顿时感觉太轻浮，出现了片刻尴尬。

陶昕柔却像是没听出什么言外之意，走过来，悄悄地把叠得整齐的毛毯拿到一边，似乎并不急于去买菜。她盯着鹿遥的脸问："出什么事儿了？脸色这么难看。"

鹿遥唉声叹气："市局派人下来了，调查我打人的事儿。就在这当口，我还跟何涛闹翻了！我打他的事儿，全局都知道了！刚才，局长安排我休假。"

"哎呀，祸不单行啊老大，"陶昕柔稍稍皱眉，"难怪你情绪这么差。"

"我知道自己的情绪差，乱七八糟的恶心事儿，全凑到一起了。你不知道，那个何涛都跟我说了些什么。你说，我鹿遥什么时候得罪过他？凭什么他要对我这样？"鹿遥愤愤不平。

"凭什么啊？"陶昕柔轻笑一声，"当年，你年纪轻轻就做了人家的领导，你想过凭什么了吗？要允许别人心里有想法，嫉妒心理，什么人都会有的。从心理学角度讲，这也是一种病态心理，看着别人比自己强，心里就不舒服，就焦虑不安。何涛那人我倒认识，工作能力有，不过就小心眼儿一点儿。他为什么对你那样，还不好理解吗？起初是因为窝火和嫉妒，现在则是时过境迁了，憋的一口气终于能发泄出来了。”

鹿遥说：“可我做错了什么啊？”

陶昕柔说：“你什么也没做错！发生在你身上的一切，我都能理解。”

鹿遥看着陶昕柔，这句话已经让他感到温暖。这样的话，在李小曼的嘴里从来也未有过。

陶昕柔突然问：“你，那天晚上回去后，没事儿吧？”

“哪天晚上？”鹿遥一愣，“下雨的那天？我根本就没回家。”

陶昕柔却问：“没回家，你去哪儿了？下那么大的雨。是不是还有别的家？”

鹿遥呵呵一笑：“你高看我了，我哪有那个本事？半路上遇到一个在逃犯，我差一点儿就能抓倒他了。结果，还是让他跑了。”

“就你自己一个人？干吗要冒那份险？”

鹿遥在陶昕柔的话语里听出了一丝关切。

他说：“我是刑警啊。”

“那个人是个危险人物吗？我是说，因为什么案子在逃？”

鹿遥看着陶昕柔，沉默片刻，说：“没什么危险，是一起经济案件。再说，我通知了队上，我们好多人的。”虽然这么说，鹿遥还是在心底产生一种怪异的感觉。他觉得，似乎冥冥之中，命运把自己和那个叫董超的杀人犯捆绑到一起了。这个董超，千里迢迢逃到远山来，难道就是为了让我抓住他？当然是个危险人物。非常危险！有两个女人死在他手上，毫无疑问，是个亡命之徒！鹿遥此时还不知道，城郊那起杀人案，也是董超所为。

“她回家了吗？”陶昕柔突然岔开话题，问了一句很别扭的话。

鹿遥知道那个“她”是指李小曼。他轻轻点点头：“回去了。”

陶昕柔问得小心翼翼：“和好了吧？”

鹿遥苦笑一下，却答非所问似的说：“这一次，伤得太重。”

陶昕柔似乎是漫不经心，却有点儿锲而不舍，顺势在床沿上坐下来：“我不明白，你说的伤痕，究竟是指什么？我也不知道该不该问。”

鹿遥叹了口气。

“不想告诉我吗?”陶昕柔看着鹿遥，目光犀利而执拗。

鹿遥把头扭向一边，突然咬住嘴唇：“我们能不能不谈她?”他眼前立刻出现了那个男人。

陶昕柔的好奇心起了，忍不住再问：“是你的问题，还是她的问题?”

鹿遥扭过头来：“有一天，我回家拿东西，家里有个男人——”

陶昕柔急忙伸手捂住鹿遥的嘴巴，两人都呆住了，半天不说话。陶昕柔打破僵局：“我明白了，鹿遥你别说了。不知为什么，我就是很想知道，你和李小曼之间究竟发生了什么事情。”接着，陶昕柔做了一个让鹿遥意想不到的动作。她慢慢伏下身子，随后，很快地吻了鹿遥的额头一下！“鹿遥!”陶昕柔轻轻叫一声，欲言又止。

鹿遥有点儿措手不及，片刻过后，他伸出胳膊，轻轻把陶昕柔揽到怀里，却什么话也说不出来了。陶昕柔再一次将双唇压在鹿遥的嘴巴上。这一次，两个人紧紧地拥抱着。陶昕柔喃喃地说：“鹿遥，我忍不住了!”她哭起来，“其实，那晚上，我不希望你走，我想让你留下来陪我！我站在窗口看着你离开的时候，心里突然一下子空落落的。说实话，这些年，我一直就感觉自己像一片树叶飘来飘去的，从来没有过家的踏实感。我真的很累啊。”

鹿遥内心深处有一声叹息响起，他把陶昕柔搂得更紧一些，感觉到陶昕柔身体越来越软。

但不一会儿，鹿遥的脑子里意识到有另一条绳索在悄悄捆绑着他。那是来自内心深处的一股传统思维的反抗。他一下子松开手。陶昕柔感觉到了，她感到鹿遥在迅速离开自己。她瞪大眼睛，盯着鹿遥。鹿遥的嘴唇哆嗦着，慢慢坐起来。鹿遥说：“对不起，昕柔。”

陶昕柔眼睛里的光芒慢慢消散，她扭过头去，咬起下嘴唇，眼里却兀自有泪花闪烁。

第二十五章

爱上杀人犯

马晓雅被噩梦惊醒的时候，已是午后时分。这一觉睡得死气沉沉的，开头和结尾，都是浑身疼痛着，如同散了架。那天淋过雨之后，感冒也来凑起了热闹。醒来时四肢软绵绵的，恍然不知身在何处。她接连喊了几声董超，无人回应。片刻过后，马晓雅忽地一下坐起来。

她立即就意识到，可能要出事，要出更大的事儿！

董超不在屋子里，会去哪儿呢？去买菜了，或者，下楼转一转？那倒是不要紧的。问题是，董超很少去做这两件事情。自从躲到马晓雅租住的这个屋了，他几乎从不下楼。那个雨夜是个例外，却差一点儿发生危险。按说，董超是根本不可能再离开这间屋子的。

不过，那个雨夜发生的事情，让马晓雅相信了董超所说的话。他的确是个在逃犯。当这一点确定后，马晓雅的内心变得有点儿矛盾。她不明白，当鹿遥要抓捕董超的时候，她为什么要去拼命阻拦，要保护董超逃走。难道，她跟这个杀人犯真的就产生了感情？

此时，董超不在家，会去哪里呢？他是不是真的去找阿玲了？想到这里，马晓雅不禁倒吸了一口凉气。那天，她把阿玲的电话号码透露给董超的时候，从董超眼里看到了一丝恶狠狠的亮光，让她稍稍有点儿后怕。这样的后果，难以想象。董超极有可能同阿玲发生冲突，而被警察抓住。如果他一气之下对阿玲下了狠手，把她杀了，那岂不更加可怕？“梦巴黎”所有人都知道我马晓雅跟阿玲吵过架，我被她打得遍体鳞伤。这个时候，如果那小婊子死了，警察首先怀疑的人，毫无疑问，肯定是我马晓雅啊！即便人不是你杀的，可你跟一个杀人犯住了这么长时间，怎么解释呢？

在屋子里胡思乱想了半天，却苦于无法跟董超联系。董超根本就没有手机，这个人来无踪，去无影。就算董超有手机，这个时候，她也不敢打了。万一董超现在已经落到警察手里，岂不是自投罗网吗？

又想，该不该给阿玲打个电话？如果她接了，证明至少她还没事儿。可如果董超因为找阿玲算账而被捕，那么以阿玲的性格，早就会打电话来兴师问罪，警察也早就找上门来了。

难道，阿玲已经死了？

马晓雅被这念头吓了一跳！继而自言自语："不会，不会的，董超不会这么做，他不会这么傻！已经杀过人了，怎么会再去冒险？他答应我，要跟我回家一起过安稳日子的。或许，他根本没去阿玲那里。可是，董超你个混蛋你到底去哪里了？难道你就这么无情无义，说走就走？你个没良心的，我供着你吃住还陪着你睡，总不能连个招呼不打就走人呀！"

马晓雅毕竟是马晓雅，她把所有可能发生的事情都想了一遍。最后，突然一下子觉得，一切都不那么关键了，跟董超的感情啦，留恋啦，突然被最后这一条推断排挤到脑后——那就是，董超或许根本就没去找阿玲，而是从这座城市彻底消失了。

马晓雅还发现，有个问题很可笑，直到现在，她都不明白董超究竟是哪里人。他或许真的走了，继续去浪迹天涯。或者，他所谓的杀人经历，根本就是个谎言。这样一个人，怎么看都不像是个杀过人的。不管怎么说，他来到远山，不过是个过客，暂时落落脚而已。那么，两个人这段世间的交往，就显得非常可笑了，像一个还算漂亮的肥皂泡，啪的一下破了，所有一切都结束了。世界上，或许根本就没有董超这个人。

"你个挨千刀的，算你狠！"马晓雅恶狠狠地嘟囔一句，像是给自己找到了一个理由，心里居然稍稍轻松。

但接着，有一个念头立刻驳倒了她。如果他没有杀人，那么鹿遥干吗盯住他不放？即便是没杀人，也肯定犯过别的罪了。

如此翻来覆去一想，她立即意识到，以最快的速度离开这座城市，是最佳的选择。她拖着沉重的身体，开始整理东西。她要走，回老家去！马上走！不能再在这里了。在这里的结果，不是去蹲监狱，就是把命留下。或许，连自己怎么死的，为什么而死都不知道。

“这种日子，我可真是过够啦！”马晓雅嘟囔说。

能带的东西并不多，整个房间里，属于她自己的，并没有多少。至于房租，是早交过押金的，但马晓雅不在乎了。最后，马晓雅来到卫生间，突然看到镜子里的那个自己。她慢慢地靠近镜子，却发现了一张丑陋的脸，眉毛画成一条线，眼影很深，像是许多天未睡觉，嘴唇红得让人恶心，额头包扎的部位，还能看到渗出的血迹。她哗啦一声打开水龙头，捧起水，使劲清洗着这张脸，所有都清理干净了，一张脸也就露出了本来面目。马晓雅忽然觉得镜子里的人是如此苍老，如此陌生，但现在这张脸，给了她某种新奇，是很遥远的一种感觉。她顺手拿过一根皮筋，将头发拢到脑后，扎起个马尾巴，细长白净的脖颈就显出来。马晓雅慢慢地抚摸着那儿，心道，好了，丫头，这才是真正的你。

出门之前，马晓雅突然站住，看了看绑在手腕上的手机。她想，要想彻底与这里告别，那就任何线索都掐断。我现在不需要手机。即便需要，变成另一个人的马晓雅，也必须得拥有一个新的号码。她迅速打开手机后盖，抽出手机卡，顺手扔到门后的一个垃圾袋里。

走在阳光里的马晓雅焕然一新。至少，她自己是这样感觉的。不止是穿着上的，还有心态上的。现在的她，看上去像是一个大学生，不是那个打眼一瞅就会判断出来的风尘女子了。那一刻，在心理上似乎已经与过去的生活来了个一刀两断。马晓雅的性格就是如此，一旦决定了的事情，就义无反顾。对于这座城市，她已经没有一丝一毫的留恋，只觉得这里污浊不堪，让她无法从容呼吸。

离开这儿！离开这儿！离开这儿！她一边走，一边在心里嘀咕这句话。出了胡同口，伸手一摆，一辆出租车就停下来。上车后，马晓雅发现司机从后视镜里反复打量她。马晓雅歪了头问：“怎么啦？干吗盯着我看？”

司机看上去有些年纪，轻轻一摇头，面带微笑：“我差点儿就认不出你来了。”

马晓雅一扭头：“哦？师傅你认识我？”

司机没再说话。马晓雅立即心知肚明，却突然想搞个恶作剧。她闯荡江湖这些年，积累了一大堆捉弄男人的丰富经验：“大哥，你说我漂亮了，还是丑了？”

司机慢悠悠地说：“姑娘，说实话，你现在比以前那种打扮漂亮多了。”

马晓雅狡黠一笑：“大哥，你别忽悠我啦！我不化妆，难道还更漂亮？”

司机晃一下头：“别喊我大哥，丫头，我女儿都跟你差不多大了。”

不知为什么，这句话让马晓雅感觉有点儿羞愧。

“唉！丫头。”司机突然打开话匣子，“我送过你两次，两次都是醉酒状态，你可能根本不记得了。说实话，我真是很心疼你。”

马晓雅咬着嘴唇，眼睛一热。

司机继续说：“看到你这身打扮，倒觉得亲切啦。这个世界上，还是有很多美好的东西的。只要自己努力，还能混不出口饭吃？你就说我吧，本来，是个下岗职工，一开始简直是走投无路，连自杀的心思都有。老婆孩子得吃饭哪。闺女还在上大学，儿子呢，正上高中。我去水泥厂扛过水泥，在劳务市场上挤在人群里，等着人家用工单位来找我；还上过建筑工地的脚手架，当小工；跑到海边盐场去，给人晒盐，皮肤都晒去一层。后来，跟人家倒班跑出租，车主跑白天，我跑晚上。你看，现在这辆车是我自己买的。日子虽说不是那么宽裕，可也算过得去。”

马晓雅的眼泪瞬间就流出来：“大叔，我现在就要回家。回老家山里种地去，我再也不回来了。”

“这就对啦！”司机似乎很兴奋，回头看了马晓雅一眼，“倒也不一定非得去种地。孩子，城里还是好人多，工作也好找，你随便找个事儿做。或许挣不了多少钱，可心里踏实啊。要不，我帮你找份临时工作？我认识不少朋友。”

马晓雅摇头：“谢谢你！可我不想在城里了，我要回老家呼吸新鲜空气去。”

那司机呵呵笑了：“是啊，还是农村的空气新鲜。城里什么都被污染了。”

不一会儿，火车站到了。马晓雅要付钱，司机却执意不肯收：“孩子，今天我高兴。既然你决定走，就算大叔我特意给你送行。”

马晓雅站在那里呆愣半天，不知说什么好。

在进站口，马晓雅忽然回过头来，打量了一眼这座城市，心里默默地说："终于跟这里告别了！终于可以回家啦！"

上了火车，找到座位坐下，掏出墨镜戴上，顺手抄起座位上的一份报纸，翻着翻着，马晓雅却被一条信息吸引住了。她看到了那篇对鹿遥打人事件的报道。

马晓雅把目光投向车外，心想，屁大的事儿，也登在报上？警察打人，算是很蹊跷的事儿吗？但接着，马晓雅就琢磨出另一种味道，那个鹿队长会不会是鹿遥呢？如果是他，肯定会受处分的吧？看来，这小子要吃点儿苦头了！

所想到的这一些，也不过转瞬即逝。她跟鹿遥之间的距离，太遥远啦！就像那晚上她说的那样，警察、妓女的关系，就是猫与老鼠的关系，注定走不到一起的。乘坐汽车来这座城市的时候，她曾经有过去找鹿遥的念头。毕竟，鹿遥是自己的老乡，住得很近的老乡，还是远房亲戚。他在这城市里生活了那么多年，还做了刑警队长，给她找份普通的工作，应该不会很难的吧？但后来，这念头被她自己打消了。说起来，理由很简单，就因为鹿遥是警察。

马晓雅早些年的确是怕跟警察打交道的。

当然现在就更不敢了。因为那个雨夜里发生的一切。

她看着窗外，计算了一下时间，等赶到家，恐怕天就大黑了吧？

那也不怕！反正，我现在是什么都不怕了。

第二十六章

意外发现

马晓雅刚刚离开几个小时，她租住的那间屋子的门，就被人哐当一声踢开！刑警队长何涛带着几名民警手里举着枪，一拥而入！

由于有了阿玲的手机，线索的确定还算顺利。何涛这人干活儿是挺干脆利索的，那边安排人看现场，这边他自己带着人就直奔“梦巴黎”。还没问几个人，一条线索就浮出水面。近一段时间，与阿玲发生矛盾的就是三陪小姐马晓雅。当然，“梦巴黎”的小姐也提供了马晓雅的地址。

何涛一边在“梦巴黎”转来转去，一边心里暗想，这“梦巴黎”看来是标准一个淫窝。回去后，是不是考虑跟治安大队长联系一下，搞一次突然行动，至少得警告一下。不过，能把这生意做得这么大，不知道是哪路神仙护着。

马晓雅的房间里空无一人，这在何涛意料之中。这恰恰能证明，马晓雅参与作案的嫌疑越来越大。在何涛看来，这条线路已经非常清晰，马晓雅与死者阿玲发生矛盾，阿玲约来打手助战，将马晓雅打得遍体鳞伤。于是，马晓雅怀恨在心，紧接着就施以报复。当然，她或许没有亲自动手，而同样依赖于另外一名男子。

显然，找到马晓雅，是破案的一个突破口。

可马晓雅这个名字，究竟是真还是假？她是哪里人呢？何涛带人在房间里四下搜索时，信息已经反馈回来。果然，马晓雅这个名字，光在本市就二十余个，全省呢，全国呢？有近百个。看来，马晓雅这名字太大众化，这还不包括马小丫马小雅等等一些谐音。

何涛倒是沉得住气，说：“那就一个一个去查吧，先在本市内查，再慢慢向邻近的省市。‘梦巴黎’的人反映，马晓雅的口音虽不是当地的，但也不会离得很远。”

在卧室里，发现床上有两个枕头。床头柜上有烟灰缸，里面放满烟头儿。烟是很呛人的那种品牌，不像是女人吸的。何况，床下摆着两双拖鞋，一双男式，一双女式。显然这屋子里肯定还住着一个男人。他跟马晓雅什么关系呢？是不是就是那个凶犯？

从杀人现场看，此人倒是很大胆，很熟练，很镇定，像是个老手。

何涛立刻电话跟各区县甚至周围地市联系，安排发协查通报，看能否串并案。同时，联系画像专家，给马晓雅模拟画像。当然，还有别的收获。在卫生间的垃圾桶内，他们发现一个刚用过不久的避孕套。在客厅的茶杯上，提取到一个男子的几枚指纹。门后那个垃圾袋，自然也不会被轻易放过，一名戴眼镜的技术警察小心翼翼地用镊子捏起了马晓雅的电话卡。

何涛本以为这个电话卡会提供一些有价值的线索，但放进手机一个一个排查通话记录，发现其作用并不是很大。马晓雅的老家没安装电话，亲属也很少有手机的。即便有，马晓雅轻易也不去打，同学啦，老家的熟人啦，马晓雅一概不联系。她知道自己干的是什么生意，自己都瞧不起自己，没什么可炫耀的。再者，这些年来，她独自一人闯荡惯了，觉得这样很好。除了老爹老娘，别无牵挂。

何涛查来查去，无非是马晓雅的那些小姐妹，以及形形色色的男人，都与案子无关，不觉有点儿泄气。

但也不能说完全没收获，或者，可以说有了一些意外之喜。通过那些电话号码，居然好些个男人都浮出水面。有几个人的名字，让何涛心惊肉跳。不是在当地商界小有名气，就是一些地方官员。何涛面对摆在桌子上的这些信息，沉默了半天，仰天长叹一声！

他想，虽然不排除马晓雅和阿玲是从别处搜来这些号码的可能性，可是，不管怎么说，这些人的手机号码出现在两个三陪小姐的通讯录里，想不让人产生联想都不可能。

各路线索纷纷反馈上来，叫马晓雅的人，基本一个个排除。看来，在名字上下功夫有点儿费力不讨好。一个三陪小姐不可能对外透露真名字，这也算是常识。

何涛怎会知道，马晓雅户口簿上的名字，却依然是马小丫。只不过，她的户口依然悬而未决。有个男人曾许诺将马晓雅的户口转进城市，她当时信以为真，断然回原籍将户口提出来。结果，男人出了事，喝多了酒飙车，咔嚓一下给撞死了。马晓雅的整套户籍档案，装在个文件袋里，就放在那人的车屁股里。这事儿一出，男人的老婆拿着这些档案，到处寻找一个叫马小丫的野女人。马晓雅费尽周折，躲过劫难，又费尽心思才拿回来。现在，马晓雅的包里，她自认为最珍贵的东西，就是这个文件袋。马晓雅觉得，有这些就能够证明，这世界上的确还有马晓雅这个人。这些东西假如丢了，她可就真的不存在了。

所以，通过公安网最新户籍资料库找马晓雅，是不会有结果的。

不过，一天过后，另一个消息的突然出现让何涛欣喜之余，甚至，还大吃一惊！

从死者阿玲身上提取到的痕迹物证，马晓雅住房内的指纹，以及避孕套里精液的检验报告相继出来。经过比对，与鹿遥所说的那个叫董超的网上逃犯的资料完全符合！杀人在逃犯董超居然真在本市！

他就是跟马晓雅住在一起的男人！

他就是杀死阿玲的凶手！

看来，鹿遥的确不是无中生有啊！何涛甚至稍稍惭愧了一下，是啊，干吗要怀疑鹿遥呢？说实话，鹿遥这人工作是没说的。两人之间的矛盾，也不至于你死我活。何涛甚至想，我那天的话，是不是真的有点儿重了？

对于董超在本市出现这一重大发现，何涛欣喜万分！

他意识到，一个绝好的展示自己能力的机会来了！并不是每个刑警队长都有机会遇到这样的案子。一个在逃犯，三条人命，跨省市作案！一名真正的刑警就对这样的案子来劲儿！既然董超身份确定，那马晓雅的身份之谜，或许也可以通过他来破译。两个人说不定会有某种关系。尽管，据了解马晓雅的口音与董超似乎不太符合，可谁能保证，马晓雅是不是很久以前就离开家乡来到本地？否则，董超因何跟她住在一起呢？

这一系列推断，让何涛越来越有信心。他立即与董超的原籍地公安机关取得联系。

对方听到这个消息，也是欣喜万分！像是从人间突然蒸发一样的杀人犯董超，居然冷不丁在外地出现，这怎不让人惊喜？那边儿的警察遍寻董超不见，眼见得两条人命案越积越深，领导着急，两死者的家人整天四处上访，专案组民警当然如火上浇油。对方迅速做出回应，马上派员带着董超所有的资料，立即赶了过来。

第二十七章

不要跟陌生人说话

董超原籍地的刑警带来董超的犯罪资料。

事情的起因，还是那个被董超一拳打倒的音乐老师。那老师是搞美声的，市里经常组织一些晚会什么的，扒拉过来，扒拉过去，每次都少不了他。因此，在当地，也算是小有名气。此人个头不高，但很精神。有人说，如果他不贪酒的话，会有更好的发展前途。凡是带点儿星味儿的人，行为举止上就异于常人。这歌星先是觉得在学校里委屈自己，后来调进文联，找了一个写诗的女孩子做老婆。两口子都是浪漫无比的人，日子过得跟正常人更不一样。女诗人生了孩子后，曾有一段时间不写诗了，一心一意照顾老公孩子。歌星呢，觉得这样很好，在外面也放开手脚去玩儿。歌唱演员之间发生点儿风流韵事，就像吃根黄瓜那么平常。这老师自然不能免俗。星星点点传到老婆耳朵里，老婆发起火来，竟也是充满诗意。说到底，也是拿这种老公没办法。何况，女诗人自己的内心世界丰富无比，一旦发现老公在外面有花花举止，居然一下子就想开了，又开始写一篇又一篇哀怨忧伤的诗，又开始复出，并高调进入文学圈。文学圈里的那些事儿，比之演员们，并不差多少。两口子各玩儿各的，都有点儿颓废的意思。

其实，这老师自己心里清楚，他的颓废，他的放荡不羁，部分原因还在于一个女人。那个女人，当然不是诗人，而是被董超一拳打走的梁文莉。老师当初教梁文莉的时候，不过刚刚毕业，还是个小伙子。梁文莉呢，在班上是偏大的，所以年龄上倒感觉没太大距离。老师觉得自己陷入一段师生恋，很有感觉，没想到被董超拳打鸳鸯。老师倒没刻意去恨董超，只是感觉梁文莉这女人可惜了，不继续走专业，浪费了她的音乐天赋。

有一天，老师被当地一家纺织企业邀请了去参加元旦晚会。不想，在院子里突然就遇到在此工作的梁文莉。两人眼对眼瞧了半天，互相一笑，竟恍如隔世。梁文莉已经是少妇，看上去多了沉稳，多了成熟，多了女性韵味儿。这些信息，让老师内心深处有一扇门，被砰地一下子撞开！当天晚上，老师登台演出，不知出于烘托气氛，还是别有他意，居然走下台，现场邀请梁文莉上去，跟他共唱一首《十五的月亮》。梁文莉到底是喜欢唱歌的，虽说多年过去，唱功很业余，但私下在车间里还是经常展一展歌喉的。

在家里她不敢唱，或者说，不愿唱。家里根本没那个环境。有一回，她在厨房里刚起了一个低音，董超就晃荡着身子走过来，盯着她莫名其妙地瞧。董超说："怎么你一唱，我就想起被我揍扁的那个老师来了呢?"从那以后，在家里梁文莉不再唱歌。

这个机遇来得很突然，起初梁文莉觉得手足无措，待上了台，就完全不同了。两人配合得不错，掀起了一次小高潮。但梁文莉这女人是很有分寸的，尽管内心稍稍起了点儿小波澜，还不至于跟这老师一次意外的合作，就芳心大乱。她在董家多年，已经彻底领教了董超和他妈的厉害。她不敢轻举妄动。

歌星却不同了。他对梁文莉重拾旧梦，起初是悄无声息的。他会偶尔去那家棉纺厂门口徘徊，假装无意中遇到梁文莉，打个招呼，邀请她一起吃个饭。梁文莉在外头吃顿饭，需要跟婆婆老公请两重假。因此，干脆不去费那个事儿，往往会以晚上有事儿来拒绝。老师倒也不强求，坚决要求陪她走一段路。走了有小半年，梁文莉终于下定了决心，给老师一个机会，陪他吃顿饭。

也是事出有因，当晚，董超也有个酒局。

董超这人酒局很少，一则他脾气古怪，朋友极少。二则，他在爷爷和父亲曾战斗过的那家陶瓷厂工作，在本事上却根本无法赶上爷爷和父亲。到董超这里，董家的艺术传承已经完结。他只是一个普通的小工人而已。董凤翔现在是陶瓷厂大师级人物，刻瓷和内画技艺得到了蓬勃发展。有些作品，甚至被国家和省里拿去作为贵重礼品送给外宾。家里有这样一个人物，日子当然过得很滋润。家里积攒的钱财，不要说董超，就是到他儿子那一辈，如果不花天酒地，一掷千金，也是花不完的。董超的母亲顾秀英，随着年龄增长脾气也慢下来，在外头也没那么本事了。现如今住进楼房，邻居之间都少有走动，你想跟人斗也找不到对手。再说，现在的人谁怕谁呀？在家里，随着董凤翔逐渐成为大师，她也逐渐没了脾气。一家子人，全靠这个男人呢。经济基础决定上层建筑嘛。

因此，即便是董超结了婚，即便他是普通工人一个，他也是衣食无忧的。家里万贯资产，就这么一个老生儿子，不给他花给谁呢？再说，多少年来，董凤翔自己到底挣了多少钱，他根本就不知道，家里的财产大权，依然是由老婆牢牢掌控着。他也懒得问。老婆顾秀英更是疼儿子的。这样一来，董超这人就活得极其平庸，没什么更高的追求。家在离厂不远的宿舍楼区，每天两点一线，溜达去溜达回来。在班上，说不上兢兢业业，回到家，皮鞋一踢换上拖鞋，去看报纸看电视，等着梁文莉提着菜回来。

这里头，还有一个让两个人不愿启齿的因素。董超和梁文莉结婚数年，却一直要不上孩子。北京上海都去检查过了，都说两人身体没什么大事儿。没事儿，却怀不上，你说让人着急不着急？这事儿让两人很焦心，很烦躁，很苦闷。问题是，对外还无法解释。董超不与外界交往，多少也有这方面的因素。他担心，别人会说他不是个男人。

那天晚上，董超破天荒打电话给梁文莉，说不回家了，要跟几个哥们儿去喝酒。梁文莉接到电话后，竟有一种久违的如释重负感。恰巧，她一走出厂门口，又无意间撞到了那个老师。于是，两人去了一家小饭馆儿。

吃饭期间，就聊到了彼此的家庭。歌星喟叹一声，证明自己的婚姻很不幸。他倒不去反思自己的荒唐，只说讨了一个写诗的、神经质的女人，整天不顾家，在文学圈里鬼混。喝了几杯啤酒，歌星眼睛红红地说："有一天上午，我有事儿回家，一打开门，就感觉不对。你猜怎么着？她跟一个长头发的诗人，在卧室里正在干那事儿。我站在门口的时候，那诗人慌了。可是，那臭婊子居然说，别理他，我们继续。文莉啊，你不知道这些年我是怎么过来的。我受不了。"

梁文莉看着歌星那略显沧桑的脸，哀叹一声："大家都不容易啊。"

歌星一下子抓起梁文莉的手，说："文莉，咱们俩都离婚吧？你的情况，我也了解一些，我知道你过得不好。”

梁文莉猛地一下子抽回手来，说：“没这个可能性了。你能离，我离不了。”

歌星问：“为什么啊？这都什么年代了。”

梁文莉反问：“你还不了解董超那个人？”

歌星当然很了解，想起那一拳，他的下巴还有点儿疼痛的反应。

那次饭吃得有点儿沉闷，并没有更实质的进展。一对可怜人，惺惺相惜，却唯有哀叹。问题出在两人走出酒店之后，猛不丁儿，却碰到一个董超的同事迎面而来。那小子是认识嫂子的，走上前来打了招呼。

梁文莉心里咯噔一下，顿时脸色苍白。

梁文莉当然非常了解董超是个什么样的人。

梁文莉在看一部叫《不要跟陌生人说话》的电视剧的时候，每次看到男主人公实施家庭暴力，都吓得浑身哆嗦。那部电视剧她看了好几遍，每次看都会压抑无比。因为，她的丈夫董超，跟那个男主角几乎一模一样。

果然，次日下午，董超就黑着脸回到了家。这次，他没踢掉皮鞋，也没打开电视。房间里都很暗了，他却坐在沙发上一动不动。梁文莉回家稍微晚了一点儿，提着菜一进门，打开灯，就看到沙发上的董超。董超扭回头，盯着梁文莉不说话，梁文莉的手就开始哆嗦。董超站起来，向梁文莉走近。梁文莉手里的菜哗啦一声落在地上，有两个西红柿很活泼地滚进了沙发底下。

董超抡起胳膊，一巴掌把梁文莉打翻在地！

梁文莉倒地的那一瞬，右手恰好摁在一个西红柿上，那西红柿喷溅开来，像是鲜血四溅。梁文莉的半边脸火辣辣的，伸手一摸，那张脸上，就不知是鲜血还是西红柿汁了。

“那个男人是谁？”董超吼道。

梁文莉盯着地面，一动不动，也不说话。她不说话，董超就更加愤怒。董超突然抬起一只脚，朝梁文莉肚子上踢去。梁文莉一下子翻滚过去，捂着肚子，蜷缩成一团。

董超伏下身来，再问：“那个男人是谁？”

梁文莉眼睛看着墙角，依然一声不吭。

董超看了她好半天，房间里很静，像是时间也不流淌了。不知过了多久，董超慢慢跪下身子来，伸出手去抚摸梁文莉的脸。梁文莉浑身一哆嗦，伸手将他的手打到一边，慢慢地爬起来，却开始一个一个去捡那些西红柿，全都捡完了，才慢吞吞地提着进了厨房。等她再出来，手里就多了一把菜刀。董超正坐在地上，双手捂着脑袋，凝神思索。忽听梁文莉说："董超，要死，咱俩就一起死吧！"

董超忽地一下子站起来！

他从来没想到梁文莉还有这样的一面，内心反而有了恐惧："文莉，你这是干吗？你把刀放下，有话好好说。"

梁文莉的语气很冷静："我告诉你，那个男人，就是当年被你一拳打倒的老师。我喜欢他，他也喜欢我。我们俩都好了一年多了。"

董超大张着嘴。这一次，轮到他说不出话来了。

梁文莉好像豁出去了："我在你们这个家，实在是待够了。我受不了你，也受不了你妈！我在这个家里，就像是个死人！挨你妈的骂，挨你的打！有时候，我真是感谢老天爷，幸亏没让我怀上你的孩子。董超，你不觉得你董家就该断子绝孙吗？"

董超看到梁文莉拿刀出来的时候，其实已经软下来。他自己心里很清楚，每次那样对梁文莉，自己马上就会后悔，马上就压抑，马上就焦虑不安。说实话，他就是虚张声势。外表上冷酷残忍，内心里实际上空虚脆弱得不堪一击。他不过是以这种表面上的强势，来遮掩自己内心的恐惧和不安，以及自卑。每次他都希望梁文莉反抗，但梁文莉却一直隐忍不发。这样，反倒让董超更加没有了依赖和支撑，感觉自己的拳头是打在棉花上。

此前，梁文莉一直是以默默忍受来化解董超的暴力的。

夫妻两个人，没有不吵架的。吵架的时候一起动手，却未尝不是一种很好的发泄办法。董超厂里有那么两口子，住在一间集体宿舍内，说着说着，就动起了手。起先，男的顺手抄起炒菜的锅子，甩手扔到院子里，女的毫不相让，抓起茶壶掼在地上！男的伸手给女的一巴掌，女的扑上来连咬带抓。不一会儿，男的脸上就开了花。打完仗没三个小时，两口子一前一后，去买茶壶。

董超觉得这才是两口子，觉得挺羡慕。

可人与人是不一样的，梁文莉一直都是忍耐的，一旦反弹了，居然是这副架势。董超莫名其妙有点儿兴奋，当然，愤怒的成分逐渐居多，因为，梁文莉那些话太伤人，太绝情了。

说话间，梁文莉就逼近了。她虽说拿着刀，但不知道横着削，还是竖着砍。剁排骨的时候，倒是竖着的。但砍人怎么砍呢？与其说她没干过，还不如说她真的就不敢。但那时刻的局势，已经是箭在弦上，不得不发。两人很快就发生近距离搏斗。梁文莉虽说在内心里没想把董超砍死，但积郁已久的怒火一旦释放，也是很可怕的。董超呢，虽然觉得梁文莉手里的菜刀恐怖，但毕竟是个男人，在力气上占绝对优势。梁文莉根本不是打架的人，连董超他妈都比不上。她虚张声势砍过来的时候，董超先是逃避，瞅准机会却突然出手，去夺那把菜刀。慌乱之中，菜刀划破了董超的胳膊，鲜血立刻冒出来！

梁文莉一愣，董超也一愣！就在一愣之后，董超迅速做出反应，这一次把菜刀夺过去了。

到了这会儿，两人都开始不冷静。

梁文莉手里没了刀，反倒比有刀的时候打得更猛。董超的怒火顿时上涨，手里的刀也就失去准头。当他忽然意识到梁文莉一下顿住，不再进攻，而且，脖子上汩汩地流出血来的时候，也被惊呆了！那把菜刀，当啷一声落在地上！

董超双手撑地，坐在地上，呆呆地看着梁文莉蜷缩着身子倒在地板上。梁文莉双手捂住脖子，好像喉咙里塞进了一整个馒头。她的整个身体在一节一节地蠕动。董超慌了，竟然根本想不起应该立即拨打求助电话！实际上，就是拨打求助电话，恐怕也来不及了。他无意间割断了梁文莉的颈动脉！

梁文莉很快就一动不动了！

董超坐在那里，瞪大眼睛，也一动不动。

董超所杀的第一个人，他的妻子，过程就是如此。

在那个夜晚的某个时刻，董超终于站起来了。他神志恍惚，甚至，没有去理睬躺在地上的梁文莉，而是在黑暗中摸到了那把菜刀塞进怀里。然后站起来，一带门，就走进昏暗的楼道。在一楼和二楼的拐角处，还碰到一个散步回来的邻居大妈，笑呵呵地问他："董超啊，吃过饭了吗？"

董超不说话。刚要走，那大妈却絮叨起来："两口子吵架了吧？文莉多好一个媳妇啊，干吗老是那样对待人家？我在门口听见，你媳妇这次看来是真生气了。我就琢磨，好嘛，老实人也有发威的时候。"

老人在那里说，董超在张着嘴巴听，一言不发，像个傻子，半天才转身走了，根本没理睬那大妈还在喋喋不休。

走在大街上，董超才从纷乱如麻的思绪中整理出一个问题来：那个老师家在哪里呢？他站在街头，举着手机，想寻找一个能知道那个老师电话或者家庭住址的人，可是没找到。董超那个时候才发现，手机里存的同学、朋友的电话号码很少。他不跟人交往，留那些也没用处。找到最后，焦躁不安的董超一挥手，把手机扔出去了！

他杀的第二个女人，就是由于这个动作引来的。

那手机啪啦一声弹了一下，恰巧落在了马路中间，又恰巧有一辆小轿车紧跟着驶过来。开车的是个女人，跟梁文莉年龄差不多，穿得却非常时尚，属于那种一瞅就知道包里有钱的主。偏偏那个女人在开车碾过那个手机之后，前行一段路，把车停下来了。

她绝对想不到，这一停车，把自己的命给停没了。

当时，董超站在路边，正在原地转圈儿。他根本就搞不懂自己在哪里，搞不懂自己刚干了什么，接下来又要去干什么。有一瞬间他在想，我是要去找那个狗男人的，我要一刀砍掉他的脑袋！我老婆都死了，我怕什么？

那个女人下了车，先是围着车看了一周，看看自己的车有没有损坏。然后，走回来看看碾过的那个东西，原来是一个碎掉的手机。女人根本意识不到她面临的凶险。有些女人，在某些事情上是相当弱智的。她压碎了人家的手机，不管是不是人家故意扔的，既然没人找你麻烦，你自己损失也不大，就赶紧走开。可没想到，女人是属于一种很独特类型的人。她扭头走向在路边心神不定的董超，第一句话居然是："你这人有神经病啊！"

这句话把董超骂愣了！董超看看四周，终于意识到女人是冲自己讲话的。董超却不想搭话，不过，右手的五根手指倒是慢慢拢起来。

女人开始长篇大论："你怎么回事啊？以为这是在你家啊，想扔什么就扔什么？要不是我开车技术好，撞了人怎么办？再说，你弄个什么烂手机胡乱扔，砸坏我车玻璃，你赔得起吗？你知道我那车值多少钱吗？”

女人喋喋不休，董超一言不发，但浑身都在哆嗦。可惜的是，在夜晚的路灯下面，女人根本就没注意到这些细节。她同样也看不到董超身上的血迹，以及，董超血红血红的眼睛，看不到她面前这个男人已经完全失去理智，已经极端危险！

董超把手插到怀里，向那女人走近。女人还没意识到危险逼近，还在喋喋不休，等终于看到董超的眼神，已经晚了。她根本就没看清楚那把菜刀是怎么到了董超的手里，又是怎样砍向自己的。

董超抡起胳膊，自上而下，刷！

就一下子，女人的声音戛然而止！

女人瞪大眼睛看着他，好像根本就没明白究竟发生了什么事儿。然后，慢慢地软下了身子。董超完成那个动作后，转身就走，那期间他把菜刀往路边的垃圾桶里一扔，发出咚的一声响。

当然，警察带来的董超杀人经过，并没这么复杂，甚至，他们还没弄明白董超杀第二个女人的真正动机。因为，照常理来推测，那女人之死简直就是莫名其妙！一开始连警察都觉得，这两起杀人案根本不沾边儿。可是在第二天，一个非常细心的勘查现场的民警，在路边的一片树叶下面找到一个手机卡，一块一块地又找到了手机的残骸，当然，还找到了那把菜刀。

刀上的血迹是三个人的。其中两个，分别是梁文莉和那个死在马路上的女司机。

两个省市的民警围坐一起，综合分析各路信息。最后断定，三陪小姐阿玲之死，确系在逃犯董超所为。他们还分析了董超的心理，这个亡命徒看来是真的死猪不怕开水烫了，杀一个是杀，杀两个也是杀，反正都是掉脑袋！这样一来，董超在这个世界上，就是个极度危险的存在！在他的逃亡行程上，任何一个遇到他的人，都有可能成为他攻击的目标。

何涛迅速向上级领导汇报，一级一级汇报到省厅，直至公安部，立即引起高度重视！省厅马上就组织刑侦专家迅速赶到远山，参与破案。

董超跟马晓雅之间的关系，成为主攻目标。专案组的人一致认为，董超千里迢迢出现在这座城市，恐怕不是茫无目的。他跟马晓雅或许此前就认识。董超此时说不定跟马晓雅一起潜逃了。这样的推断，实际上让专案组陷入了一个小小的误区，他们的目标确定的是两个人，查找马晓雅其人的行动，也延伸到了董超的原籍。

警方收到的关于马晓雅的线索，是那个出租车司机提供的。他看到通缉令后告诉警察，说他曾经送马晓雅一个人到火车站。马晓雅说她要回老家。

可是，这女人的老家在哪里，却是警方一时难以确定的问题。

第二十八章

塞翁失马

何涛的门被敲响，抬头一瞧，进来的是鹿遥！

“你来干什么？怎么不在家里舒舒服服地休假？”何涛皱着眉头问。

鹿遥说：“你放心，我这次不是来跟你打架的。”

何涛“嘁”了一声：“以为我怕你？这么说你是来给我道歉的？”

鹿遥嘿嘿一笑：“我是为这个来的。”何涛一瞧，是一幅画像。鹿遥说，“我见过这个女人，马晓雅！”

“你见过马晓雅？”何涛眼睛一亮。

“我曾经跟你汇报过的，案发前几天一个晚上，就是下雨的那天，我在路上遇到这个女人。当时，她被打得满脸是血，我想送她去医院的，可她死活不肯。后来，她被一个男人接走。那男人就是董超。在我抓捕董超的时候，就是这个女人抱住我的腿，才让董超有了逃跑的时间。我都告诉过你，可你不信。”

何涛盯了鹿遥半天才问：“你最初发现他是个在逃犯，是什么时候？”

鹿遥稍稍沉默：“是好多天以前，在火车站广场。”

“为什么不早告诉我呢？”

鹿遥叹口气：“当时，我的确不敢确定。”

何涛轻轻摇头：“如果你早告诉了我，那个女人或许就不会死！”

“我觉得，”鹿遥语气平静，“你这是混蛋逻辑。”鹿遥没打算再跟何涛弄僵，现在案子是至关重要的。鹿遥其实也很来劲儿。

何涛说：“那我问你，你现在跑来告诉我这些，目的是什么？”

鹿遥说："我想给你提供一点儿线索。我敢肯定，这个女人是当地人。根据她的口音判断，应该离我的老家不远。而且，这女人说她认识我。可我想不起来什么时候跟她打过交道。"

何涛眨巴一下眼睛，语气软了些："你休假在家，关于案子的一些情况，你可能还不了解。我们的确已经确认了那个在逃犯董超。而且，董超原籍地警方已经来人了。"

何涛的眼神和话语似乎还透出另一个信息，你反映的这条线索，现在已没有价值。尽管何涛的内心里欣喜无比，马晓雅的老家跟鹿遥的老家相距不远，这是个很重要的线索！可何涛根本就不想让鹿遥参与这起案件，说直接一点儿，他不想让鹿遥抢功！

在鹿遥看来，或许何涛还有一层意思，你这个人算怎么回事儿？破案的事情，跟你没有任何关系了。你到这里干什么呢？纯属多管闲事！你还是回到火车站，去抓你的小偷去吧。何况，你现在是休假期间。

"那就好，我走了。"鹿遥一转身，就向门外走去。

没想到，何涛沉默片刻，突然喊了一声："鹿队长，你先等等！"鹿遥站在原地。何涛说，"鹿队长，说实话，我不太喜欢你的脾气。但你既然来告诉我这些，我还是表示感谢。"

鹿遥慢慢转回身："我不是为了你才来的。"

何涛哧的一声笑："算了吧，我还不了解你这人，一碰到这种案子就像老猫闻到鱼腥味儿。让我说，咱俩也别较劲了。你看，你把我打了我都没计较。"

"你还没计较，你不是去跟局长打小报告了吗？你不说这个，我还没想提呢。你这人是不是卑鄙了一点儿？我打了你，你可以找领导，怎么处罚我都行，你跟领导说我家庭的事儿，这不是有病吗？"

何涛说："鹿遥你别冤枉人，什么家庭的事儿？你家里出什么破事，跟我有什么关系？"

鹿遥一声冷笑。

何涛的语气反倒软下来："那天的事儿，也怨我口气不对。不过，鹿遥你小子也太狠了，是不是？"鹿遥这次没笑，他搞不清何涛葫芦里卖的什么药。"你回来，回来，我告诉你个好消息，绝对的好消息！"何涛一时满脸笑容。

“咦？你怎么突然变得这么好心肠了？”鹿遥觉得奇怪。

何涛不理睬鹿遥的讽刺挖苦，抽出一支烟自己先点上，又抽出一支扔给鹿遥。鹿遥自始至终盯着他的脸。

何涛说：“你知道那个记者李佑为什么老是给警察曝光吗？”

“我怎么知道？”鹿遥果然起了兴致。他没想到何涛会跟他谈这个话题。

何涛故意卖关子：“可是我知道啊，这个线索我要是告诉了你，你打算怎么谢我？”

“你该不是逼我向你认错吧？我告诉你，你休想。”鹿遥笑了，“你要是不说，我可走了。”

何涛摆摆手：“别走啊。我告诉你，去年的一天晚上，这个记者李佑被外地市的一个派出所的民警抓住，罚了整整五千元！”

“嫖娼啊？”鹿遥脱口而出，这消息他倒没想到！“外地的，这你是怎么知道的？”

听起来，这的确是个好消息！何涛说：“这个你就别问了。如果鹿遥你说求求我，我会告诉你更多内容。”

鹿遥喷出一口烟，“我有点儿明白你为什么要告诉我这些了。”

“说说看，我为什么呢？”何涛往桌子上一靠。

“你这人多多少少还是有点儿卑鄙！你就想看我鹿遥服输的样子是不是？你尤其想看到我求你的样子，对不对？”鹿遥也靠近了，盯着何涛。

何涛慢慢点着头，板着脸，终于忍不住笑起来：“你说得在理儿！说实话，姓鹿的，我早就看不惯你那副德行。你说你有什么了不起？整天一副谁都不如你的样子。其实，你心里那点儿事我一清二楚。”

既然话说到这份儿上，两人似乎有点儿冰释前嫌的意思了。

鹿遥一仰头：“彼此彼此。”

何涛又摆了一下手：“那好，我告诉你一件对你绝对有用的事儿，那将会是一个撒手锏！”

这段时间，小伙子祁连山一直没闲着。

他在满人街寻找一个人。祁连山刚刚二十二岁，正是浑身有劲儿使不出来的时候。鹿遥的事儿一出，祁连山感觉相当郁闷。他替鹿遥觉着委屈。

祁连山自警察学院毕业之后，直接就进了打流队。满以为干刑警就如同电视剧里面演的那样，风风光光，神气十足。没想到现实是如此残酷，完全不是那么回事儿，甚至连枪都很少摸。他赶的时候不凑巧，参加工作那会儿，枪支被统一管理，只有紧急任务才能领到枪。何况，自参加工作以来，他就没碰到过一起轰轰烈烈的大案。整天鸡毛蒜皮，抓小偷，搞排查，跟车上线，在火车站、汽车站来回乱逛，一点儿意思都没有。

随着时间推移，祁连山社会经验越来越丰富，越来越感觉到了社会的复杂性。他觉得人与人之间的关系变得难以捉摸。单位内部的人际关系，看起来也是好大一门学问。常常有一些事情，他起初看不明白，一头雾水，待搞明白了，却顿时心灰意冷。

但这段时间，由于一直跟着鹿遥，祁连山慢慢也就了解了他的脾气，了解了他的过去。他觉得鹿遥这人脾气虽倔，但是个耿直的人，有情绪从不藏着掖着，敢说敢做，这让祁连山挺佩服。

老吴的事儿一出，为鹿遥打抱不平的念头更加强烈。那老吴算什么鸟东西？这种人，不消说暴揍一顿，就是判他坐个十年八年牢也不为过。可没想到，就这个癞皮狗一样的小偷，居然扑哧一下往鹿遥头顶扣了一个屎盆子。

他悄悄地把那张报纸揣在身上，去找报上所说的“某医院”。他要找到老吴，把报纸摔到他脸上，然后，再吐他一口！小狗日的，你可以啊，长能耐了啊？你他妈干了件好光荣的事儿啊！找媒体去曝光？你以为你是大英雄啊！

结果，跑了数家医院，祁连山都没找到那个老吴。这才慢慢回过味来，照片上显示的地点，也许根本就不是医院病房。造个假现场非常简单。那根针管儿是否真的插进了老吴的胳膊都值得怀疑。随后，他扩大范围，只要他认为老吴有可能出现的地方，都会随时注意。在这么大一座城市找一个人显然很困难，但祁连山并不泄气。他知道，只要找到一个小偷，就能从他嘴里搞到老吴的踪迹。

后来，他终于想到一个捷径——去找那个记者李佑。

既然李佑采访过老吴，那他肯定知道那小贼身在何处了。于是，那天清晨，祁连山气呼呼地去了《晨报》大楼。走进编辑部的时候，他愣了一下。没想到，报社的编辑部居然也像公安局的外事服务大厅一样，一个一个小格子，每个格子里都若隐若现着一个脑袋，从脑袋上也辨不出男女。人虽多，整体上却很静，各人忙各人的，互相不打扰。祁连山问门口一个男子："哪个是李佑？"

话音虽低，但还是有几个鸽子笼里的脑袋此起彼伏一阵。男子指着最里面的一个："那儿！"

"那儿"恰巧也探出一个戴着眼镜的脑袋。

祁连山从那些空隙里走过去的时候，稍稍有点儿紧张。这种地方让他感到浑身不自在，老感觉四处有目光暗中窥视。何况，他是带着敏感问题来兴师问罪的。李佑早听到了祁连山的问话，他还以为是前来爆料的。于是，早就挤出和蔼的笑容来迎接。祁连山一瞧，居然是个大胖子，站在那儿两头尖中间粗。李佑彬彬有礼地问："请问，您找李佑有什么事情？"

祁连山说："我想跟你谈谈。"

李佑问："谈什么啊？我好像不认识你。"

"咱们出去谈。"祁连山指指门外。

李佑点点头："好，你稍等！"他点击了一下电脑，随后跟祁连山来到走廊。

"你有什么事儿？"他问。

"那个扒手在什么地方？"祁连山问得直截了当。

李佑顿时警觉起来："你到底是谁？打听他干什么？"

祁连山说："我跟你一样，记者。"

"你哪家媒体的？"

"电视台的。我们对这个新闻也很感兴趣。"

"不会吧，据我所知，你们电视台从来就不敢给公安局曝光。"

"可我敢！"祁连山没想到自己还能撒这样的谎。

大胖子突然一笑："小伙子，你就不会撒谎，是不是鹿遥让你来的？你回去告诉他，我还会继续深入报道，直到你们市局拿出个态度来。"

祁连山稍稍有点儿紧张，但他内心的愤怒也逐渐升起来："姓李的，你怎么不顾事实胡说八道呢？"

“哦？”李佑抱起胳膊，脸上却不动声色，“那你告诉我，事实是什么？事实是，鹿遥根本没有打那个老吴？”

祁连山反问：“他打没打，你看到了吗？”

李佑呵呵一笑：“对记者来说，这并不重要。那么，我可不可以问你，你看到了吗？”

祁连山说：“我当然看到了。”

李佑问：“你在哪里看到的？”

祁连山说：“我当时就在讯问室。再说，那小偷说是打了，他有证据吗？”

李佑嘿嘿一笑：“跟你们警察打交道，需要拿出什么来才能算证据？你说你在现场，如果你也参与了打人事件，你跟鹿遥能互相证明吗？”

“你忘记了，不仅我们需要证据，那个老吴同样也需要。”

“我了解你们所谓的平等。你们抓嫖娼、罚款，不是连个收据都不给吗？你们的证据意识很强，这我很明白。不过我很忙，不能奉陪！”李佑转身就走。

祁连山急了：“你别走！告诉我，那个老吴在哪儿？”

“无可奉告。”

李佑已经走进编辑室，祁连山紧随其后。已经有好几个人站起来看热闹了。记者都有警犬一样的鼻子，有人已经举起了照相机。祁连山怒火中烧，根本就不管不顾。他没意识到，自己一个人此时有羊入虎口的意思，孤身一人闯入了人家的地盘里。

祁连山指着李佑的背影：“你这人还有没有职业道德？你去做过深入的调查吗？你明白那天发生了什么事儿吗？你知道那小偷当天偷了一个什么人吗？你根本就不知道！你就知道歪曲事实，胡说八道！”他的声音越来越大。

李佑一回身，语气非常沉着：“大家都来看一看，这就是保护我们生命财产安全的人民警察。我呢，不过是写了一篇客观真实的报道，就引来他们的紧追不舍。”

祁连山的火气腾一下子上来了：“你他妈狗屁客观真实！就那个小偷，当天偷了一个卖鸡蛋的老太太！你为什么不把这个写上？”

李佑说："那不是我们关注的焦点。小偷也是人，杀人犯也是人，在法院没判决之前，他只能是犯罪嫌疑人。他有人权。这你应该比我懂。警察打人就是违法的！"

祁连山感觉有点儿吃力。他发出的声音再凌厉，似乎都被这句话化解了。可祁连山毕竟初生牛犊不怕虎，他转身面对四处望过来的眼睛："你们都是记者是不是？我就想问一下，你们中间有多少人打过110？有多少人遇到困难的时候，想到找警察？你们的自行车、钱包，是不是曾经被偷过？你们到底是恨小偷，还是恨警察？你们满屋子都是文化人，都有自己的良心和职业道德。可你们了解警察的辛苦吗？为什么揪住一点儿小辫子就不放？"

李佑冷笑一声："这么说，还是有小辫子可揪的嘛！你也别把自己说得天花乱坠，警匪一家的事情，媒体曝光的还少吗？"

祁连山终于彻底愤怒："王八蛋！你是不是被警察抓过，就怀恨在心？"

"小伙子，我劝你冷静一点儿。"李佑的目的似乎很明显。他就像一个斗蟋蟀的老手，撩拨着盆钵里的蟋蟀逐渐动怒。他此时肯定心中暗喜，因为，祁连山已经慢慢进入他的圈套。

祁连山的确忍不住了。他上前一步，抓住李佑的衣领推他一把，李佑顺势躺倒过去，由于其身躯肥硕，那躺倒的姿势就显得很夸张。

这一切，都被记者拍进镜头。

李佑爬起来，大呼小叫："你们看，警察会不会打人？你们是不是都看到了？"他抓起电话，像是要报警。

祁连山说："你打吧，打110啊，我还以为你永远都不会找警察呢。"说完，转身就走。

这次，轮到李佑不让他走了："你别走，有本事等警察来。"可不知是否祁连山的最后那句话刺激了他，他居然慢慢把电话放下，嘴里却喊道，"你叫什么名字？有胆量把名字留下！"

祁连山昂着头转回身来，说："有什么不敢留的？我叫祁连山。"

听清他的名字，倒惹得好几个记者笑起来。

这轮交手胜负难辨，可祁连山并没达到目的，走出《晨报》大楼后，感觉心脏兀自怦怦直跳，像要跳出来似的。但祁连山回思整个过程，感觉也还过瘾。

虽说祁连山的这次造访没有起到良好的效果，甚至，连他自己差点儿也被牵扯进鹿遥打人事件中。但塞翁失马，焉知非福，祁连山却有了个他当时根本想不到的收获。在一个鸽子笼内，有个面目清秀的姑娘自始至终注视着他。二十三岁的祁连山，凭借一次冒冒失失的拜访，误打误撞地打开了一位少女的心扉。

姑娘的名字叫秦岭云。当祁连山报出姓名时，最开心的就是这女孩子了。

C

第二十九章

记者的隐情

如果不是鹿遥的及时出现，祁连山推倒李佑的那张照片，极有可能就出现在第二天的报纸上。鹿遥从何涛那里获得一条极为有利的线索后，曾犹豫良久，该不该去找李佑，跟他交一下手。这个记者太让人讨厌。反过来一想，你鹿遥的做法本来就不对。在老吴这件事儿上，你的确做得有点儿过火。

鹿遥最终还是没压下那股火气，他决定去跟李佑谈谈。

当李佑下了车，走向楼道口的时候，突然被一个人拦住！对前刑警队长鹿遥来说，找到李佑的家庭住址，并不是一桩很难的事儿。

大胖子李佑吃了一惊：“你要干什么？抢劫啊？”

鹿遥笑着伸出手：“要不要先握个手？咱俩可真是不打不相识。自我介绍一下，我叫鹿遥。火车站广场那帮扒手们封我个外号，叫‘狼眼儿鹿’。”

李佑没防备，居然稍稍有点儿惊慌失措：“你找我干什么？”

“别担心，李记者，我不会因为你写的那篇狗屁报道，就来找你的麻烦。我有公事儿，有个案子，我想跟你了解一点儿情况。”

李佑慢慢放松，恢复趾高气扬的派头：“鹿队，据我所知，你已经不靠案子了。”

鹿遥说：“你们记者的鼻子的确很长，想不到李记者对我这么了解。可最近发生了一起杀人案，我很感兴趣。你们记者的消息都很灵通，难道没听说那案子？”

李佑沉思片刻：“我不知道你说的什么案子。你找我想了解什么？”

鹿遥视线挪到别处："最近，有个三陪小姐被杀了！"

李佑冷笑一声："什么意思啊？鹿队，一个小姐死了，你找我了解什么？"

"我们一边说去，这里的人出出进进的，太乱。"鹿遥指指小区内的一片空地。

两人一前一后，走到那个僻静处。

李佑再次问："你找我，了解什么啊？"

鹿遥漫不经心地看看远处："你知道那个三陪女叫什么名字吗？"

"我不知道。"李佑脸色微微起了变化，掏出烟递给鹿遥一支。

鹿遥摆摆手："我不抽。就是抽，我也不会抽你的烟。我怕明天会上你们的报纸，说警察接受当事人贿赂。"

李佑挤出一丝笑："我算哪门子当事人呀。"

"那说不准，知道死的那个三陪小姐叫什么吗？"鹿遥压低声音，"她叫阿玲。"

鹿遥说完，就看见递向李佑嘴边的那个烟火头蹦跳了一下。鹿遥掏出自己的烟点上，慢悠悠地说："我们在现场找到了这个三陪女的手机，里面存了好多手机号码，而且，还有很多短信没有删除。"

李佑声音哆嗦起来："鹿队，这跟我有什么关系？"

鹿遥盯着李佑的眼睛："什么跟你没关系？是电话号码、短信，还是你跟这个阿玲根本就没关系？"

"鹿队，对不起，我错了。我登报声明，我听信了虚假信息，我混蛋！好不好？这事儿你千万替我保密！"李佑的声调变了，忙不迭地把烟熄灭，"这个女人，我的确认识她。"

鹿遥对李佑的反应觉得有点儿奇怪："不止是认识吧？我们调查过，外地一家派出所，两年前曾办理过一起嫖娼案件。"

李佑浑身哆嗦起来！他腿一软，差点儿要跪下去，但立刻意识到那个举动非常不适宜，会被人看到的。"鹿队长，我该死！我不该写那个报道，你怎么教训我都行。只是，别把这事儿声张出去。"

鹿遥看着李佑，突然觉得一阵恶心，像是一不小心踩在牛粪上。

鹿遥忍不住气愤起来："姓李的，我以为你们做记者的，也会跟我们警察差不多，铁肩担道义，为老百姓奔走疾呼。没想到，你也会干这种龌龊事儿。我就有点儿不明白，你干的那些事儿，跟我忍不住推了一个扒手一把这事儿，哪个是更应该遭到谴责的？”

李佑头上已冒出汗珠，低了头，默不做声。

鹿遥问：“你刚才还没回答我，你跟什么没关系？现在，阿玲死了，任何一个跟她来往的人，都可能是犯罪嫌疑人。而且，有目击者证明，作案人正是一个男子。”

“鹿队，”李佑已经带着哭腔，“我跟那臭婊子的死可一点儿关系都没有！我干吗去杀死她啊？又没有深仇大恨。”

“这可很难说。”鹿遥哼了一声，“据我了解，你有犯罪动机。”

李佑站起身来：“鹿队，我知道，什么都瞒不过你的眼睛。我把我跟这个女人交往的过程，全都客观真实地告诉你。来，你坐，你坐！”李佑把手里的包放在地上，请鹿遥坐下，自己则一屁股坐在草坪上。“说起来，我也是个受害者啊。那臭婊子，可真把我害苦了！有一次，被那家派出所抓住之前的一个晚上，我第一次见到她。吃完饭几个企业界的朋友约我到 KTV 去唱歌。我其实没想到，他们就是想去找女人玩儿的。结果，鬼使神差就认识了阿玲。而且，我喝多了酒，以为是在外地，居然傻乎乎地给她留了一张名片。鹿队，就这一点你就得相信，我不是常干这个的人。”

鹿遥心里忍不住笑起来。

李佑继续说：“后来，在她租的一个房子里，我俩就被派出所给抓了，罚了我整整五千块！你说，我冤不冤？没想到，更冤的还在后面。从那以后，我就再也不想找她。因为，我怀疑她跟当地的派出所联手害我。”

“放屁！”鹿遥骂了一句。

“好，算我瞎猜。可我当时既恨她，又恨警察。没想到这臭婊子阴魂不散，就像块膏药一样贴上我了。过了没几天，她居然到远山来了。她手机在你们那里，你们肯定知道的。她敲诈我，说是那晚上在她出租屋里的一切，都被录了像。她还真就寄了一张光盘给我，他妈的，那画面上的男人还真就是我！”

鹿遥越听越奇，这真是个意外收获！

“这么说，从那以后，你就再也没跟那个女人在一起？”

“没有！我可以对天发誓！鹿队长，这事儿放你身上，你还会对这个女人感兴趣，跟她上床吗？我花了整整两万块钱，买下了那张光盘。老实说，现在听到这个女人死了，我心里也就踏实了。”

案子究竟是谁作的，鹿遥当然心里早已明了，但他故意说：“你这一说，我倒觉得你的嫌疑更大，你是不是出于报复心理，去杀了她？”

“鹿队，真的不是我，你相信我。”李佑居然真的哭出声来，“我这样的人，怎么可能去干杀人的事儿？”

鹿遥知道，他已经将李佑彻底拿下了。可是，他心里居然很不是滋味。说起来，李佑对警察的恨，也是心理不平衡的恨。内心一窝火无处发泄，就对着警察干起来。鹿遥此时还不知道祁连山找李佑的事儿，如果知道了那个过程，鹿遥就会明白，李佑为何最终没有报警。

李佑的心理也是极其复杂的。他仇视警察，或许就因为他在最需要警察帮助的时候，却不敢求助于警察。

鹿遥突然发觉自己今晚的举动，像是在完成一次私密交易。这完全违背鹿遥的处世原则。他没想到自己亲自参与了一次幕后交易。更可悲的是螳螂捕蝉，黄雀在后。鹿遥拿这事儿咬住了记者李佑，自己很有可能因受了何涛一个人情而被他咬住！

他有点儿恍然顿悟的意思了。何涛的胃口是很大的，他不止是要看到我鹿遥屈服低头的样子，还要以这种方式将我笼络住。他早就明了李佑跟阿玲之间的交易，也知道李佑完全与此案无关，其被罚款之后的行为，也完全不必负法律责任。相反，他是需要法律保护的。可阿玲敲诈李佑的那笔钱，随着她这一死，当然是追不回来了，完全成了死局。所以，李佑这条线，对他何涛来说，几乎没有任何利用价值了，对鹿遥来说，却很有用处，可以帮助他大出窝火之气！

就这样，一条看似细小的线，在何涛手里巧妙运用，发挥出了它豪华的价值！这是个真正精明的人！他本来像石头下的小草一样，压抑良久，现在终于如鱼得水，开始展示其聪明才智了。

鹿遥站起身来，叹了口气。难怪，你在走下坡路而何涛却是直线上升。讲官场心机，你远非何涛的对手。

“鹿队长，你可千万替我保密。否则，我老婆会杀了我！”李佑说。

鹿遥语气沉重："好吧，我答应你！这件事情就到这里吧。"鹿遥说完，心情沉重地走向自己的车。

李佑却站在那里，好半天一动没动。

第三十章

跟女儿赛跑

跟记者李佑接触，并且取得实质性胜利，并没有让鹿遥感到多么轻松。相反，就这一事件而言，他开始意识到，自己完全没必要去找那记者算账。一记撒手锏居然是何涛主动递给你的，想想就觉得别扭。再者，这事情做得很不光明磊落，是以一件丑闻来挟制另一件丑闻，纯粹幕后操作，不是解决问题的好办法。

鹿遥开心不起来。

关于这件事情如何收场，鹿遥不打算去想了。现在，他开始考虑跟李小曼的婚姻，以及跟陶昕柔的关系。

因了那个夜晚陶昕柔直白的举动，她作为某种存在，此时已经实质性渗透进鹿遥的生活。似乎顺理成章，又让鹿遥措手不及，事情就那样发生了。陶昕柔的那一个吻，已经分明表达了她的内心。现在两个人的关系，甚至说完全变了，有了递进，有了深入，很微妙了。

鹿遥当时离开的时候，心里并不轻松。陶昕柔看到了这一点，动作也变得缓慢而沉重。鹿遥没在那里吃晚饭，走的时候，像是逃离。本来是在陶昕柔那儿寻求解脱的，不料，似乎另一根无形的绳索勒进鹿遥的大脑深处。

当时，陶昕柔盯着他的眼睛说：“你没必要有压力，我不强求。”可说这话的时候，她自己的心先疼了。

跟李小曼的关系再次僵起来。李小曼的一次低三下四的哀求，并没有取得预期的效果。她明白了，有些错误是永远无法弥补的。现在的李小曼，精神恍惚。鹿遥有一次回家，居然发现她在抽烟。此前，李小曼是看到烟就皱眉头的。

两人的这种状态，首当其冲影响到了小鹿璐。原本活泼可爱的鹿璐，现在变得有了心事儿，放学回来，不再絮絮叨叨说那些班上的趣事儿，而是把自己关进卧室，半天都不出来。

这一天，鹿遥喊她吃饭，连叫几声，没有回应。于是，慢慢推开鹿璐的房门。鹿璐没有做作业，却半躺在床上，胸前抱着一个娃娃睡着了。鹿遥走近了，忽然看到鹿璐脸上泪痕犹存。就在那一瞬，鹿遥的胃部一阵收缩。他的胃病犯了。鹿遥的胃病已经有些年头，都是前些年在刑警队折腾出来的。刑警队的民警身上的毛病都大同小异，一个是脂肪肝，另一个就是胃病。没有规律的饮食，让这样的病症提前到来。鹿遥当时坐在床边，捂着腹部，最疼的不是胃，却是心。鹿璐突然醒过来，看到了鹿遥，问："你怎么了，爸爸?"

鹿遥扭过头去，浮起微笑："我没事儿。"

鹿璐爬起来，穿着拖鞋，跑出去，在客厅里翻了半天，拿着一瓶药走进来。"爸爸，你吃药。是妈妈给你买的药。"

鹿遥觉得眼角湿润，不是因为李小曼，而是因为鹿璐的懂事儿。她知道一切，她在用自己的方式来弥补这一切。

"妈妈说，你不要我们了。"鹿璐眼睛一红，哭起来了，"爸爸，你为什么不要我们了?"

鹿遥说："我没有不要鹿璐。我永远都是鹿璐的爸爸。"

鹿璐说："可是，你为什么不理妈妈呢？她都哭了好几次了。"

鹿遥把鹿璐抱起来，紧紧地抱着。

鹿璐说："我要你把我倒着抱，你好久没那么抱我了。"

"好，咱们抱一下。"鹿遥说着，站起来，将鹿璐头朝下，紧紧地抱着她的双腿。

鹿璐咯咯笑起来，"爸爸，就这样，多抱一会儿。我要这个样子去给妈妈看。"

鹿遥只好倒抱着鹿璐走进卧室，李小曼躺在床上看书。鹿璐带着炫耀的口气说："妈妈，妈妈，你看爸爸抱我了。"

李小曼抬起头，先去看鹿遥，然后再看小脸憋得通红的鹿璐，笑了：“快放下，这样会憋坏的。”

鹿璐到这时候才喊救命，说自己受不了了。小家伙想以这种方式让爸爸妈妈高兴起来。但是，她怎么能够理解，爸爸妈妈之间的矛盾，以这种方式是解决不了的。

饭桌上，鹿璐看看爸爸，又看看妈妈，说：“我给你们讲个故事吧？说屎壳郎妈妈和孩子一起吃饭……”

李小曼皱起眉头：“鹿璐！吃饭的时候别说这种话。”

鹿璐突然放声大笑起来，她放下筷子，捂着肚子，笑得天翻地覆。

鹿遥看着她，问：“鹿璐，你笑什么呢，就跟个小傻瓜一样。”

鹿璐一边笑得合不拢嘴，一边说：“我笑妈妈啊，她已经知道答案了。屎壳郎妈妈也是说了这么一句话。”

李小曼看看鹿遥，又看看鹿璐：“它怎么说的啊？”

“屎壳郎妈妈跟屎壳郎孩子一起吃饭，屎壳郎孩子一边吃一边问，妈妈，妈妈，为什么我们总是吃屎呢？屎壳郎妈妈说，你恶心不恶心啊？吃饭的时候别说这种话。”

这次轮到鹿遥和李小曼对视一下，憋了半天还是忍不住笑，是一家三口哈哈大笑。李小曼捂着肚子，站起身来：“不行，我现在不想吃东西了。”

鹿遥看着李小曼，手里的筷子放下不是，不放下也不是。最后，也说：“鹿璐，吃饭的时候，别讲这么恶心的笑话。”

鹿璐笑出了眼泪。

吃过晚饭，鹿遥和李小曼坐在沙发上看电视，一头一个。李小曼现在不跟鹿遥抢遥控器了。她喜欢看电视剧，鹿遥却喜欢看体育，鹿璐自然是喜欢动画片的。以前，鹿璐在的时候，夫妻俩都让步。鹿璐不在，则是鹿遥让步。在挑看电视节目上，鹿遥排在末位。现在好了，李小曼和鹿璐都让给他。鹿璐钻进书房去写作业，偶尔出来，偷偷地看他们一眼。李小曼一边打毛衣，一边假装饶有兴味跟着鹿遥看。突然李小曼问：“什么叫越位啊？”

鹿遥也漫不经心：“越位，就是进攻球员接球的时候，越过了对方的后卫线。”

"那怎么算是越过了呢?"李小曼还不知道这个问题的危险性。

鹿遥皱着眉头:"后卫所在的点有一条平行于边界的线,这也就是底线,那条线是不能逾越的。逾越之后,就会犯规,就会受到惩罚。"

李小曼迅速扭过头来:"鹿遥你什么意思?"

鹿遥惊讶地看着李小曼:"我没什么意思,给你解释什么叫越位啊。"

李小曼嘴唇动了半天,才说:"鹿遥,你干吗揪着别人一个问题不放?"

"是你主动问我的。"鹿遥也意识到,"越位"这个词儿的确具有某种意味。

李小曼把手里的毛线一扔:"你还要我怎么办?我求你也求了,错也认了,我也知道不对了,你还想怎样啊?非得要我死吗?"

鹿遥站起身来:"我就根本没想跟你讨论这个问题!"

"那你为什么连解释一个词儿,也要指桑骂槐?"

鹿遥哼了一声:"不是我指桑骂槐,是你自己心里有鬼。"

他们俩谁也没注意,鹿璐早就走出书房,站在门口。这时候,她突然尖叫一声:"你们别吵啦!"话音还没落,只听得"砰"的一声响,鹿璐将一个墨水瓶狠狠地摔在地上,顿时,那瓶墨水在地板上溅起一道道利剑。鹿璐喊完,站在那里呼哧呼哧喘着气,居然浑身哆嗦着,眼里亮晶晶的。

鹿遥和李小曼吃惊地对望一下,然后,一起去看鹿璐。

鹿璐扭头就朝大门口跑去,鹿遥愣了一下,紧跟而去,只听门砰的一声响,关上了。鹿遥打开门的时候,听到一阵脚步声噔噔噔下楼了。他赶紧追下楼,鹿璐一出楼道门口,就狂跑起来。

鹿遥没想到有一天他要跟自己的女儿赛跑。

当然,鹿璐是跑不过他的。不一会儿,鹿遥就撵上她,伸手一把抱住。鹿璐连踢带咬:"你放开我!"

鹿遥问:"你要去哪儿?"

小鹿璐说:"你别管!我去找我奶奶!"

鹿遥被吓了一跳:"你奶奶在乡下,很远很远的,你怎么去?"

"我跑着去!"

鹿遥不管鹿璐的挣扎,把她抱起来:"那可不行,要是遇到个要饭的,把你抱走了怎么办?"

“正好！我也去要饭！”

鹿遥花了半天时间，才把鹿璐的情绪稳定住。鹿璐以前不是这么犟的啊，鹿遥突然意识到，自己的状态已经影响到了孩子。

鹿璐最后还是哭出来，她伸手搂住鹿遥的脖子：“爸爸，我求求你了，你别和妈妈吵架，行不行啊？”

“行，鹿璐，我答应你，我们不吵了。”鹿遥赶紧说。

李小曼也慌手慌脚跑下楼来，看到鹿遥抱着鹿璐走回来，她站在那儿，张着手，一副茫然失措的样子。

第三十一章

血缘关系

鹿遥说："小曼，正好鹿璐也放假了。我想带她回一趟乡下。"

李小曼咬着嘴唇沉默半天："你们打算在那里待多久？"

鹿遥说："不一定。我现在正好没事儿。"

"那，你不上班吗？"

"我现在在休假。"

接下来，鹿遥打了两个电话。

一个给陶昕柔，跟她说回老家的事情。陶昕柔那边沉默半晌，说："也好，回老家散散心吧。"鹿遥再想说点儿什么，却听到陶昕柔长长地叹了口气，他也就无话可说。

第二个电话打给何涛，毕竟，他是他的顶头上司，再说，关于记者李佑那件事情，鹿遥还没给他反馈信息。李佑果然是怕了，紧跟着在报纸上写了另一篇报道，虽然没有直接道歉，但对曝光鹿遥打人事件给予了详细的澄清和解释，等于拨乱反正。

鹿遥说："何大队长，这事儿得感谢你。"

何涛呵呵一笑，鹿遥猜测他此时正半躺在转椅上，一脸得意。何涛说："鹿遥，你很少这样的。"

鹿遥暗骂一声，嘴上却说："我得跟着领导多学习，学会怎么绕弯子。"

何涛却突然说："其实，我很希望你能参与这个案子。现在，案子没任何进展。"

鹿遥的心里痒了一下，何涛一下子戳到了他的软肋。说实话，鹿遥现在多么盼望能够回刑警队参与侦查破案啊！可现在回去，算怎么回事儿？名不正言不顺。鹿遥冷笑一声："你这是什么意思？求我回去？"

何涛说："我干吗求你啊？我知道你鹿遥的脾气，别说你了解这么多信息，哪怕是毫不知情，这样的案子也很吸引你，对不对？"

鹿遥哼了一声："算了吧，我还不想立功赎罪。"

何涛哈哈大笑："那也好，你先休息一下。到时候，我会喊你回来的。"

鹿遥没再说什么，啪地扣掉电话。鹿遥现在的心理压力依然没有化解。压力来自方方面面，甚至无处不在，一时难以说清。鹿遥确信了陶昕柔的话，你是得了抑郁症了，你也真是需要好好休息一下了。那么，此时回乡下去，恐怕是个非常合适的选择。顶高兴的，当然是鹿璐。已经有两三年没带她回老家了。结婚以后，李小曼跟着鹿遥回去过几次，就再也不愿去了。理由说起来也好笑，李小曼说："鹿遥，你饶了我吧。我不是不愿跟你回家过年，可每次去，连上个厕所，还得跟你家的猪争地盘。"

李小曼说的倒也是实情。鹿遥老家那地方，没有几户人家专门盖个厕所的。上厕所就要进猪圈里。李小曼第一次刚进猪圈门口，那头猪一下子抬起脑袋，吓得她一声尖叫："救命啊！"

鹿遥飞奔而来，只见李小曼提着裤子，站在那里瑟瑟发抖！还是鹿遥帮她看着猪，才勉强了事。

再者，鹿遥一回到老家，酒场就连接不断。毕竟，在乡人眼里鹿遥是个大人物，村长都高看他一眼。每逢春节，必设宴一场专门请他。年前年后，鹿遥在老家也不过几天，却天天厮杀在酒局上。

李小曼呢，跟鹿遥的家人相处得并不融洽。的确也无法融洽，生活习性思维习惯差得太远了。对鹿遥来说，是难得的亲情重温，可在李小曼来说，却无疑是一种穷于应付的折磨。所以，等有了鹿璐，李小曼就再也不回去了，说孩子太小，在乡下住不习惯。爷爷奶奶忍不住，只好抽空来看看孙女。

在此期间，鹿璐只跟鹿遥回去过一两次。在她的印象里，老家的样子恐怕还是很模糊。

"奶奶家还养着羊吗？一大群羊？"鹿璐歪着脑袋问。

鹿遥说："当然还养着，不过好像不是一大群，也就有几只吧。"

鹿璐再问:“是不是还有小兔子?”

鹿遥柔声答:“小兔子肯定有啊，还有鸡啊鹅呀什么的。”

“太好了!”鹿璐兴奋得浑身乱动，“这下子，我可要好好玩玩了。”

鹿遥从反光镜上，看看坐在后排的鹿璐，突然心里一疼!孩子这么大了，你真正陪她玩的时间有多少啊?

这下子，什么都不去管了，就陪孩子好好地玩。

孙女的到来，乐坏了鹿有余两口子。他们早听说鹿遥父女二人要回来，先收拾好了一间屋子。这天一大早，鹿有余就去赶早集，买菜买肉。回来后，老两口儿坐在村口的老槐树下，翘首等待。待鹿遥的车到了，路口已经等了好几个鹿遥的叔叔婶子等人。

一停车，鹿璐就惊讶地说了一声:“哇塞!这么隆重啊!”

鹿遥笑了。他心道，这么多人都是迎接你这个小家伙的，你可比老爹的身价高。

鹿璐下车，先是适应了一下，接着就扑向奶奶。

鹿遥一边停车，一边想，这就是血缘关系，多少日子不见，一见面照样会是这样的。鹿遥的心情变得很轻松了。

鹿璐像小公主一般被迎着回了家，一进院子，先是哎呀一声，去看墙角一个围栏里的几只山羊，接着，又跑着去看兔子，院子里满是她的身影和笑声。

男人跟女人毕竟不同，鹿有余话并不多，却不住地打量着鹿遥。他居然从鹿遥脸上看出了他的忧郁。鹿有余悄悄地问鹿遥:“又不是周末，怎么想到回来了?”

鹿遥说:“还不是为了鹿璐吗?放了暑假没事儿干，闷在家里。”

鹿有余“哦”了一声:“那就把她放在家里多待阵子。你回去忙你的。”

鹿遥沉默了一会儿，说:“这次我回来，也要待几天。我休假了。”

鹿有余看一眼儿子，没再说别的。

过了一阵子，鹿遥说:“我要上山去。”

鹿有余说:“去吧，现在退耕还林，山上到处是绿色，好看着哪。”

鹿遥走出家门，沿着一条小路向山上走去。鹿遥上小学五年级的时候，鹿有余把家搬到了山下的村子。原本是住在山顶的一个洼地里的。在鹿遥的记忆深处，已将他的出生地牢牢地记住，对山下的家却没有那么浓厚的感情。这些年来，鹿遥回老家的次数少，到山上去就更少。然而，城市里的鹿遥，却时不时想起山顶的那个小村子，那个原始部落一样的小村子。

山脊上开了一条公路，虽说坑洼不平，但比以前好走多了，蜿蜿蜒蜒，伸到树林边就不见了。鹿遥走到公路的尽头，额头上已经冒出汗珠。他回过头来看，山下的村子已距离比较远了。再往上走就得穿越树林，沿着两处突出山崖中间的一条羊肠小道爬上山坪。往前走，是一片松树林。越过那片松树林，有一处山洼，那就是鹿遥的出生地了。

鹿遥穿过小树林，爬到崖顶的时候，累得呼呼直喘。

他坐在一块突出的岩石上，面朝山下。

那一刻，心情稍稍有些舒畅了。

这就是我的祖祖辈辈曾经生存过的地方了！这就是我的根深深扎下去的地方了！祖上那数辈人当年该是怎样一种生活啊？就这样一条小道通往外面的世界，来来回回，肩挑背驮，可照样也是一代又一代生存下来了。现在的人却不一样了，都缺少那种跟大自然作斗争的勇气了。

这一带山，起起伏伏，绵延了数百公里。在那无数个褶皱里，曾隐藏着无数个村子。可现在，几乎都搬到山下的公路边上了。看上去，山是贫瘠的，透出了生活的艰涩。但盛夏季节里，却到处是一派生机，一派安详。这里没有城市里的嘈杂，没有车来车往。当然，这里的人们，也不会面对城里人需要面对的问题。比如，鹿有余永远也不会了解鹿遥这段时间面临的焦虑和压抑。即便是了解一些，他也不会理解，更不会给鹿遥提出更为合理的缓释方法。

鹿遥突然想起了陶昕柔，她在干什么呢？那套房子租下来了么？她真要开心理诊所吗？他开始怀疑，陶昕柔能否真的解开别人的心结。至少，对鹿遥这个病人来说，她似乎无计可施。因为，她自己都已经变成了当事人。她把自己的心理压力和鹿遥的心理压力纠缠到一起去了。

鹿遥已经看到了这一点，随着时间的流逝，桀骜不驯的陶昕柔开始改变了，与以前的那个她有了太多的不同。鹿遥想起了那个夜晚发生的一幕，陶昕柔俯下身子，吻了他。那个时候的陶昕柔，温柔得像一只小猫一样。

鹿遥忍不住掏出电话，打给陶昕柔，只响了一声，陶昕柔就接了，先问：“你到家了？”

鹿遥说：“早就到了，你知道我在哪儿吗？在山顶上，就站在一块岩石上。”

“鹿大警官要一览众山小？”

鹿遥呵呵一笑：“还没那么大的气魄，只是感觉舒畅了很多。我觉得，大自然是最好的心理医生。”

陶昕柔稍稍沉默，然后说：“那就在那里好好调养。”

鹿遥说：“我在向我的出生地进发。”

陶昕柔问：“你的出生地？从来没听你说起过。离你现在的家很远吗？”

“几乎是在山顶上。从山下爬上来，要穿越一片松树林才能到达。”

陶昕柔哎呀一声：“这么美的地方啊，鹿遥你怎么不早说？你个坏蛋，你要早说，我就跟你去。”

鹿遥愣了一下：“你也没说要跟我来。”

“这种事情要我说啊？你又没发出邀请。”陶昕柔稍稍沉默，呵呵一笑，“再说，我一个单身女人跟你回老家去，算怎么回事儿？鹿璐的爷爷奶奶怎么看啊？”

鹿遥也尴尬地笑了几声，掩饰过去。

扣掉电话，鹿遥心想，如果陶昕柔现在在身边，那就太好了。可那样一来，恐怕整个村子里立刻会掀起轩然大波。毕竟，陶昕柔不是自己的妻子，不是李小曼。想起李小曼，鹿遥又给她打了个电话，告知她已经回家。说鹿璐一回家眼睛就不够使了，到处是新奇，高兴坏了。

李小曼却叹口气。

鹿遥问：“你叹什么气？”

李小曼说：“孩子高兴就行。反正，我知道你一回家心里就高兴。”

鹿遥说：“你不是不愿回来吗？”

李小曼哼了一声：“姓鹿的，这一次，你可真没主动要求我回去。”

鹿遥一时语塞。这才反应过来，从他说起回家，一直到现在，他的脑子里根本就没考虑想要李小曼跟他一起回来。鹿遥说：“怎么了？现在倒是愿意回来了？”

李小曼说：“其实，从头到尾，我都希望你跟我说，小曼，你跟我们一起回家吧，咱们一家三口儿，多好！可是鹿遥你内心里根本没那意思。”

“那，你现在来吧？我以为你要照顾鹿璐姥姥的。”

李小曼沉默半响，才说：“算了吧，我还不了解你？你和鹿璐好好玩玩吧，看着她点儿，这孩子娇嫩着呢。”

“你放心，她爷爷奶奶拿她当宝贝一样。”

道路两边的荆棘丛中，传来一阵阵蟋蟀叫声，不时有几只蚂蚱四下弹跳而去。鹿遥正向前走着的时候，一只野兔不知从哪里蹿出来，沿着山路向前一蹦一跳地逃跑，跑到远处，猛地顿住，竖起耳朵来，警惕地扭一下脑袋。鹿遥沿着宽阔的山坪行走的时候，遥远的地方传来了鞭声。循声望去，远远的山坡上，像贴了一片白云似的散落了一群羊。牧羊人的吆喝声传过来，倏忽就不见了。钻进松树林的时候，鹿遥忍不住狠劲地吸着那股子浓重的松脂味道。

鹿遥想，这就是大自然的味道了。在我的意识里，已经很久没有这种味道了。嘈嘈杂杂的火车站广场，此时变得那么遥远。鹿遥什么都不去想了。钻出松树林，就是一段下坡路。一个古城堡一样的村落就出现了。鹿遥站在林子边，打量着那一片隐在满眼绿色里的残垣废墟，一股子亲近感就油然而生。

是的，这就是我出生的地方了！那个刑警鹿遥，那个奔跑在火车站广场上的鹿遥，真正的根就在这里！

鹿遥站到自己家的院子里，周围杂草丛生。有一间屋子，虽然四处透着窟窿，但还是一副屋子的样子。

鹿遥走进去，站在地面上，慢慢回想着小时候在这间屋子里的情景。

第三十二章

熟悉的面孔

晚上，鹿有余就对孙女鹿璐说："孙女儿，明天跟爷爷去赶集吧？"

鹿璐歪着小脑袋问："什么叫赶集啊？"

爷爷说："赶集，就是好多人在那里卖东西，卖菜的，卖布的，卖什么的都有。"

鹿璐一笑："那跟我们那里的超市差不多，集上有肯德基吗？"

这次轮到鹿有余问了："啃得鸡是什么鸡？有烧鸡啊，你随便啃。"

鹿璐哈哈大笑，说："爷爷你没吃过肯德基吗？"

鹿有余说："我没吃过你说的那种，鸡我是啃过不少。"

鹿遥在一边说："你们俩交流的好像不是一个问题。"

鹿璐却扭着脑袋问："赶集还有啥好玩儿的？"

鹿有余说："有啊，凑巧了，还有唱戏的，耍猴子的。"

这下子把鹿璐的好奇心吸引起来："我去！我要去！"

鹿遥也脱口而出："去！咱们都去，我也去！"

鹿有余本来想，带着孙女到大集上炫耀一番，让熟识的人看看他的宝贝孙女儿。你们瞧，我鹿有余虽说是个石匠，一辈子没什么出息。可你们看看我的宝贝孙女，从城里来的。他敢保证，孙女出现在大集上，那就是一道好风景。农村孩子哪有这么鲜亮的？没想到，鹿遥也要求去，这就更好了。当警察的儿子也要跟着老爹去赶集，想想就美气。因此，那个夜晚不止鹿璐兴奋得睡不着，她爷爷鹿有余也高兴得很。

第二天，吃过早饭，爷孙三个就去赶集。鹿遥开着车，不一会儿就到了。大集就设在邻村，每五天一场。半路上，鹿有余把车玻璃摇下来，不断地跟熟人打着招呼，那神态就相当自得了。鹿璐一进集市，就兴奋起来。她倒是跟随妈妈或姥姥去过菜市场。可是，菜市场的风景远不如农村大集丰富。鹿璐一兴奋，就到处乱跑。鹿有余跟不上，就警告她别乱跑，说一旦跑丢了，就找不到了。鹿遥已经多少年不赶大集了，也觉得亲切无比，他干脆把鹿璐扛到肩膀上。鹿璐一览众山小，大呼小叫起来。不时有人问鹿有余："这是孙女儿啊？"鹿有余一一作答，赚足了面子。

突然，鹿遥在人群里发现了一张非常熟悉的面孔！

他稍稍一愣，在这里看到这张脸，他觉得非常突然。而且，那个女人此时脸上也有了变化，很显然，她也看到了鹿遥。

不错，女人正是马晓雅！

只不过，此时的马晓雅在装扮上跟一个乡村少女无异，脸上没有脂粉，衣服也并不张扬暴露。瞬间过后，鹿遥马上就确认是她！

两人的目光相撞之后，马晓雅赶紧挪开了。而且，悄然转回身去，步子开始加快，一副要迅速逃离的样子。

鹿遥把鹿璐交给鹿有余："爹，你看好鹿璐，过一会儿在车边上等我。"说着，他钻进熙熙攘攘的人群，向马晓雅逃走的方向追去。

马晓雅不时回一回头，看到鹿遥追上来，竟突然拔腿跑起来！鹿有余稍稍一愣，接着，就慢慢皱起了眉头。他当然不明白，为什么鹿遥突然开始追一个女孩子。

马晓雅的身影在人群中时隐时现，鹿遥的眼睛一直紧紧地盯着她。鹿遥的奔跑速度是不慢的，他当然会紧盯不放！可是，农村的大集不像火车站广场，没那么平坦，而且，就在河边一条土路上，买东西卖东西的，杂乱无章。鹿遥一个不小心，差点儿踩到一个小孩子！躲避那孩子的时候，又差一点儿踩到一个西瓜摊上。

稍稍一愣神的工夫，马晓雅已经从人群中消失了。

鹿遥朝消失的位置看过去，发现那是一条小巷子。鹿遥拐进巷子口的时候，看到马晓雅的身影一闪，于是紧追不舍，等走到头，却发现已经到了村子外，是一片玉米地。玉米已经长得很高了，茫茫阔阔伸展过去，鹿遥看到远远的地方，玉米棵在晃动着前行。于是，毫不犹豫冲那个方向而去。可当鹿遥一口气蹿出玉米地的时候，马晓雅却不见了踪影。鹿遥站在地头，四下打量，周围是几片互相勾连的玉米地，一派宁静。

鹿遥把马晓雅给追丢了！这在他的奔跑经历中，又是一个不多见。

他找了半天，最后终于放弃了。

鹿有余和孙女在车边等候，鹿璐看起来也累了，蹲在地上，看蚂蚁打架。鹿有余则站在车旁，一脸的焦急。看到鹿遥走回来，这才放了心。上车后，他问鹿遥："你干吗追人家一个女孩子，究竟咋回事儿？"

鹿遥说："这事儿三句两句说不清楚，那女孩子在城里犯事儿了。"

鹿有余"哦"了一声，说："我瞅着那样子，像是西边村里老马家的孩子。"

鹿遥一下子停住车："爹，你咋不早说？你认识她啊？"

鹿有余说："我只是瞅着像，倒也不一定，老马家那闺女，在外头好多年了。"

鹿遥说："那就是她了。怪不得她说她认识我。"

鹿有余问："你见过她？"

鹿遥不做声，好半天才说："这事儿你别问了。我送你们回家，然后，我自己去找她。"

送走鹿璐和父亲，鹿遥立刻驾车返回去找马晓雅。在半路上，他并没有犹豫，就直接拨打了何涛的电话："何涛，你猜我看见谁了？"

何涛说："喊我何大队，你喊我名字我不习惯。"

"狗屁！"

何涛这才笑着反问："你碰到谁了？"

鹿遥嘿嘿一笑："我发现马晓雅了。"

何涛果然很兴奋："她在哪里？"

鹿遥说："她的老家，果然就在我们邻村。"

"你们村子在哪儿？我马上派人赶过去。不，我直接带人去。"

鹿遥说："刚才在一个农村大集上，我看到了她。我想追上她，可乡下的地形太复杂，我把她给追丢了。"

何涛说："鹿遥，一个爷们儿追个女人，居然让她跑掉了？不过你别着急，我马上联系当地的派出所去支援你，我们随后就到。说不定，董超也在附近呢。”

“我正在向马晓雅家去。”

何涛稍一犹豫：“鹿遥，最好你先别一个人去。万一董超在那里，那可是个杀红了眼的人，很危险！”

何涛这句话，让鹿遥觉得有点儿感动。这句话虽说是一个领导对下属随意嘱咐的话，但毕竟让听者觉得温馨，有亲情和友情的成分在里头。

鹿遥说：“我会注意的。我担心的是，如果董超跟马晓雅在一起，我已经打草惊蛇了。所以，我必须得马上去！”

鹿遥听到何涛下楼梯的声音，还听到何涛在喊：“祁连山，马上去开车！咱们出发！”接下来一句话，是对鹿遥说的，“发现董超，不要动手，你一个人太危险。我马上就给当地派出所打电话。”

车到山脚下，没法继续前行了。鹿遥下了车，沿一条小路，悄悄向那个叫旮旯屯的小山村摸过去。刚走出几步，鹿遥下意识地摸摸腰间。此时，他太需要有一支枪了。但那里肯定是没有的，连手铐也没有。回老家是度假的，带那些玩意儿干吗呢？

旮旯屯名副其实，就夹在一个山旮旯当中，比鹿遥出生的那个小村子强不到哪里去。屯里居住的人家，也都纷纷到了山下，仅有三两户人家还苦苦支撑，也多是些老人了。鹿遥进村子之前，四下查看一下地形，心里不由得先紧张了一下，这里真的非常适合隐藏。几户人家的房子，被茂密的树木掩盖着。小村子四周，一面通往山下，另外三面就依托着山坡。人离了村子，紧跑几步，就能钻进莽莽苍苍的大森林。如果董超跟随马晓雅躲到这里，一辈子就此不出山，恐怕寻找起来，还真是件难事儿呢。董超要是真躲在这儿，估计马晓雅早已经回来通风报信了。此时，他们俩至少已经潜入那片森林了。

鹿遥明白，时机稍纵即逝，董超和马晓雅一旦逃离，恐怕就再也不会回到这个地方来了。

想到这里，鹿遥步伐坚定地向一户人家走去。他已经向父亲问了老马家的具体位置，他相信自己没有找错。鹿遥弯着腰，来到那间茅草房的后面，在拐角处随手抓起一根棍子，是一根废旧的镐柄。鹿遥觉得还算趁手。

他贴着墙壁慢慢寻过去。院子里寂静无声。正想寻找一个更加适合观察的地点，突然，看到一个老头儿跌跌撞撞从屋里走出来，直奔院子一角的一棵梧桐树下，解开裤子就尿起来，一边尿，一边嘴里还哼着什么。看来，这就是马晓雅的爹了。鹿遥稍稍后退一下，老头儿没看到他，尿完后就回屋了。鹿遥慢慢转过墙角，到窗下仔细听了一阵子，好像屋子里再没有别人。看来，马晓雅没回来，或者，已经逃走了？

鹿遥握着棍子，慢慢靠近门口。

就在这时候，他的视线突然被院子一角的草丛吸引过去。那草丛明显地抖动了一下！此时的鹿遥已经暴露在院子里，索性豁出去，向那片草丛走去。就在他快要靠近的时候，草丛里慢慢站出一个人来。

果然是马晓雅！

两人对视好半天，都沉默着。鹿遥的眼睛机警地打量着四周。

马晓雅终于说："没想到，你还是找到这里来了。"

鹿遥说："你叫马晓雅？"

马晓雅微微一笑："这还用问吗？咱们打过交道。"说着，慢慢地走过来。突然问，"本来我还想继续跑的，可还是忍不住纳闷，我想知道到底发生了什么事情。"

"董超呢？董超在哪儿？"鹿遥直截了当地问。

马晓雅稍稍犹豫一下，说："我根本没见到他。他没跟我一起回来。"

鹿遥半信半疑，又问："那你最后见到董超是什么时候？"

马晓雅说了一个日期，正是阿玲被杀的前一天。

马晓雅说："那天上午，我醒来以后，就不见他人了。当时我就觉得要出事儿，就自己一个人跑回来了。那边到底发生了什么事儿？"

看上去她倒是真的很着急。鹿遥却想，她是真的不知道，还是在试探我？随口说："没什么大事儿，就是想找你核实一下情况。"

"你别骗我了，没事儿你会到这里来找我？你知道吗？论起来，我得喊你表哥。我知道，我做的那些事儿不光彩，我还惹下了大祸。可是你告诉我实情，省得我回到家也不安稳。"

鹿遥转移话题："你知道董超能去哪里吗？"

马晓雅说："我真的不知道。"

就在这时候，马晓雅的爹站到门口，突然喊起来："小丫，那是谁啊？"

马晓雅扭头看一眼，然后面对鹿遥，露出哀求的神色："你可什么都别告诉我爹，好不好？你就说是来找我出去打工的。我爹认识你爹。"然后扭头说，"是山下的表哥。"

老头儿嘟囔："表哥？哪个表哥？"

鹿遥悄悄把棍子扔到地上，和马晓雅一前一后走过去。老头儿眯着眼睛端详他半天："我还是认不出来。"

马晓雅说："爹，他是鹿遥啊。他爹是石匠，叫鹿有余嘛。"

老头儿哎呀一声："鹿遥啊？石匠的儿子？你看，我都认不出你来了。"

鹿遥笑笑："是啊，好多年没见面了。"

"你不是在远山当警察吗？咋回家来了？"

"我这一阵子正好休假，回家来玩一玩。我有个朋友，开了个厂子，正在招人。我就上来问问晓雅愿意不愿意去。"

老头儿嘟囔说："一个闺女家，在外头闯荡那么多年，心都玩野了。咱别站着啊，到屋里去，我正在喝酒呢。来，咱爷儿俩喝一盅。"

鹿遥哪有心思跟他喝酒？此时，他心里仍未放松警惕，董超真的没来过吗？马晓雅有没有说谎？鹿遥说："我可不喝酒，进屋里坐坐吧。"

一进屋子，鹿遥心里顿时感叹一声，四处黑乎乎的，看不到一件像样的家具，在一个墙角有一盘炕，炕上躺着一个老女人，似乎是睡着了。鹿遥半天才适应了屋里的光线，四下打量着，想寻找出一丁点儿蛛丝马迹来。如果董超在这里，哪怕一个烟屁股，也能证明一些问题。可是，他没找到。

鹿遥顺口问老头儿："表妹今年多大了？"

老头儿转身看马晓雅："多大了？我还真说不上来。"

马晓雅一直看着鹿遥，答道："快三十了。"

鹿遥"哦"了一声："找对象了没有？"

马晓雅顿时有点儿紧张，不说话了。老头儿说："找什么啊？你看我们这个家，穷得叮当响，谁愿意找个累赘啊？"

鹿遥点点头，看来，马晓雅真的没把董超带回来。但今天，一定得把马晓雅带走，不管怎么说，马晓雅目前是犯罪嫌疑人。

从遇到马晓雅起，鹿遥已经迅速进入了刑警队长的角色。

第三十三章

何处藏身

此时的董超，正坐在一辆通往小山村的破旧客车上。董超经过反复的考虑，才决定去马晓雅的老家躲避。尽管，他知道风险很大很大。阿玲一死，马晓雅当然是第一个被怀疑对象。她的老家，当然也是警察追查的地点之一。可现在的董超心里很清楚，自己身上的罪恶又增加了一重，已经三条人命了！只要被抓到，毫无疑问，肯定就是个死！他猜测，通缉令已经在四处散发和张贴。这下子好了，更没地方去了。

在这世界上，如果说还有什么牵挂，而且值得冒着风险再去看看的话，就只有马晓雅了。死之前，总得跟马晓雅见上一面吧？

偶尔，董超会想到自己的父母。可是，非常奇怪。他在逃亡的过程中，从来不想见到他们。当然他知道，警察同样也在父母那里布下了天罗地网。可这不是关键，而是自己根本就不想见他们。他开始怀疑自己的成长过程中，在某一个事件上，父母给了他一个很不好的印象。从此，他对父母居然缺失了亲情观念。

坐在车上，眼睛看着车窗外的风景，心思却飘得更远了。

忽然回味起杀死阿玲过程来，他再次惊讶自己当时的心态竟那样平静！完全不同于杀死梁文莉，和那个倒霉的女人。那两个人，说到底，是自己一时失去控制，属于激情杀人。而对于阿玲，却大大不同，是考虑好了的，把每一个步骤都考虑好了的。董超张开双手，打量着自己的十根手指，好像不相信正是这双手，在不久前刚掐死了一个女人。如果人身上真的有某种神秘的气息，那么，女人的气息会不会在这双手上停留着呢？董超在片刻之间，内心深处有了异样。他从自己的手上模模糊糊看到了鲜血。这是很奇怪的镜像，那个女人是被掐死的，根本没流血啊。

董超赶紧把思路收回来。他的身边坐着一个农村女人，穿着破破烂烂，怀里抱着的一个三四岁的小女孩儿，老是拿眼睛盯着董超看。董超想，或许，自己这张脸真的很有个性。在那孩子又一次端详他的时候，董超突然做了个鬼脸，小孩吓了一跳，赶紧扭过头去。董超看着窗外，笑了。

“如果这个女人知道自己身边坐着的，是一个杀死三个女人的在逃犯，会有什么反应呢?”董超甚至恶作剧一样地想。

此刻的董超，反倒不像一开始逃亡那样感到无边的恐惧了。偶尔，心里甚至又这么想了，干脆被警察抓住吧，一枪解决了这条命，也不失为一个痛痛快快的好结局。人不能总是这样子，随时都处于警觉当中。董超想，我也是个肉体凡胎的人啊，一个人的心理哪能这么长时间承受这种煎熬和折磨?他当然时不时会想到自首。董超多少懂一些法律，他反复琢磨，这个时候去自首，能不能保住一条活命呢?可是，即便活着又能怎样，注定一辈子是在监狱里头了。那样子，岂不同样是生不如死?他还是不想死，还是怕死!还是不想失去自由。

继续去找马晓雅，的确是取了一个下下策。他给马晓雅打过电话，可怎么也打不通。董超推测有以下可能，一是她被警方带走了。阿玲一死，警察很快就找到了晓雅。这样一来，马晓雅的处境就不妙了。她如果聪明，就跟警察说，她根本不知道董超是个什么人，那样，至少不会犯窝藏罪。另一种可能，是马晓雅离开了，她会去哪里呢?回家，或者去另一座城市，另一家洗浴中心?

不管怎样，董超想到很有可能跟马晓雅天各一方，永不联系，心底里就稍稍疼痛了一下。他不得不承认，跟马晓雅是有感情了。真奇怪啊，感情真是很复杂的东西，董超跟梁文莉从认识到结婚那么多年，居然还比不上跟马晓雅这短短几天感情更深!

不管怎样，董超下定决心去马晓雅老家找她。如果她在家，就带着她走；如果不在家，可以就近潜伏下来，等她回家，她迟早总是要回家的吧?那儿极有可能有一张网在等着他，可现在他不去多想了。

客车在一个完全陌生的地方停下来，前面是一段土路。司机告诉董超，马晓雅所在的村子，还要沿着路边一条小路，继续再往上走一段。司机是连说带比画着告诉董超的。因为，董超上这辆车的时候，假装成一个哑巴。他知道一开口，自己的外地口音就会暴露。马晓雅家的地址，是写在一张纸上的。董超下了车，抬头看看远处莽莽苍苍的大山，心想，或许这里正是我的藏身之处。

此时的董超，倒是忘记自己刚开始流窜的时候，原则是放弃躲在深山老林中的。他辨别了一下方向，沿着一条小路，向山上走去。

而就在那个时候，鹿遥正带着马晓雅，从另一条路向山下走。

鹿遥跟马晓雅的爹是这样解释的，他想带着马晓雅去跟人家用工单位见个面儿，最好马上就走。鹿遥一边说，一边拿眼睛紧盯着马晓雅。那意思，我是按你的想法，给你打掩护，你最好不要跟我再耍什么花招，我肯定是要把你带走的。如果你不想让家里人担心，那就好好配合我。

果然，马晓雅看着鹿遥，一句话都不说。马晓雅的爹很高兴，说："你给介绍的活儿我放心，小丫，跟着鹿遥去吧，好好干。"

走出一段路，马晓雅才问："你要把我带到哪里去？我可不想再回城里去了。"

"这个，恐怕不是你说了算。"鹿遥公事公办地说。

马晓雅一下子站住了："你真的是想抓我啊？你告诉我，究竟发生了什么事儿？"

鹿遥看着马晓雅，沉默良久，才说："'梦巴黎'的那个阿玲，被人杀死了！"

马晓雅浑身一哆嗦，呆愣在当地！

马晓雅丝毫也不怀疑，阿玲就是被董超杀死的。事情果然是朝着最坏的结局去的，董超这个家伙，真的把人给杀了！尽管马晓雅恨死了阿玲，可是把人杀死这个结局，她是绝对不想看到的。

马晓雅惊恐地说："不是我干的！这跟我没关系。我不跟你走！"

"你必须跟我走！"鹿遥的话斩钉截铁，"我知道，人不是你杀的。可是跟你有好大的关系。你跟一个杀人在逃犯住在一起，而且，在我遇到你那天晚上，死者阿玲跟你发生过激烈争吵，对不对？也就是说，你俩矛盾很深！你逃不了嫌疑的。更严重的是，由于那天晚上你百般阻挠我，杀人犯董超至今还逍遥法外。”

马晓雅呆呆地站在路边，鹿遥随时注意她的举动。

“这么说，你们已经知道是董超作的了？”她问。

鹿遥说：“我们已经掌握了一些线索。”

“我会被你们判刑吗？”马晓雅担心地问。

“不是被我们判刑，是法律。任何违法的人都会受到制裁。这事儿现在我没法说。”鹿遥盯着马晓雅的眼睛。

看上去，马晓雅浑身无力，整个人都垮了。“那我该怎么做？你告诉我啊，鹿遥。”

鹿遥说：“没别的办法，只有跟我们配合，把你知道的都说出来，帮助我们抓住董超。咱们走吧。”

马晓雅迟疑着迈动了脚步，鹿遥紧跟在她的后面。两人好半天没说话。突然，鹿遥看到马晓雅的身子一晃，他立刻意识到：马晓雅要跑！

果然，马晓雅扭身就往山上跑去！

鹿遥一把没抓住她，紧跟着追过去！他一边跑一边喊：“马晓雅，你不能再跑了！你要再跑，谁也救不了你！”

马晓雅却不管不顾，拼命地往树林的方向跑去！

可这一次，马晓雅没能逃出多远就被鹿遥抓住了胳膊。鹿遥把马晓雅的胳膊扭到身后，说：“你不要让我为难。再说，我不是害你，是救你！”

马晓雅拼死挣扎，哭着说：“你说什么我也不跟你去！我知道只要去了，我就再也回不来了。我求求你，你放了我吧鹿遥！我现在只想着过安稳日子，我再也不去城里了。求求你啊表哥！”

“你怎么还不明白呢？”鹿遥急了，“你能躲到什么时候？我问你，以前你知道董超是杀人犯吗？”

马晓雅不再挣扎，迟疑了一下，却反问道：“为什么问这个？”

“我想知道，你跟董超到底是什么关系。”

“是的。我知道他是杀人犯。但他对我很好，要不他就不会去杀死那个阿玲。他是为了我才去干的。”马晓雅实话实说。

鹿遥叹息一声：“那你知道董超在原籍的杀人经历吗？”

“我不知道，我只知道他杀过人。他想告诉我的，可我不想听。”

鹿遥说：“在杀死阿玲前，他在老家就已经杀掉了两个女人。”

马晓雅顿时呼吸急促起来，她傻愣愣地问：“他、真的、杀死了两个女人？”

“这还有假？一个是他老婆，另一个是跟他毫不相干的女人。他们那边的警察现在就在远山。你怎么这么傻啊丫头？跟一个杀人犯住到一起。你不知道现在这个人有多么危险！他的心理已经完全扭曲，随时会再杀人！一个杀人犯到了他这种程度，那是什么都不怕的！所以，我们必须马上找到他！”

“我真的没想到啊，”马晓雅双手捂着脸，坐在地上，又哭起来，“我没想到，他真的这么狠啊！”

鹿遥说：“现在，已经有三个女人死在他手上，你还想做第四个吗？你知道得太多了，说不定他现在也想找到你，把你杀死！现在的董超，已经完全失去理智，任何一个触怒他的人都有可能被害。你必须配合我们，找到他，才能消除隐患。你也不希望他再继续杀人吧？”

“好吧，我跟你走。”马晓雅说，“我不跑了。”

鹿遥开车拉着马晓雅向镇上的派出所赶，半路上迎到几辆警车，是当地派出所的民警。又走了一段路，才遇见何涛他们。祁连山摇下玻璃，跟鹿遥打招呼。何涛推门而出，来到鹿遥车边。鹿遥下车，指指车内：“马晓雅带来了。可是，没有董超的消息。”

何涛拍拍鹿遥的肩膀：“谢了。”

鹿遥“呸”了一声：“狗屁！这叫什么话？”

何涛悄声说：“她知道那个三陪小姐死了吗？”

“我告诉她了。”鹿遥说。

“她认为是谁干的？”

“我从她的神情中能看出来，她也认为是董超。她对这事儿根本没怀疑。”

“你主动透露消息给她了吗？也就是，人是董超杀的？”

鹿遥嘿嘿一笑：“是的，否则，我带她走很困难，我已经说服她了。说实话，我目前的身份是马晓雅的表哥，这算不算是投案自首？”

"恐怕这还得看她的态度。"何涛露出一丝微笑，递给鹿遥一支烟，两人对着头点上。何涛抬起头，看着那重重叠叠的山脉和绵延苍翠的森林，说，"鹿遥啊，你说，要是董超钻进这一带山里，我们怎么才能找到他啊?"

鹿遥也看着远处，说："很难。说实话，从小到大，我都不知道这一片林子到底有多大。"鹿遥把手一挥，指向远处，"而且，那一片山里头，到处都是山洞。十个八个人躲在里面，你都不一定能找到。"

"真希望这小子没钻进这里面去。"何涛说。

"可是，真的很难说。根据马晓雅说的话，以及我在她家里看到的一些情况，我有种感觉，董超应该是还没来。"

"还没来，不证明这小子就不可能来。"何涛还在看着远处，却像是自言自语，"要是把这一带山都层层设围，得需要多少警力啊?"

"是啊，的确得需要很多人。不过，只要发现他的踪迹，在周围布控警力也不算是很困难的事情。"鹿遥转换话题，"反正，这个女人我给你带来了，你拉走吧。我得回家，我是在休假呢。回去你得给我加班费。"

何涛说："算了吧，跟我们一块儿去派出所。咱们先到那里去问一下。"

"我不去!"鹿遥说，"我正在闭门思过。"

何涛拿脚背踢他一下："少跟我来这一套！你现在不上套都不行。再说，你还是当事人哪，你不是说，这个女人以前阻挠你执行公务吗？我还得搞到你一份笔录呢，走吧。"

鹿遥说："我总得回家说一声啊，我闺女还在家等我呢。"

"不会耽误你多少时间的。"何涛扔下一句话。

马晓雅被带往另一辆车上，上车前，马晓雅突然喊："等一等，我要跟鹿遥说句话。"

鹿遥正弯腰钻进车内，他愣了愣，慢慢走过去，问："你想跟我说什么?"

马晓雅说："表哥，别人我不信，我只相信你。你说，我会不会坐牢?"

鹿遥沉默半天，说："我真的没办法回答你。不过，你要好好配合我们。只要你能帮我们抓到董超，事情就好说了。"

好半天，马晓雅才咬咬嘴唇，俯身钻进那辆警车里。马晓雅的话里隐藏的担忧和沉重，让鹿遥突然觉得，这女孩子其实也很可怜的。

祁连山又挥手跟鹿遥打了个招呼，短短几天，鹿遥觉得这小子有些成熟了。或者说，他的眼睛里面有一些成人的东西了。自从见面之后，祁连山并没有表现出对鹿遥有多么亲热，而是保持着距离。

差不多与此同时，董超站在马晓雅家的院子里。他犹豫了半天，才走上前去敲门。马晓雅的爹走到门口，眯着眼睛打量董超："你是谁?"

董超却问："大爷，这里是马晓雅家吗?"

晓雅爹说："是啊，你是谁？我以前怎么没见过你?"

董超说："我是晓雅的朋友，来找她有点儿事，她在家吗?"

"刚才还在家的，她表哥把她带走了，说是给她找工作。"

"她表哥，家住哪里啊？叫什么名字?"董超一皱眉头。

马晓雅的爹嘟囔说："就是在市里当警察的那个，叫鹿遥，在山下村子里住。"

董超脸色大变，惊恐四顾！

鹿遥，那个在火车站看到的鹿遥，那个在城里追得他慌不择路的鹿遥！他，居然是马晓雅的表哥！难怪晓雅说认识他。这个冤家对头的嗅觉可真灵敏，居然抢先一步，把马晓雅带走了！

离开前，董超跟马晓雅的爹说："大爷，我来这里的事情，不要跟别人说，好不好?"

"为啥呢？你不是来找晓雅的吗?"

"没啥，我去山下村子里找晓雅去。"董超警觉地看看四周，扭头就走。沿着一条小路，渐渐远离了马晓雅的家。

第三十四章

尴尬的晚饭

鹿遥的电话打来后的第二天，陶昕柔开始有点儿心烦意乱。有时候，会冲着房间的某个地方发半天呆。陶昕柔心里很清楚自己为什么会变成这副样子，只是自己不肯承认罢了。

她不知道，为什么这次回到远山后，对鹿遥的感觉有了如此迅速的变化。她还在反复地追问自己一个问题：陶昕柔，难道，你又要重蹈覆辙吗？鹿遥会不会跟那个作家一样，根本就离不了婚？而你重新燃起的爱情之火，会不会再一次被无情浇灭？

但很显然，鹿遥的那个电话，把她的心境彻底搅乱了。鹿遥电话里描述的老家的景色，深深地吸引着她。在那天下午的某个时刻，陶昕柔忽地一下站起身来，背起包，向外就走。她要去那座大山。她要去看看鹿遥出生的地方。她要跟鹿遥坐在崖顶的石头上，遥望远山起伏连绵，呼吸山间清新的空气。

坐上驶向山区那座小县城的客车后，陶昕柔自始至终都看着窗外，看着城市喧闹的街道。心里却想，我不管了，我准备义无反顾地再跳一次！大不了，失败之后，我去隐居，我去落发为尼！后面这个陡然而起的想法，突然一下子变得很具有诱惑力，甚至，吓了陶昕柔一跳！

出家！这还真是一个不坏的想法。

对马晓雅的讯问，于案情来说，进展似乎并不大。她倒是听了鹿遥的话，丝毫都没有隐瞒。鹿遥是在派出所长的办公室里回避的。何涛推门而人，转了一圈，才说："看来，那小子又继续逃窜了，鹿遥，你分析一下，此刻这个家伙会在哪儿？"

鹿遥说："干吗问我？你是刑警队长，在这方面你有经验。不过，如果这条线断了，那还真不好说了。又弄死一个人，还不赶紧销声匿迹？难道他还会再来找这个丫头？除非，他对这丫头真动了感情。"

何涛突然插话："你说除非什么？"

"你刚才没听我说话啊？"

"你说得对。"何涛刚才的思维的确不在鹿遥这里，"当然，还有另外一种可能性。我们不能以惯常的思维揣测董超这个人。说不定，他还在咱们市里头呢？他就躲在最危险的地方。"

"城市里头藏个人也很容易。不过，我们的工作就难了。"

"难也得干，别的线索一条也没有。"

鹿遥的手机此时响起来，一瞧，是陶昕柔的号码。他走出门外，到了院子里才接："怎么了美女？心理诊所正式开张了？"

陶昕柔的话让鹿遥呆住了："我在前往你家的路上，已经坐上从县城到你家的客车了。"

鹿遥呆愣半晌，才说："你怎么来了？"

陶昕柔说："听口气，好像不太欢迎？要不，我再掉头回去？"

"别！这样吧，我现在在镇上的派出所，等会儿你在这里下车，我过去接你。"扣掉电话，鹿遥又发了一阵呆。陶昕柔居然跑来了！这个丫头，她到底怎么想的啊？对鹿遥来说，这真是个大难题。带着陶昕柔回家，跟鹿璐爷爷奶奶怎么交代呢？何况，鹿璐已经是个很懂事儿的孩子，她有自己的判断。她怎么去理解这件事情？

何涛走出来，说："我们几个分析了一阵，觉得董超在远山的可能性比较大。我看，还是先把这个女人带回去吧。你呢？跟我们回去，还是继续休假？"

鹿遥说："我当然继续休假。"

"那好吧，你就继续你的神仙一样的日子。什么时候回去，我给你接风洗尘。"

鹿遥轻轻一笑："别，你何涛什么时候有这么好的素质了？我是个戴罪之人，消受不起。”

“还是这副臭脾气。”何涛嘟囔了一句。

鹿遥在站台下等了不一会儿，一辆中巴车驶过来。车门一开，陶昕柔跳下来。两人先是站在那里对望片刻，鹿遥伸手做了一个请上车的姿势，陶昕柔笑着走过来，弯腰坐进车里。鹿遥坐下以后，觉得异样，一扭头，发现陶昕柔正拿眼定定地看着他。鹿遥刚要开口，陶昕柔突然探过身来，将鹿遥抱住，一边哭着，一边寻找着鹿遥的嘴巴。鹿遥呆了一下，双手不由自主伸出去，和陶昕柔搂抱在一起，吻在了一起。

陶昕柔说：“我实在是忍不住了。”

鹿遥沉默良久，突然说：“这个姿势很累。”

陶昕柔笑了。

鹿遥问：“你真的想跟我回去吗？”

“是啊，我想去看看那片山，和你一起去。”

鹿遥说：“可是，天已经晚了，你去以后，今晚住在哪里呢？我老家那地方，条件太差了。”

“随便哪儿都行，我无所谓。鹿遥，是不是我跟你回去，你家里人会不高兴？”

“我觉得没什么问题吧，要不我就说你是我的同事？我可以晚一点儿，再把你送到县城里去住。”

鹿遥的言外之意是，最好现在我就把你送到县城。可陶昕柔好像根本没听出来：“不，我跟你去，我说过我随便在哪儿都行。”

鹿遥稍稍犹豫，随即启动车子：“好吧，那咱们就走。这时候回去，还能赶上晚饭。明天一大早，我就带你上山。”

半路上，鹿遥逐渐放松下来，既然他爹鹿有余知道他正办着一个案子，市里的同事到家里来看看，也算是合乎情理。鹿遥说：“咱们可说好了，你是我同事，就是到家里看看老人的。吃完饭以后，我会说天已经很晚了，你就随便在我家凑合住一晚，你看这样行吗？”

陶昕柔一笑：“这你不用嘱咐。我知道，你爹你妈不会拿我当儿媳妇的。我也有自知之明，我现在还不是。”

这话听起来有点儿异样了。

鹿遥扭头看一眼陶昕柔，问："怎么了？不高兴了？"

陶昕柔也看着鹿遥："我干吗不高兴？我一看见你，就什么都不管了。"

车子在路边慢慢停下，鹿遥和陶昕柔下了车，向家里走去。此时，天色已经暗了。月亮升起来，照得院子里亮如白昼。鹿遥轻轻地推开门，正要向父母介绍陶昕柔，忽然愣住了！桌子旁边坐着的，居然是李小曼！

鹿璐一看到鹿遥，高兴地跑过来，叫喊道："爸爸，你快看，妈妈也来了。"

李小曼满脸的笑："没想到吧鹿遥？我搞了个突然袭击。"

但就在一瞬之间，她的脸色就暗淡下来。李小曼看到了站在门外稍稍尴尬的陶昕柔。

鹿遥最先反应过来，回头说："进来吧，我给你们介绍一下，这是我的同事陶昕柔，她恰好和何涛一起来办个案子。听说鹿璐回家了，也顺便过来看看老人。"

李小曼起初一语不发，但稍过片刻，却笑着打起招呼："那赶紧进来，正好，咱们一起吃饭。"

陶昕柔也迅速换上笑脸，先冲鹿璐喊了一声："小鹿璐，你还认识陶阿姨吗？"随后，向鹿有余老两口问好。

两个老人早就看看这个，看看那个，心生迷惑了。可看到三个人还算融洽，算是稍稍放心。

这顿饭吃的，真是别扭。除了小鹿璐，似乎所有人都别扭。李小曼的表现更像是一种表演。她一会儿给鹿有余两口子夹菜，一会儿连声给陶昕柔让菜，说："吃啊，吃啊，小陶你别客气。到我们家，就是到自己家了。"

陶昕柔说："嫂子，是你太客气，你不用招呼我。"

鹿遥不动声色，只闷头吃饭，偶尔为了活跃气氛，插嘴说几句不疼不痒的话。心里却想，这两个女人，都不是一般人物，居然在这种场合还能应付下去。李小曼的表现已经可以用非同寻常来形容。鹿遥从认识李小曼起，就没见过她这个样子。

吃过饭，稍坐片刻，陶昕柔提出告辞："天不早了，我要回去了。"

倒是李小曼先表示惊讶："哎呀，都这个时候了，你还去哪儿啊？"

陶昕柔说："嫂子，我得先到镇上去。我们那几个同事在那里等着我呢。要不，鹿遥你就不用送我了。我打个电话，让他们来接我。"

鹿遥赶紧接茬儿："还是我送你去吧，来回也就半个小时的路。"

李小曼猛地转回头来看着鹿遥，却一声不吭。

车走在半路上，两个人好一段时间不说话。终于，鹿遥开口了："我没想到她会来。"

陶昕柔说："你不用解释。"又不说话了。

鹿遥说："对不起！"

"你没做错什么，是我错了。我就不该来！我真是傻！"陶昕柔突然一下子就哭出声来，"鹿遥，你知道吗？这是我这辈子吃得最难的一顿饭。我发现我都快变成神经病了。"

鹿遥把车靠在路边，摇下玻璃，掏出一根烟点上，将一口烟雾喷出去："我知道，这怪我，我就不该带你回来。"

陶昕柔擦擦眼泪，看着窗外，两人又是好半天不说话。良久，陶昕柔说："走吧，鹿遥，你只要把我送到前面有出租车的地方就行，随便任何地方。你得赶紧回去，回去晚了，家里人不放心，李小曼更不放心。"

鹿遥说："我送你去县城，找家宾馆住下。"

"我说过，你不用管我！"陶昕柔叫喊起来，"鹿遥，这么多年了，我自己一个人能照顾得了我自己。你只管把我放下就行。"

鹿遥启动车子，不一会儿到了镇上，直接把车开进镇上的一家旅馆。陶昕柔说："你送我到这里干什么？"

鹿遥说："你先在这里住下，明天再说！这里条件虽说不太好，但勉强住一晚吧，要不我不放心。"

陶昕柔没再坚持，推开车门，说："那你回去吧，我自己进去就可以。"

鹿遥也下车，说："我去给你办理手续。"

可是，当鹿遥办理完手续驾车往回走没多久，陶昕柔发过一条短信："我已经乘坐出租车回市里了，宾馆的押金，你回来后我再给你。"

第三十五章

不会发短信

何涛回到办公室里，一下子躺在沙发上，双手插进头发，苦思冥想。

刑警队长何涛此时太需要一桩案件来壮大自已的影响力了。可是，到目前为止，这桩大案似乎已经走进了死胡同。假如董超真的像潜入这城市一样，悄无声息又撤退了，按照何涛以往的办案经验，三陪小姐阿玲这起命案的侦破，时间将会无限期延长。甚至，极有可能变成一起积案。像董超这样的流窜犯，已经积累了丰富的反侦查经验，抓获难度之大，何涛是明白的。何况，这人曾在鹿遥的眼皮子底下逃跑过，可见其自身的素质非常好，这是个很难对付的家伙！可市局已经提出“命案必破”的口号，这样的案件无法侦破，不仅仅是一种耻辱，还会让一种危险气氛时刻笼罩在这座城市上空。三陪小姐被杀案，已经在当地群众中引起了极大的恐慌。同样，如果董超没有落网，马晓雅的羁押期限也会变得有点儿棘手，犯罪事实也难以盖棺定论。

何涛长叹一口气，站起身来，抓起桌子上的电话，向分管刑侦的副局长简要汇报了案情。随后，他焦灼不安地在屋子里转了一圈，才坐到桌子后面去，抽出笔记本，再次仔细搜寻这起案子的每一个细节。在端详被害人阿玲的手机通话记录短信记录清单时，一个念头突然冒出来！

那就像一道闪电，何涛也被这个念头吓了一跳！

他半躺在转椅的靠背上，盯着天花板，思考了好半天。终于，何涛从口袋里掏出手机，面对屏幕，又犹豫良久，这才摁出一串号码。

不一会儿，电话里一个男子的声音传过来：“请问你是哪位？”

何涛稍稍一顿，说：“我是区分局刑警大队长何涛。”

那边的声音顿时有些惊喜的样子：“哦，何大队长啊？您亲自打电话，有什么吩咐？难道，最近破获了大要案，需要对外宣传？”

何涛说：“我想跟你见个面儿。有件事儿，咱们最好仔细谈一谈。”

“什么事呀？说得这么严重，就现在吗？”

“你现在方便吗？”

“方便，当然方便。你说个地方，我赶过去。”

何涛坐在一家咖啡厅的角落里。不一会儿，记者李佑就推门而入。

何涛冲他摆摆手，李佑急忙走过去，落座后，说：“何大队，怎么选择这样一个地点呢？要不换个地方，咱们喝一杯。”

何涛微笑着说：“我戒酒了。脂肪肝，相当厉害了。”

李佑坐下来：“那好，有什么吩咐，你尽管说话。”

何涛皱皱眉头：“李记者，那我可就直说了。说实话，前几天你干的那件事儿，让我们刑警队非常难堪。”

李佑稍稍一愣：“您是指哪件事儿？”

何涛呵呵一笑：“李记者最拿手的事情，不就是给警察曝光吗？”

李佑的脸上有了些尴尬：“那件事情，我真是做错了。我也是让那扒手给骗了。不过，我们不是登报更正过了吗？何大队，你大人不记小人过，以后需要我去搞正面报道，我二话不说，立马赶到。”

何涛看看四周，微微一笑：“李记者，你以为，我找你来是向你兴师问罪的？我告诉你，最近有一起案子，又把你牵扯进去了。”

李佑脸色骤变，嘴角哆嗦一下：“你是说，那个三陪女被杀的案子？”

“哦？”何涛故作惊讶，“你们记者果然消息灵通啊！不过，你怎么知道那案子跟你有牵扯的？”

“我——”李佑欲言又止。

“难道，我们刑警队有你们报社的线人？”何涛追问。

李佑却话锋一转：“何大队，你找我来，到底是什么意思？”

何涛说：“没什么意思，就是想了解一点儿情况。你这么大一个记者，在这座城市也算是名记。如果到报社去公开传唤你，我觉得影响会很不好。”

李佑的脑子在迅速旋转，心想，鹿遥来找他的事情，这个何大队是否知晓呢？姓何的约他在这样一个场合见面，目的是什么呢？李佑的脑子到底不笨，一转就恍然大悟了。很显然，姓何的是带着他个人目的来的。既然是个人目的，那就心照不宣了。

想到这一点，李佑却暗暗叫苦，暗骂自己混蛋，就那一夜风流快活，居然惹出这些甩都甩不掉的麻烦。

可姓何的手头究竟掌握了多少信息呢？李佑很清楚，这关系到一个价码的问题，需要衡量一下得与失的比例关系。事情到了这一地步，必须要办得稳妥才好，否则，只要这事情还没有一个了断，你李佑永无宁日。

像是猜到了李佑内心深处的想法，何涛慢慢地从兜里掏出几张纸来，沿着桌面，推给对面的李佑。

李佑接过来，只打量了几秒钟，就浑身颤抖起来，额角的汗珠瞬间渗出来！

何涛的话语非常轻柔：“据我所知，手机短信里的有些内容，简直不堪入目，可以写一本黄色小说了。你是记者，知道那些短信的分量，一旦到了网上，那么你李大记者将会迅速蹿红，名气会更大。说实话，这些资料，都在我的电脑里面。我办公室人来人往，很乱，一个不小心，就会泄露出去。”

李佑闷坐在那里，好久不说话。何涛用一根手指敲打着桌面：“老李，我知道，这件事情上，你多多少少还是一个受害人。你给了那女人一笔钱。而且，之前派出所还罚了你款。你花了不少银子，我很同情你。可是，我也没办法，谁让你当时不报警的？”

这种事情怎么报警？李佑暗暗叫苦。他抬起头来，满脸哀求：“何大队，求求你饶过我这一次，以后，你安排我干什么都可以。”

何涛把头探过来，微笑：“我让你去杀人你也干？”

李佑脸上肌肉扭曲：“何大队你开玩笑吧，杀人的事儿我怎么能干？”

“可现在不是我让你去杀人，而是根据我们的推测，好像是你自己出于报复的目的杀了人。”何涛慢悠悠地说。

“何大队，我绝对没杀那个婊子！不信，你可以去问鹿遥鹿队长，他已经排除我的嫌疑了。”李佑脱口而出。

“是吗?”何涛一脸狐疑的样子，“你是说，鹿遥找过你调查这起案子?这不对呀，鹿遥他现在是打流队长，不靠案子了。这你应该是很清楚的。更何况，你把人家鹿遥整惨了，都回老家休养去了。退一步讲，那个鹿遥能给你证明什么?不过，你还真提醒了我，这证明鹿遥已经了解到这些资料了，我不知道队上谁还知道。”

李佑咬咬嘴唇，说:“何队，我知道，你是为我好，一旦这些事情曝了光，我的家庭事业都没了。你看这样好不好?你给我个卡号，我给你打进一笔钱。我知道，这事情知道的人越多，要摆平就越困难。你看，打上多少合适?”

何涛注视着李佑的眼睛:“哎呀，兄弟，你给我出了一个大难题，我要做方方面面的工作。”

李佑再次问:“这我很明白。我不会让你为难。”

何涛伸出一只手，张开了巴掌。李佑摇晃了一下身子，但很快就稳住了。李佑说:“好吧，我会尽快办这件事情。你把卡号发到我手机上。”

何涛说:“我很笨，不会发短信，一直就没学会。”

李佑马上一拍自己的后脑勺，说:“其实，我也不会发。”

这个夜晚，注定还有许多人夜不能寐。

当晚的某个时刻，陶昕柔推开了自己的房门。她把包往沙发上一扔，直接进了卧室，躺倒在床上。不一会儿，泪水就顺着眼角流淌下来。陶昕柔并不去擦，任由两股泪水悄然流淌。过了好半天，她忽地一下子站起来，拉开窗帘，打开窗户，冲着漆黑的夜晚尖叫了一声!

叫过之后，她急促地呼吸着，这才意识到，在这样的时刻，这样的叫声会显得非常恐怖!

可屋子里太压抑了。陶昕柔进了客厅，进了卫生间，转身又转出来，站到客厅中央发了半天呆，才意识到自己陷入了一种无以名状的状态。终于，她在茶几下面发现了一件东西，于是，直冲目标而去。

那是一包烟，鹿遥喜欢抽的牌子，她悄悄注意到了，就买了一包放在茶几下面。陶昕柔的手哆嗦着抽出一支烟，拿打火机点上，深深地吸了一口，顿时呛得咳嗽起来。可陶昕柔没有停止，接连吸过几口，她感觉有一点儿眩晕。这是一种令人惊喜的感觉。原来，这一刻是如此美妙！陶昕柔以前抽过烟，但不经常，而且，很少会出现这种感觉。

她嘴角 动，悄然笑了。她对自己说，陶昕柔，你真傻啊，居然傻到跑那么远去找鹿遥。你错误地估计了鹿遥和李小曼之间的关系。尽管，鹿遥说的那件事情足以成为两人离婚的理由，可是，如果李小曼坚持不离婚呢？以鹿遥的性格，以及他所面临的各种实际情况，他的内心深处会怎么想呢？今晚的一幕，已经说明了很多问题。看来，这又是一个轮回。你曾经十年怕井绳，可是现在，那绳子又捆在你身上了。陶昕柔骂了一句，怎么男人都是这样的东西？骂过之后，又觉得有点儿心疼。

而与此同时，远在山区里的鹿遥跟李小曼也难以入睡。两人正躺在床上发呆。鹿璐跟着爷爷奶奶去睡了。鹿遥别无选择。如果在老家两人还要分床而睡，那么鹿璐的爷爷奶奶就会忐忑不安了。李小曼许多年不回家，这次回来了，而且表现奇好，这已经让鹿有余两口子很高兴了。这个时候，不能再给他们添堵。

鹿遥叹了口气，本来是回老家休假的，以为这样会远离一切喧嚣，真正地冷静下来，思考一下不管是单位上还是在家庭中，今后的路该怎么走。没想到，压抑和烦躁一路追赶而来，不管是董超的案子，还是他跟李小曼和陶昕柔两个女人之间的尴尬，都让这个昔日的刑警大队长感觉陷入了困境。他仍然感觉自己的四面都是墙壁，自己被围困当中，找不到出路。

在这个夜晚，李小曼怎么能睡得着呢？尽管她表现得足够好，但是，从见到陶昕柔的那一刻起，李小曼就不是她自己了。她是另外一个角色。完全是她的另一个影子，在穷于应酬。女人的眼光都是细腻无比的，她当然能看得出陶昕柔眼神里面的很多东西。这个女人，绝对不会仅仅是来看望鹿遥父母这么简单。

她就是鹿遥从火车站接回来的那个女人。

她是鹿遥的同学不假，可早就不是警察了，跟鹿遥算哪门子同事？

这一切，李小曼在饭桌上就已经想到了。

说白了，她表演的一切，是为了让鹿遥不至于在父母面前下不了台。

换在以前，她肯定会选择立刻离开，一点儿情面也不留。可那是以前，现在发生了很多事情，她在生活中的角色一下子就变了，她变得毫无力气了。李小曼现在才明白，一个人内心的那种力量是靠很多无形的外在力量支撑的。今晚，支撑她的是另外一种力量，是内在的，纯粹精神层面上的。那是她自己的隐忍。以前，在她的生活状态里，最缺的一种处世态度，就是隐忍。

时间已是后半夜，两人还是睡不着。

李小曼终于说话了：“鹿遥，咱们还是离了吧。回去以后，咱们就签份协议。你是男人，你还有机会要孩子，就让鹿璐跟着我吧。除了鹿璐，其他的，我什么都不要。”

鹿遥觉得脑子里嗡的一下！

说实话，他想过这个问题。但是，当这个问题真正摆在面前，而且是由李小曼很正式地提出来，他还是觉得难以接受。何况，李小曼只要鹿璐，而一想到鹿璐委屈无助的眼神，鹿遥就心如刀绞。

鹿遥什么话都说不出来。他窸窸窣窣地穿上衣服，推门走进了院子。鹿遥走出家门，走上门前的街道。不一会儿，就到了村子外面。

站在村口的一棵老槐树下面，鹿遥终于忍不住，蹲下身，捂着脸哭泣起来。

第三十六章

离婚协议

第二天，鹿遥重又回到了远山市。他的紧张压抑情绪不但没有减弱，相反，变得更加严重，让他困顿不堪的事情接踵而至。鹿遥的精神的确已经到了崩溃的边缘。

李小曼在鹿遥老家，只待了那一夜。天一亮，她就要带着鹿璐回家。鹿璐还没有玩儿够，但她反复打量过爸爸妈妈的眼神之后，却没有刻意坚持。鹿遥跟她对视的时候，又一次感觉到了心疼。鹿遥当然做不到一个人留在老家，只好驾车跟母女俩一起回城。他不想留在家里，再给父母增添任何牵挂。

临走前，鹿有余把鹿遥叫到一边，悄声问："鹿遥，你跟小曼之间，没出什么事情吧？"

鹿遥知道父母已经起了疑心了，他不耐烦地说："我们之间能出什么事情？你们别胡思乱想。"

鹿有余又加了一番话："你这工作来得不容易，这整个村子里的人，谁不知道我儿子在市里当警察？我觉得很知足。你可千万别出什么事儿。小曼就是怎么不好，可她是我孙女的娘，你可千万不要对不起人家。"

鹿遥更加烦躁："你都说了些什么呀？"

"那好，你们回去吧。你们不用牵挂我和你娘，只要你们一家三口都好好的。就这么一个孩子，你两人可给我看好了。反正，你也是老大不小的人了，你想些什么，我也不懂。"鹿有余的确不懂，而恰恰不懂，看不透，内心里才更着急，就是隐隐约约感觉哪里不对头。

鹿遥知道，回到城里，将面对新一轮的烦恼。李小曼头一天夜里说的话，让鹿遥一整夜都没睡踏实。那个夜晚，他坐在老槐树下，把很多事情都梳理了一遍，就像一头反刍的老牛。可是，他想不明白，也参悟不透人生的很多命题。最后，他几乎像所有人一样，把问题的症结所在归结为命运。是命，命里注定的。上苍让你鹿遥诞生于世，就是为了让你承担责任，承受苦恼和痛苦。

回到家不久，李小曼就拟好了一份离婚协议书，在鹿璐不在身边的时候递给了鹿遥。鹿遥接过那份协议书，那样子像是一个罪犯接到了判决书。李小曼随后就带着鹿璐，再次去了孩子姥姥家。

鹿遥知道，这一次，李小曼是真的下决心了。

事情看起来是很奇怪的。走到这一步，好像事情的责任应该归结到鹿遥身上。虽说不是全部，但至少他该承担一部分似的。鹿遥想，难道在这件事情上，是我错了？但一旦真正面对了，一旦离婚这件事情真正白纸黑字地定下来了，对鹿遥来说，却难以决断。这是一项大工程，所牵扯的人，不止是他跟李小曼。首当其冲的是鹿璐，其次是双方的父母。或许，只是鹿遥的父母。李小曼的母亲自始至终对这门亲事不满意，如此终结，未必就引起她多大的伤心吧？李小曼年纪还不算太大，不至于就此找不到依靠。可不管怎么说，两人离婚，会有更多的人受到伤害！

鹿遥突然想，自己活得真是很窝囊。身边有多少个离婚的男人女人啊？人家面对这个问题时，未必就如你鹿遥一样，瞻前顾后，婆婆妈妈。

鹿遥的另一个担心，则来自陶昕柔。

回到城里后，他一直被告知，陶昕柔的手机处于关机状态。鹿遥去陶昕柔家两次，有一次是在晚上。整个夜晚，鹿遥坐在楼下的车里，不时抬头观望。可陶昕柔住的那间屋子，自始至终没有亮灯。陶昕柔会去哪里呢？鹿遥分析，一种可能是去她父母那里住。她父母住在哪里，鹿遥却不知道。另一种可能，是陶昕柔再一次离开了这座城市。

如果是后者，鹿遥同样清楚，陶昕柔就此一去，就真的不会再回来了。

他想起陶昕柔回来的当天说过的一句话：“要是这座城市不留我，我留下来，也没什么意思。”鹿遥现在理解了这句话，或许，这就是这座城市不留她了。实际上，是暗示鹿遥如果不留她，她还是会走的。鹿遥甚至想，是不是陶昕柔这次下决心回来，就是为了他鹿遥？

这样一想，鹿遥心里更清楚，这一次，陶昕柔受的伤害太大了。

可他自己不知道，当他意识到这是对别人的一种伤害，而且把这种自责、悔恨的情绪储存在内心深处后，对他自身又是另一种伤害。鹿遥的内心深处郁积了太多的这种伤害，简直化解不开。

这也正是他抑郁、焦虑、恐惧的根源。

鹿遥并没有立刻在离婚协议书上签字。那份协议书就摆在书桌上。而鹿遥呢，既然不上班，也不能回老家去，就只能窝在家里，自己一个人喝酒。一场接着一场，把自己灌得烂醉。清醒的时候，浑身上下每一个细胞里面，都灌注了后悔。可是，不依赖酒精，夜里就睡不好觉。

有一天，稍稍清醒的鹿遥捏着酒杯，悄声说了一句："你这个人已经变成一个废物了。"

当晚，鹿璐却打过电话来。还没等说话，就先哭起来："爸，我妈妈不让我给你打电话。可是我想你了！"

鹿遥处在醉酒状态，却立刻清醒了许多。鹿遥眼里也有了泪，他说："你等着，等着我马上过去看你。"

他搭个出租车赶过去，开门的，却是鹿璐的姥姥。她根本没流露出要鹿遥进去的样子，只是冷冷地问："你来干什么？"

鹿遥说："我来看看鹿璐。"

鹿璐姥姥说："你还能想得起孩子来？鹿遥，你看看你自己，现在都变成什么样子了？你成了一个毫无上进心的酒鬼！你回去吧，鹿璐在这儿没事儿。"说完，把门关上了。

鹿遥的酒劲儿上来了，使劲地捶门，大声地呼喊："鹿璐是我女儿，我来看看孩子，有什么错？她想我了，她给我打电话，你们凭什么不让我看她？"

鹿遥敲门的时候，听到鹿璐在里面哭着说："姥姥，给我爸开门吧。"

鹿璐姥姥的声音很尖利："就是不给他开！这样的爸爸，你不要也罢！以后，你就跟着你妈，跟着你姥姥，咱们一起过日子。"

鹿遥听到鹿璐的哭喊声，在楼道里转了一圈，用拳头使劲敲打自己的脑袋！

屋子里的鹿璐姥姥，此时内心里的确对鹿遥充满了反感。

这是一种来自多种缘故的反感。首当其冲的一个是，她认为鹿璐的姥爷一倒，鹿遥就立刻露出了狐狸尾巴，变得跟以前大不一样了。以前的鹿遥，多么温顺，多么听话。原来，那都是带着目的的！顺着这一条思路，她想到了当初鹿遥跟李小曼的恋爱。说不定，当初这个男人就是冲着李大鹏的社会地位来的。谁说农村孩子朴实，没心计？这孩子就是个反例，他的心都让狼给吃了！

谁家的孩子谁疼，这话真对呀。李小曼已经有好多天在家里见不到笑容了，眼看着整个人瘦了一圈儿。当妈的看在眼里疼在心上。可这个鹿遥，居然一直就不管不问。

鹿遥在单位里的表现，老岳母早就知道，也早就很瞧不起了。本来是一个正儿八经的刑警大队长，却被赶到火车站去整天抓小偷。她倒没去想，这里面有她家老李的因素。现在更好，干脆被撵回家了。怎么看都不像是个将来有出息的人。当初小曼嫁给他，真是瞎了眼睛！

鹿遥敲不开门，也无计可施，只好一屁股坐在楼梯上，双手捧着脑袋，慢慢垂下头。鹿遥的确是喝得太多了。过了好一会儿，他居然坐在楼道里睡着了。不知过了多久，有人在推他。鹿遥红着眼睛，总算看清楚，面前站着的是李小曼。小曼说："你别在这里给我们家丢人现眼。"

鹿遥举手指指门口："小曼，鹿璐在屋里哭，她想我。"

李小曼一下子把头扭到一边，看着墙角："你不用担心，鹿璐过去这一阵就好了。"

鹿遥想站起来，可是刚一起身，又差点儿摔倒，幸亏他一下子抓住了扶手。鹿遥说："鹿璐是我女儿，我是她爸爸，我看看她，能怎么了啊？你们怎么能这样呢？鹿璐她是个孩子，你们折磨一个孩子，不觉得残忍吗？"

李小曼说："残忍的是你，不是我们。"

"你放屁！"鹿遥终于还是忍不住了，"李小曼，你做过什么事情，你自己心里清楚。"

李小曼已经满脸泪水。她说："鹿遥，你不要太过分。这是在我们家门口，不是你家！你如果想吵架，咱们到大街上去吵。你看看你这个样子，你要吓着孩子怎么办？"

鹿遥晃一下脑袋，说：“我看她一眼就走。我保证。”

李小曼转身拿出钥匙去开门。门打开了，鹿璐的姥姥坐在沙发上，狠狠地瞪鹿遥一眼，扭过头去，不说话了。

鹿璐站在屋子的一角，浑身一耸一耸地抽泣着，看上去像是被吓坏了！

鹿遥感到胸口被砰地打了一拳！他走过去，蹲下身子，一把把鹿璐抱在怀里，说：“鹿璐，别害怕，爸爸来了。”

鹿璐怯怯地叫了一声“爸爸”，然后，伸出两只胳膊，缠绕在鹿遥的脖子上。李小曼把身体靠在墙上，看到这一幕，泪水再次流淌下来。

鹿璐说：“爸爸，我想回家。”

听到鹿璐这句话，李小曼和她的母亲同时扭过头来。

鹿璐姥姥说：“鹿璐，你回哪个家，这里不就是你家吗?”

鹿璐小声说：“这里不是我家。我要回我们家。”

鹿遥说：“好，鹿璐，咱们回家。”说完，抱起鹿璐就往外走。

李小曼不说话。

鹿璐姥姥说：“你走，让孩子在这里。”

鹿遥不回话，只是往外走。李小曼看一眼她妈，再看一眼鹿璐。只见鹿璐眼泪汪汪地看着她，她立刻心软了，说：“妈，要不，我们就回去吧。”

鹿璐姥姥嘟囔说：“你自己看着办。”

鹿遥已经走到了门口，鹿璐突然喊：“妈妈，咱们走!”

李小曼开始手忙脚乱地收拾东西，然后，提着一个包，抬腿往外走，边走边说：“妈，那我走了。我们先回去，要不这孩子不愿意。”

鹿璐姥姥不耐烦地说：“走吧走吧，反正这是你自己选的，你自己拿主意。走吧，都走了我好清静。”

李小曼是跟着回了家，可是，一切好像都有了变化。她自己突然感觉，在自己的家里有了一种陌生感。对鹿遥，也有了距离。而且，那距离好远。如果说去鹿遥老家之前，她心里的愧疚成分占着上风，对鹿遥仍然心存一份依赖、一份情感的话，此时，那一切似乎都如同云烟一般散去了。

李小曼突然这么想了，你鹿遥自己不是也找到红颜知己了吗？我跟那个画家不过是逢场作戏，可你鹿遥，现在彻底远离了我。她内心的压力反倒没那么大了。原来，当你的内心没有一个人的位置的时候，也就轻松了。

不管是鹿遥还是李小曼，此时只有一个难题，根本没办法解决。那就是小鹿璐。这是一个谁也绕不过去的问题，这是连接两个人之间的桥梁。

第三十七章

别说领导坏话

案情果真沿着何涛预料的那样向前推进。马晓雅是落网了，可案子的主犯董超却不知去向。案情的进展逐层上报以后，公安部发出了A级通缉令。这也就意味着，在全国张开了抓捕董超的大网。

鹿遥自己主动要求回到火车站广场。

鹿遥想，不能再这样颓废下去。这样下去，就彻底变成一个精神分裂患者了。他直接去了局长的办公室。局长看他半天，面带微笑地问："想通了？我跟你说啊鹿遥，现在好多民警不珍惜这份工作，老以为自己吃了大亏，以为自己奉献多，收获少。可是，你现在明白了吗？失去这份工作，你无所事事的时候，会感觉工作来之不易，是不是？"

于是，鹿遥的身影重又出现在火车站广场。

再次见到祁连山的时候，他发现这小子在这么短的时间里，居然有了很大的变化。不再咋咋呼呼的了，像是有了心事儿。那眼睛里面，无端就写着一股子忧郁。鹿遥心里"咯噔"一下，这个屁大的孩子，怎么一夜之间就像是长大了？他忧郁什么呢？鹿遥一恍惚，又一下子回忆起自己刚到刑警队的时候了。

两个人把车停在火车站一个角落，将座位放倒，躺在上面。祁连山打了个哈欠，说："困死了。"

鹿遥问："昨晚干什么了？"祁连山沉默不语，脸上露出一丝微笑。鹿遥眨巴一下眼睛，"我明白了。"

"你明白什么？"祁连山问。

鹿遥说："哼，别以为我是吃素的，你那眼神还想瞒我？谈恋爱了吧？"

祁连山嘿嘿一笑："老大你真是高人！一眼就看穿了。说起来，我还得感谢你。你差不多还算是媒人呢。你还记得我大闹报社的那次吧？没想到，那屋子里有一个美女记者，对我一见钟情，主动来找我。她姓秦，叫秦岭云。"

鹿遥歪着脑袋打量祁连山："我发现，你是个高手啊。"

祁连山连连摆手："一般，一般。"

鹿遥说："才认识几天啊。是不是还没领证，就住到一起了？"

祁连山说："老大，你这就太落后了吧？现在的年轻人哪个不是这样？"

鹿遥开始给祁连山上课："狗屁！等你到我这年龄，你就明白我是不是落后了。两个人在一块儿，要多磨合感情，多沟通交流，要真正觉得合适了才在一起。"

祁连山反驳说："性爱也是沟通交流的一种方式。"

鹿遥嘁了一声，立刻意识到自己跟祁连山之间意识上的差距。

祁连山说："不过，我现在真的感觉挺空虚的，对结婚这件事情，从内心里觉得烦。"

鹿遥扭过头来："你不想跟人家结婚，还睡在一起？"

祁连山说："你别老是提这个好不好，多大一点儿事儿？说实话，我有时候想想你跟嫂子，我就觉得累。"

"你个臭小子，我跟你嫂子怎么了？"鹿遥嘴上这么说，可心里又沉重起来。

祁连山这一次庄重了："你跟嫂子的事儿，我是清楚的。我觉得你们这样在一起，真痛苦。"

鹿遥说："你懂个屁！"心里却被刺了一下，的确是痛苦！

祁连山说："我什么不懂啊？你别认为我还是那个小孩子。我那师姐，陶昕柔，第一次在火车站见到她，我就知道你俩肯定有事儿。我那师姐对你很有感觉，是不是？"

这一次，鹿遥不骂祁连山是小屁孩了。他居然把这些都看在眼里。而且，看来我的所有事情，这孩子都有自己的判断。祁连山继续说："有些话，我不知道怎么对你说，但鹿队你心里累我很清楚。很多事儿，对你来说太不公平。可是，老大，这世界上哪里有公平的事儿？”

鹿遥“咦”了一声：“你个小屁孩子，这叫什么思想啊？”

祁连山掏出一盒烟来，先扔给鹿遥一支，自己也点上一支：“你又来教训我了。这世界变成了什么样子，你还看不透吗？你知道我现在为什么毫无斗志吗？”他稍稍压低了声音，“我觉得，现在刑警队的氛围不对，好像人的心态都乱了。”

鹿遥皱皱眉头：“你什么意思？刑警队怎么了？”

祁连山说：“我就想用一个词儿来形容，乌烟瘴气。前阵子，咱们刑警队的好多人，被集体邀请去喝酒。知道谁请客吗？‘梦巴黎’的老板。何大队通知我了。我说我有事儿，跟女朋友有很重要的事儿。我一想到那种场面就觉得恶心。‘梦巴黎’的老板腰包里那些钱，都是怎么来的啊？一帮子警察，去吃这种饭？”

鹿遥叹口气：“你这么年轻，别那么垂头丧气的，时间还长着呢。再说，每个人有每个人的做事风格。”

祁连山一梗脖子：“我就不喜欢这种风格。”

鹿遥倒是喜欢祁连山这种风格。跟我多年前多么像啊，愣头青一样，什么都不怕。可这样子，注定是会吃亏的。自己不就是一个很明显的例子吗？鹿遥说：“你喜欢不喜欢，无所谓，只要领导喜欢就行。你别犯傻，年纪轻轻的跟我一样臭脾气一个，到头来会吃大亏。”

祁连山说：“狗屁！吃什么大亏？顶多不让我干了。我还真就不想干了呢！”

“打住，别跟我说这种话。我能看出来，你喜欢这个工作。”

“喜欢有什么屁用？你看看我们俩，这还叫刑警？整天就在这广场上晃，什么时候是个头？”

“面包会有的，着什么急啊？最起码，心里踏实。”

“我不踏实。我别扭！你不知道啊鹿队，现在队上议论纷纷的，都对那个人很有看法。”

鹿遥问：“哪个人？”

“还有哪个人？队长啊。”

鹿遥叹了口气，说：“你一定要记住，不要在背后议论单位的领导，尤其是别说领导坏话。”

“我也就是跟你发发牢骚，别人我才懒得说。对了，你说这事儿怪不怪，就那个记者李佑，我们后来见过几次面，态度很好。”

鹿遥不想听到这个人的名字，摆了摆手。可奇怪的是，说曹操，曹操就到。就在鹿遥准备下车去转一圈儿的时候，李佑的电话打了进来。

鹿遥手机里存了他的名字，他犹豫了很久，也没接起来。不一会儿，李佑发过一条短信：什么时候有时间，我想见见您。

鹿遥轻笑一下，没理睬他。鹿遥在路边慢悠悠地走着，脑子里却一直在想着乱七八糟的事情。依然是李小曼、陶昕柔。恍惚之间，鹿遥停住脚步，发现自己正站在一个广告牌下，很多天以前，陶昕柔就在那个位置，把扒手老吴干净利索地摁在地下。可现在，陶昕柔你在哪里呢？鹿遥猛地一回头，又是一阵恍惚。他看到火车站出口，有一群旅客蜂拥而出。他又转了半个圈，恰巧一辆出租车缓缓驶过，脑子里却又立刻有了董超的那张脸。

董超，那个身负三条人命的杀人犯。此刻，他又在哪里呢？

“要是你在那天晚上追上了董超，那个三陪小姐阿玲就不会死。”这话是谁说的？是何涛吧？他说得很对。你鹿遥在遇到董超的第一天，就应该在远山发出危险信号！

鹿遥突然觉得一阵心慌意乱，他的心脏怦怦直跳！他扶着路边的一棵树，慢慢蹲下身来！祁连山远远地看见了，急忙下了车跑过来，问：“鹿队，你怎么啦？”

鹿遥抬起头，眼睛通红，问：“祁连山，你觉得，董超现在应该在哪儿？”

鹿遥当然想不到，董超躲藏的地点，竟然是遥远的山顶上一间破败不堪的房子。而那间房子，是鹿遥的出生之地。

董超那天离开了马晓雅的家，却没有离开那一带大山。

那期间，董超真正度过了一段非常艰难的日子。这种艰难来自于食物。在那一片莽莽苍苍的山里，董超的心态似乎慢慢平静下来，没有了城市里的那种紧张。但问题接踵而至，吃饭成了一个大问题。他的身边，几乎一件生活日用品也没有。开水，熟食，这一切在山里都显得相当奢侈。而且，那是真正的居无定所。今天在这个山洞里，明天，或许是在一块巨石下面。

这种突然而来的静寂，最初带给董超的是安稳和踏实。是啊，终于可以放下心来，过一段清静的日子了。可几天过后，每当深夜的时候，董超却被那种孤寂的感觉折磨得难以入睡。那是另外一种意义上的恐惧。尽管，在城市里他不是一个外向的人，但他是在那样的环境中成长起来的，身边的一切都是熟悉的。现在却整天几乎见不到一个人。有时候，只会远远地看到山下的半坡上，有牧羊人以及羊群的影子和声音。

只有动物与他为伴，不时会看到野兔的影子。当然，蛇无处不在。他已经遇到过好多次。董超对蛇的恐惧与生俱来，这也影响到他晚间的睡眠质量。

但是，董超已经决定，在山里潜藏下来。起初的几天过后，他作出了判断，警察已经放过这片森林。他们没有搜山。这样很好，这意味着，只要我的行踪不被发现，就可以长期像一个野人一样居住在这里。

起初几天，总是吃生的东西。趁着夜间到山脚下，扒村民的地瓜和萝卜，用衣服兜着，返回山上。可这样的食物容易让肚子坏掉。董超当然不希望自己生病。他知道，对他来说，一个小病说不定也会断送了性命。后来，他翻越几道山岭，到另外一个村子里买了一些生活必需品。这样，他就可以自己做一些简单的食物了。还有，他终于可以喝一点儿酒了。这是在山上，晚上喝点儿酒，有什么不可以？喝酒有助于睡眠。

在那一带山里四处溜达的时候，董超看到了鹿遥家的那间破败的房子。他甚至有点儿兴奋。他没有想到，深山里居然还有一个村庄。很显然，村子无人居住已经很久，已经完全被荒草淹没。所有的房子都已经残破不堪，有一些房顶都没有了。

董超自言自语：“这是适合我居住的地方。”

他已经学会了自言自语。因为，没有任何谈话的对象。他不知道自己能在这里坚持多久。如果是好多年，是不是连语言能力都会丧失呢？董超在电影里面见到过在野外生存的人，多少也有一些经验。

现在，他逐渐地开始熟悉这样的生活。当然，董超绝对想不到，在这座破败不堪的村落里，曾经出生过一个叫鹿遥的男人。而这个男人，正是他董超的死对头。

第三十八章

世事难料

记者李佑直接找到鹿遥办公室里来了。他敲门而入的时候，鹿遥正躺在沙发上。见到李佑，他礼节性地站起身来，但内心里实在不想见这个人。李佑脸上带着巴结的笑容，给鹿遥递烟，点烟。鹿遥不动声色，猜测他这么急于见自己是什么意思。可李佑摆了半天龙门阵，却一直没提及来意。

鹿遥忍不住了："李记者今天来有事情吗?"

李佑迟疑了片刻："有点儿事情，就是不知道怎么开口。"

鹿遥说："我这人直来直去的，你有什么话，最好直说，别拐弯抹角。"

李佑看了看门口，然后扭回头来："鹿队，通过接触，我觉得你这人实在，够朋友。"

鹿遥急忙摆手："干脆说事儿。"

李佑还是小心翼翼："就是那个三陪小姐被害的案子。我想知道，你们警方是不是还把我列为怀疑对象?"

鹿遥的神经立刻绷起来了。那案子已经非常明确，作案人是在逃犯董超，怎么李佑现在还问这个问题？由于他在某个环节中，像是和这个记者做了一笔让人不齿的交易，因此，鹿遥的内心深处一直在回避这个人，回避这个话题。"你怎么突然问起这个问题了？那案子现在正在侦查中，我不好说。这个你能理解。"

"我知道，你们有纪律。可是，我真的跟这件事没关系。"李佑搓着双手，显得很紧张。

鹿遥迷惑不解："你最近是不是遇到什么事情了？我们刑警队的人找

过你？”

李佑的面色变得非常难看：“有些话，我不好说。可是，我真的很想知道，你们是不是排除了我的嫌疑？那女人手机里的一些信息，你们是不是删除了？你知道我心里很不踏实的，老感觉这些东西就像是炸弹，不知道什么时候就爆炸。”

鹿遥说：“我明白你的意思了。你是担心，你的那些信息被泄露出去。可是我无能为力，我不靠案子了。这你是知道的。那案子现在由何涛大队长抓。”

李佑抓抓脑袋：“我知道是他在抓这个案子。”

“那你找我，就根本没用处。”鹿遥面带微笑。

“其实，其实我找你，是因为另外一件事情。”李佑又开始吞吞吐吐。鹿遥皱皱眉头，盯着李佑，不说话。李佑压低声音说，“你们何涛大队长找过我。”

“哦？”鹿遥顿时警觉起来。何涛找这个人什么意思？他起初没反应过来，心想，那案子其实跟李佑根本没有关系。这何涛肯定是知道的啊！只不过数秒之间，鹿遥恍然大悟。于是，又微微一笑，暗道，佩服！佩服！这个何涛，真是个高手！他肯定是去敲李佑的竹杠了，而且一定是吓唬李佑了。

鹿遥不愿掺和这些事儿，也就不想进一步去问。没想到，李佑哭丧着脸继续说：“我实在是冤啊，当然，也怪我，把持不住自己。可是我不想这件事情变得没完没了啊。鹿队，你是知道的，我已经花了一大笔钱，可没想到，我还得继续花。”

鹿遥说：“我不明白这是怎么回事儿。说实话，我也不想弄明白。最好这里面的事儿你别跟我说。”

李佑说：“不，我知道你能解决。鹿队，以我对你的侧面了解，我觉得你能救我。”

鹿遥挺直了身子：“呵，越说越严重了。难道这件事情还会危及你的性命？”他站起身来，去给李佑倒水。他倒是越来越可怜这个记者了。看来，这个世界上的每个人活得都不容易，都会摊上这样那样的麻烦事儿。不过，转瞬之间，鹿遥又觉得内心深处一阵悲凉。你何涛是刑警队长啊，你怎么能干这样的事情?

“鹿队，你可真要救救我！你们何队，他、他跟我要钱!”李佑终于直接说出来了。

正在接水的鹿遥一下子扭回头来！他这次是真吃惊了。一是为何涛，一是为李佑。本以为何涛仅仅是吓唬李佑，敲山震虎而已，没想到是赤裸裸地要钱。这么做，不止是过分，分明是在敲诈勒索了。而李佑呢，此举也有点儿让人费解。何涛敲诈你，你干吗要来跟我说?难道要我帮你揭露这件事情?鹿遥忍不住问了一句:“他要多少?”

“五万啊。”李佑快要哭出来了，“我手头实在没那么多，我刚买了房子，借了朋友好多钱。”

就这样一件事情，要敲人家五万！何涛啊何涛，你可真是能做得出来。鹿遥站在原地，思索良久，转回身来，说:“这件事情到此为止，你没跟我说过任何话，你今天根本没来找过我。”不过，连他自己都奇怪，你怎么会有这样的反应呢?

李佑探了探身子，说:“鹿队，你不能不管这件事儿啊。”

“你让我怎么管?”鹿遥轻轻笑一笑，“你了解我的处境吗?就因为你那篇稿子，我被领导批评，甚至，让我休假反省。你说我怎么救你?再说了，你应该知道，何涛是我的领导。”

“鹿队，我不是那意思，我知道你的难处。我只想让你帮我想个办法，你们公安局领导我不熟，我怕一旦出现纰漏，事情会更大。”

“那你就不怕我?”

“我要是怕你，就不会来找你了。我知道，你是个好人。至少，你没有借这件事情要求我做什么。可那个何涛太赤裸了。我很明白，这完全是他的个人行为。”

“这件事情一旦公开，你知道后果吗?”

“我知道后果，但我不怕。我反复想过了，纸里是包不住火的。就算是他何涛把我的所有一切都曝光，我也不怕了！这种素质的人，怎么能让他干刑警大队长呢?”

鹿遥闭目思索，是啊，这种人怎么能干刑警大队长呢?又开始反问自己，鹿遥啊，你有没有发现，自己现在已经斗志全无?要在几年前，你遇到这种事情，是会拍案而起的。可现在，你反而犹豫不定。不但如此，你的内心深处，居然还对这种事情稍稍觉得有一丝坦然。这很可怕，是不是？难道，你真的是见惯了这种事情，自己也变得麻木不仁起来？

鹿遥小心翼翼问了一句："你有把握吗？也就是说，手里面有证据吗？"

李佑悄声说："我录了音。"

鹿遥看他一眼，却想，看来跟记者打交道，真的是要有所防备。难怪社会上流传一句话，叫做：防火防盗防记者。

鹿遥笑着说："你今天也录音了吗？"

李佑苦笑："鹿队你开玩笑啊，我再怎么无耻，也知道谁好谁坏，谁是可以做朋友的。"

鹿遥说："这件事情，你完全可以通过正常的程序来维护你自己的权益。我发现你这个人老是走死胡同，把这世界想象得太黑暗。就像你被那个三陪小姐敲诈，你完全可以报警。这次也一样的。难道我们公安局的领导会容忍这种事情发生？不过，最关键的一点，是要看证据。"

李佑说："你说的这些，我都想到了。可是，鹿队你也知道，现在社会上的关系网盘根错节，谁知道哪个人和哪个人是一条线上的？"

鹿遥说："如果你那么想，干脆就不去做。我不信，何涛能一手遮天，上上下下都把关节打通了，每个人都情愿来保护他。"

"我知道该怎么做了。"李佑起身告辞。

这个突然而至的消息，带给鹿遥的同样是一种压抑。他看到了一个人的丑陋和险恶。何涛这个人，表面上看，倒还是很正直的。但这样一个信息，立刻摧毁了他在鹿遥心目中的所有正面形象。

居然是一个如此利欲熏心的人！五万！可见胃口有多大。

鹿遥终于明白，祁连山为什么委靡不振了。有这样一个领导，这支队伍还怎么能做到清纯？这样看来，他何涛从"梦巴黎"那里也捞到不少好处。一个记者他都能张口要五万，那么，对"梦巴黎"的老板来说，恐怕数额更大。通过阿玲的案子，以及和马晓雅的接触，鹿遥很清楚，"梦巴黎"是这座城市里标准的一家色情场所。能够做得规模如此之大，其背后的势力可想而知。

鹿遥抽着烟，在屋子里转了一圈，再次感觉内心深处被堵得严严实实。

他简直对这个社会充满了厌恶。而这些问题，你鹿遥根本无法解决，社会大背景之下的阴暗元素你个人根本无能为力。可你每天还在目睹它的发生，对于一个有良心的人来说，这又是一种心理和精神层面上的压力。

在这期间，有一件事情的突然到来，顿时舒缓了鹿遥和李小曼之间的紧张关系。鹿璐的姥姥出事儿了！她其实早些时候就感觉身上不舒服，可一直强忍着。直到有一天，她突然晕倒在菜市场。

鹿遥正开车走在路上，接到了李小曼的电话。刚一接通，李小曼就哭了："鹿遥，你在哪里啊？你能不能过来一趟？我快要崩溃了！"

鹿遥不由得心里一紧，问："怎么啦，小曼？出什么事儿了？"

李小曼抽泣半天，才说："我在医院。是我妈。"

鹿遥赶紧掉过车头，直奔医院。在走廊的座椅上，他看到了抱头哭泣的李小曼。那一瞬，他突然有了一丝心疼。鹿遥慢慢走过去，在李小曼身边坐下来。李小曼抬头看看他，眼睛里面写满无助。接着，李小曼倒在了鹿遥的怀里。"我该怎么办啊？鹿遥，我觉得我的身体突然一下子全空了。"

鹿遥叹口气："别着急，医生怎么说的？"

李小曼说："我刚才去看了化验结果。医生说，是晚期。现在做手术，基本上已经毫无意义。"

鹿遥一下子闭上了眼睛。尽管此前他对岳母几乎没有什么好感，可是，那个女人是鹿璐的姥姥，是李小曼的妈，是生活在鹿遥身边的一个亲近的长辈。突然一下子生出这种病，还是让鹿遥难以接受。

"老人家知道结果了吗？"鹿遥抚摸着李小曼的头发。

李小曼神情恍惚："我不知道该怎么告诉她，也不知道能不能告诉她。我现在脑子里很乱，什么决定都下不了。我叫你来就是让你帮我拿主意。鹿遥，我从来没像现在这么依赖你。我求求你，别离开我好不好？咱们不离婚了，我们一家三口好好过日子。"

鹿遥沉默半天，才说："好，我不会离开你们。"说完他长长地叹了口气。

命运就是这样难以捉摸。这样一个事件，就会扭转一些看似已成定局的事态。鹿遥开始感慨李小曼一家的人生起伏，由检察长沦为阶下囚，这肯定是一个大落差。偏偏老太太又得了肺癌，无疑是雪上加霜。假如此刻鹿遥再跟小曼离了婚，对李小曼来说，那可真是变故迭起。她能够扛得住吗？鹿遥这句差不多脱口而出的话，更多的含义，是在于一种责任了。这个时刻，需要他鹿遥肩挑起很多东西来。李小曼这个柔弱的女子是无法做到的。

鹿璐的姥姥最终还是知道了自己的病情。她从李小曼的神情里，已经意识到了。在她的一再追问下，李小曼告诉了她。这个女人的坚强，体现在她得知消息之后，居然没有太大的反应，只是很平静地问了一句："大夫没说，我还能活多久？"

李小曼强忍着泪水，"大夫说，这要看你自己的意志力。"

鹿璐姥姥叹了口气："其实，我有预感。我的事儿，别告诉你爸，别让他在里面也不安心。"

李小曼再也忍不住，终于哭出声来。

一天晚上，鹿璐姥姥对李小曼说："你先出去一会儿，我跟鹿遥说几句话。"李小曼看她一眼，再看看鹿遥，转身出去了。

鹿璐姥姥对站在床边的鹿遥说："你坐下来，咱们俩聊一聊。咱娘儿俩好像还从来没这么聊过天。"

鹿遥在床边的一个凳子上坐下来。

鹿璐姥姥说："其实，我知道你是个好孩子，心里头也没别的。是我这人脾气不好，我自己也知道。平时对你说的话重一些，你别往心里去。"

鹿遥说："您说到哪里去了？咱们一家人，你是长辈，该说就说嘛。"

鹿璐姥姥叹息道："我也活不了几天了。"

鹿遥赶紧说："您别胡思乱想，会挺过去的。"

"你不用安慰我，自己的病，自己知道。我就是不放心小曼。这孩子从小没吃过苦，是温室里长起来的。她虽然脾气有时候随我，得理不饶人，可这孩子本性不坏。依我说，你俩别闹别扭了。两口子谁家不吵架？别动不动就离婚。你看看那些离婚的，有哪一个是过得舒坦的？鹿遥，日子是自己慢慢过出来的。你自己呢，工作上的事儿，也别太要强了。我知道，以前老李在台上时，你虽然看上去很风光，实际上心里有压力。但关键一条你要记住，别走你爸的老路子。有时候，我晚上睡不着觉，就在反思这个问题。实际上，我们什么都不缺，要那么多钱干什么？人死了，什么也带不走。尤其是那些不干不净的钱。现在想想，拿在手里都是发烫的。鹿遥，我劝你一句话，不要去想着做官。不管男人还是女人，一旦进入了官场，就不是自己了。如果你有自己的个性，不去屈服，不去同流合污，那么你会到处碰壁。而你随波逐流了，就注定这一辈子都不能安生。人这一辈子，有些东西，是实实在在的；而有些东西，都是虚假的，都是表面现象。最重要的东西是什么，是你自己的内心。”

鹿璐姥姥这番话，对鹿遥扭转对她的看法，起到了很大的作用。鹿遥开始从另一个角度去看这个女人。那就是她的韧性，那种不屈服的劲儿。

在跟鹿遥谈过这次话一个月后，鹿璐姥姥就去世了。送走她的那天晚上，鹿遥一家三口，坐在沙发上抱成一团，都哭了。

李佑果然做得很绝，他直接去了市反贪局。一周过后，何涛被带走。在那一周里，市反贪局的同志从多方面展开了调查，包括“梦巴黎”的老板那里。很快，何涛居然被批捕！其犯罪事实，让所有认识他的人都大吃一惊！

何涛在任职刑警大队长之前，就有多次受贿经历，仅任职一年多的时间里，就接受当事人行贿五十余万。何涛被抓后，一下子牵出区分局两个局党委成员。在何涛的任职过程中，他们自然都是出过力的，也拿过钱。

鹿遥得知这一系列消息，甚至稍稍张了张嘴巴。有好多次，他都在反复考虑鹿璐姥姥的那番话，觉得那真是失意之后的真实体验。现在，那两位原副局长以及原刑警大队长何涛，是不是也在生出这样的感叹呢？鹿遥分析了何涛之所以对金钱的攫取欲望如此强烈的原因，那就是他送出去了好多钱，上任后他时时刻刻想着把本捞回来。鹿璐姥姥说得很对，那时候的何涛，已经不是何涛了。鹿遥想，此前，他是多么优秀的一名技术人才，破获了多少大案要案。可一下子翻船之后，此前的整个形象，就彻底烟消云散。人们将会记住罪犯何涛，而不是刑侦专家何涛。

没过多久，一件好事儿降临到鹿遥的头上。何涛事件一出，分局领导的职务结构就发生了极大的变化。在人事变动上，市公安局直接进行了参与。

第三十八章

一天上午，鹿遥正跟祁连山在火车站广场逛着，接到局里一个同学的电话，说："恭喜恭喜！"

"恭喜什么呀？别拿我开涮，烦着呢。"鹿遥看着远处，心不在焉。

那同学说："你那胖乎乎的屁股，很快就会坐在何涛的那把椅子上了。"

鹿遥呸了一声："别开玩笑。就是给我我也不坐。"

同学继续嘻嘻哈哈开玩笑："对，我也建议你不要坐他坐过的那一把。腐败分子坐过的椅子，肯定有一股腐败气息。跟你说真的，局党委研究过，你很快就会官复原职。"

"哦？"鹿遥握着手机，站在原地好半天。奇怪的是，他居然没觉得兴奋。

祁连山在一边问："什么好消息啊老大？"

鹿遥随口说："据说，是让我回去，继续干大队长。"

祁连山顿时兴奋起来："这么好的事儿，你怎么不动声色呢？我发现老大你定力真高，这些日子里一点儿风都不透。"

祁连山是真的兴奋，他已经看到自己在火车站抓小偷的日子就要结束了。鹿遥说："我透什么啊，我都不知道是怎么回事儿。"

一周过后，鹿遥重又回到刑警大队。

他真的又坐到何涛的那把椅子上。鹿遥并不在乎那把椅子是否有腐败气息，一屁股就坐上了。

第三十九章

情到深处

毫无疑问，在鹿遥职业生涯里遇到的犯罪嫌疑人中，董超是非常特殊的一个。这足以让他念念不忘！何况，鹿遥的内心深处，一直有一份自责。重回刑警大队长的岗位上之后，他立刻就产生将董超缉拿归案的欲望。在刑警队的时间长了之后，许多老同志会有一些迥异于寻常人的思维。尤其是对于那些最终被判处死刑的人物。互相之间私下说起来时，谁将那个人抓获的，就会说那个人是倒在哪个刑警手上的。好多退休后的老刑警，会时不时梳理一下，倒在自己手上的人物都有哪些。从这个角度分析，似乎冥冥之中有一种力量，将某一个具体的犯罪嫌疑人推到一名刑警的面前。

按照这一推论，董超是冥冥之中撞到鹿遥手上的。

有时候，警察跟犯罪嫌疑人之间，也会有一种非常神秘和难以解释的关系。

案子已经过去很久，当初专案组的成员，一个个都似乎已经没了信心。鹿遥几次召集他们研究案情，艰难地寻找着突破口。

鹿遥还是想到了马晓雅。

这天上午，他专门去看守所见她。马晓雅看上去比以前瘦了些，但人却似乎更精神了。鹿遥还没开口，马晓雅先咋呼上了："你到这里来干什么？我该说的，不是都说了吗？"看上去有点儿生气。

鹿遥微笑："看上去，你在这里生活还可以。"

马晓雅说："还可以？你进来住几天试试。不过，你也别假惺惺来安慰我。你放心，我马晓雅以前吃过的苦，你鹿遥根本想不到。所以，在这里面我过得很舒服。”不过，马晓雅迅速就转了话题，“鹿遥，我这个案子，什么时候才能有个结果？”

鹿遥说：“刚才还说住在里面很舒服。我告诉你，董超还没找到。”

马晓雅“喊”了一声：“我就知道你们还没找到。你的意思是不是，董超这一辈子找不到，我就得待在这里一辈子？我冤不冤啊？”

“当然不会把你关一辈子。我听他们说，你很配合。我想会有一个好结果的。我今天来，是想问你一下，你跟董超生活过好长一段时间，他有没有透露过特别亲近的人或想去的地方？”

马晓雅有些不耐烦：“我现在彻底不想那个人了。他可把我害惨了！要不我现在就在外面，过我自己的日子。”

鹿遥说：“没抓住他，危险就时刻存在。”

“危险就危险吧，”马晓雅一拧头，“这跟我有什么关系？至少，他不会来杀我。”

鹿遥说：“可这是关于你自己的很重要的事情。”

马晓雅沉默了好半天，才说：“这个人的嘴巴很严实，他几乎就没跟我说过些什么。”

鹿遥说：“你好好想一想，比如说，你们有没有谈过以后的一些事情？”

马晓雅突然笑了：“谈那些有什么用？以后？我这样一个人，还能有什么以后吗？我现在觉得自己真傻。这段日子我想了很多，自己的大半辈子就这么稀里糊涂浪费了。说不定，连后半辈子也会在这里面。”

“你还很年轻，一切还来得及。”鹿遥说着，心里却觉得这话很没有分量。

马晓雅一笑：“你不用安慰我。我的心很大。不过，你说到未来，我记得有一天我们还真是谈过这件事情。”

“哦？”鹿遥眼睛一亮，“都说了些什么？”

马晓雅这一次的笑，让鹿遥感觉很惊讶。她居然露出一丝羞涩的表情：“我跟董超说，咱们一起回我老家吧，躲在山里，过安稳的日子。”

“当时，董超怎么说的？”

马晓雅抬起头，看看窗外，脸上仍挂着微笑：“当时，我们设想得很好，我在家做饭，看孩子。董超到坡上干活。我们永远都不回到城里来。

其实，想想是很美好的。说实话，我现在更想过那种日子。我真后悔，当年为什么离开家。在咱们山里多好啊，你说，到城里来干什么呢？一步走错，步步都错。”

鹿遥问：“董超流露出跟你回去的意思了吗？”

“他倒是挺愿意的样子。可也就那么说说罢了。你说，就我们俩，一个杀人犯，一个三陪小姐，还能过上那种日子吗？也就是一个梦想罢了。当时他说，听起来这种日子很好。我们俩都沉浸在一种很兴奋的状态里。现在想想，简直是俩傻瓜！”

鹿遥问：“我想听听你的感觉，你觉得，董超对你动真感情了吗？”

马晓雅盯着鹿遥：“董超这个人，我一直琢磨不透。可是，我的直觉告诉我，他对我是有感情的。要不，他怎么会因为我而去杀人？说到底，阿玲的死，是因为我被人打了他才这么做的，你说是不是？”

鹿遥有点儿豁然开朗，是啊，以前好像把这个细节忽略掉了。

“说起来，你们可能不相信。这个世界上，我估计没人会说得清楚我和董超到底是怎么回事儿。虽然说，我现在嘴上说很傻，我恨他，可实际上，你知道吗？我们在一起那些日子，真是有一种相依为命的感觉啊。哪怕就是现在，我知道了他以前做的那些事儿，可是想起来，我还是不觉得他可怕。可能，这就是爱情吧？”马晓雅低下了头，“你应该知道，像我这样的人，能有这种感觉，是多么不容易。”

鹿遥抬头看着天空，心中一声叹息。是啊，这肯定就是爱情了吧？这是一种不可思议的爱情。

马晓雅慢慢地走回去，没有回头。鹿遥站在那里，看着她的背影，却想到了自己的爱情，想起了陶昕柔。

鹿遥给祁连山打电话的时候，祁连山正在跟秦岭云逛商店。

鹿遥说：“你准备一下，明天出差。”

祁连山问：“去哪里啊老大？”

鹿遥说：“暂时保密，记着多带几件衣服。明天一早出发。”

祁连山顿时兴奋起来：“你这个电话来得太及时了。鹿队，你告诉我，为什么天底下的女人都喜欢逛商店呢？为什么她们逛一大圈儿，总不买东西呢?”

鹿遥说:“天底下的女人你见了几个，就这口气。告诉你，也有不喜欢逛商店的女人。”

鹿遥想到的是陶昕柔。对，那就是一个不喜欢逛商店的女人。她现在怎么样了呢？鹿遥又一次找出陶昕柔的手机号码，犹豫着该不该拨出去。此前，这个号码一直处于无法接通的状态。最后，他还是叹息一声，放弃了。在那个过程中，他的眼前出现了鹿璐的那双眼睛，耳朵边响起鹿璐那句让他想起来就心疼的话，“爸爸，我想回家。”

是啊，不管怎么样，鹿璐需要一个完整的家。而且，自己已经答应李小曼了，他不会离开她。似乎此时他肩负了更多的责任。

鹿遥关闭了办公室的灯，驾车回家。

吃过饭，躺在床上，他跟李小曼说:“我明天要出一趟差。”

李小曼问:“很远吗?”

“远倒是不远，但是什么时候回来，我拿不准。”鹿遥不想跟李小曼透露其他的信息。刑警队的人似乎都有这个习惯，一方面，这是一种保密原则；另一方面，也是为了不让家里人担心。

李小曼没再问，这也是她的习惯，只是悄声说:“你自己要当心。”

鹿遥说:“没事儿，你放心吧。”

可那个夜晚，李小曼却翻来覆去睡不着了。鹿遥已经很久不出去办案了。干打流队长的时候，她根本不需要为鹿遥担心。所以，这种久违了的感觉突然来临的时候，李小曼有了一种异样的情绪。那是一种很强烈的担心。是很久很久以前，鹿遥告诉她要出差的时候，才有的一种感觉。现在的李小曼，对鹿遥的依赖感，似乎经历过反弹之后愈加强烈。她不想自己的生活出现任何闪失。

鹿遥睡得很好，发出轻轻的鼾声。李小曼打量着那张脸，突然感到心疼。她在问自己，其实，幸福就在你的身边，为什么不好好把握呢？这个男人是你自己选择的，证明了你的眼光是正确的。可你没做到一个妻子应该做到的。你让这个男人焦虑，压抑，憔悴，心神不安。你真是该死！李小曼陷入了深深的自责。直到凌晨，她才渐入梦境。

鹿遥早就起来了，为鹿璐买来了早点，伺候她吃下，又送她去幼儿园。

鹿璐快要进门的时候，突然扭回身，跑了回来。鹿遥蹲下身去问：“怎么了?”

鹿璐伸手搂住鹿遥的脖子：“爸爸，你什么时候回来?”

鹿遥说：“完成任务马上就回来。”

鹿璐小声问：“你不会再也不要我和妈妈了吧?”

鹿遥伸手刮一下她的鼻子：“放心吧，我不会的。”

鹿璐这才放了心，一蹦一跳进了幼儿园。鹿遥站在那里，看她进了楼道，这才离开。

祁连山已经等在局里，鹿遥回办公室拿了点儿东西，接着下了楼。祁连山开车出了大门口，这才问：“到哪里去啊鹿队?”

鹿遥说：“去我的老家。”

“去你老家? 为什么? 家里有事儿吗?”祁连山顿时轻松下来，他以为是要跟鹿遥回老家处理私事儿，正好可以游山玩水了。

一路上，两人嘀嘀咕咕开着玩笑。期间，祁连山说：“我发现，鹿队你官复原职后，心情好了许多。”

鹿遥说：“净瞎说。”

等到了鹿遥家那个村子，鹿遥才说：“小祁，到我家以后，别说咱们回来是有案子的。就说，是回来爬山玩儿。”

“爬山玩儿?”祁连山迷惑不解，“咱们不是来处理私事儿的?”

鹿遥说：“什么私事儿啊，咱们俩可能在这一带山里待上好长一段时间，目的是寻找董超。我分析过了，董超极有可能会出现在这一带山里。”

祁连山恍然大悟：“我明白了。”他的脸色一下子变得严峻起来。

到了家里，鹿遥跟父母简单聊了几句，就说：“我要和小祁上山去玩儿。”

鹿有余说：“山上有什么好玩的? 晚上回来住吧。”

鹿遥说：“也可能回不来，我们带着帐篷。”

祁连山开起了玩笑：“大爷，你不明白，在城市里，我们这叫做户外旅游，还有个说法，叫驴行天下。”

鹿有余两口子呵呵大笑，也并不在意。两人一人一个包背起来，绕到村后，开始上山。

鹿遥边走边问："知道为什么我只喊你一个人来吗？"

祁连山说："人多了不好。如果那小子在山上，老远就能看见警车，能看见搜山的人。"

鹿遥拍了一下他的肩膀："行啊，小子，开始动脑子了。那我问你，你知道我这包里装了什么吗？"

祁连山说："一副手铐，一支六四式手枪，还有面包、饼干、矿泉水。"

鹿遥说："差不多，不过，你说的有一样我没带。那就是枪。"

"怎么不带枪呢？"祁连山很着急，"对付这种人，也不带支枪？"

"对付董超，不需要枪。他身上没枪，只要手铐就可以了。昨天晚上给你打电话是突然起意的，那时候去枪库领枪已经来不及了。再说，取枪还枪，太麻烦了。咱们出来，不是一天两天。"鹿遥抬头看了看那一带山林，"你认为，咱们俩还对付不了一个董超吗？"

祁连山笑了笑："你确定他手里没枪？"

鹿遥说："我曾经跟在他身后追了半个晚上，在最近距离的时候，伸手就能抓住他。他手上只有一把刀，我很清楚。除非，这段时间他又配备了先进武器。"

"那就好。"祁连山说，"其实我根本不担心，鹿队你一个人就能对付得了。"

两人翻山越岭往前走。祁连山说："咱们为什么不进入那一片森林？"

鹿遥说："我们先去一个小村子。马晓雅的老家。"

此时已处于秋冬之交，天有些凉了。鹿遥选择下午进山，正是时机。因为此时山下的村民正在收庄稼，半山腰也到处是人影子。鹿遥在向马晓雅家前行的时候，多次碰到熟人。鹿遥一边解释说，是进山游玩的，一边小心翼翼打探消息。尤其是仔细询问牧羊人，看他们有没有在山里发现什么可疑的踪迹。

其中，有一个放羊老头的一番话引起了他的注意："有一天，我在山坪上放羊，突然下起了雨。我赶紧跑到附近一个山洞里去躲雨。没想到，刚走到洞口，就闻到一股子烟味儿。就是咱们抽的那种烟。当时，我还寻思洞里面有人。可喊了几嗓子，就是没人答应。我刚往里走了几步，你猜我看到了什么？地上有个烟头，还冒烟呢。吓得我扭头就跑出来，再也没敢往里走。整个那一天，我在附近就没发现有人。你说，谁会在那里头抽烟？”

鹿遥和祁连山对视一眼。鹿遥问：“大体在什么方位？”他知道，那一带山里，要找一个具体的山洞，恐怕也不容易。

牧羊人挥手比画了一下，说：“就在那山坪上，我现在都忘了。”

又走了一阵儿，祁连山问：“鹿队，咱们还有必要去马晓雅老家吗？既然马晓雅被抓，我觉得，董超去那里的可能性不大。”

鹿遥问：“如果董超躲在这里，他是冲什么目的来的？”

“那恐怕就是为马晓雅了。”祁连山还是有点儿迷惑。

鹿遥说：“既然那样，马晓雅声称她没见过董超。如果在这期间，董超潜入这一片山区，他肯定会跟人打听马晓雅家的住址，或者，跟马晓雅的家人见过面。”

祁连山恍然大悟。

半个小时后，鹿遥和祁连山到达马晓雅居住的那个村子。

祁连山站在半坡上，发出一声感叹：“现在还有人住在这种地方。”

鹿遥说：“这个世界上还有很多穷人。”

祁连山说：“跟穷不穷没关系。我觉得这地方真是个世外桃源。居住在这里，炊烟袅袅，鸡犬相闻，真有诗情画意啊！”

鹿遥哼了一声：“那你就在这里生活一个月试试。”

祁连山说：“鹿队，你别瞧不起我。你以为我是在蜜罐里长大的？”

“你先不要忙着感慨，如果有可能，我带你去我出生的那个小村子。那里才是真正的世外桃源。”

“在哪里？”祁连山果然有了兴致，“以前你没说过，也没带我来过。我看咱俩这次就当游山玩水了。”

鹿遥看他一眼，又扭过头去，伸手比画着说：“得爬过那座山，在山的那一边。”

祁连山一声惊呼：“我的天，那么远？”

鹿遥的心情可没有祁连山那么轻松。他好像已经闻到了董超的气味，而且，隐隐约约有了种预感。在这座山里，他将与董超再进行一次赛跑。

第四十章

母亲的爱情

陶昕柔此时正在离远山十多公里外的一座山上。她是自己开车去那儿的。她去那座山的原因，是那里有一座尼姑庵。

车子行驶在曲曲弯弯的山路上时，陶昕柔的心思是起过一些动摇的。她看着窗外的风景，几度失神。她开始思索自己这一生的遭遇，真的是有些心灰意冷了。后来，她想到，自己的决定给母亲造成的伤害，肯定是最大的。“世界上我最爱的人，我却伤害她最深。”记得这是一句歌词，陶昕柔现在才彻底体会到那种感觉。她的面前突然变得模糊了！

车子扭动一下，陶昕柔赶紧把车停在路边，趴在方向盘上，她发现自己眼里已经满是泪水！

陶昕柔放声痛哭，好像这辈子所受的委屈，被那一阵痛哭释放出来。她打开车门，站在路边，擦了擦眼泪，看着远处的群山起伏，连绵不断。

在那一刻，她感到内心深处豁然开朗。

也许，这是你最好的选择。你不适合在喧闹的都市里生存。

陶昕柔在想自己的性格是拜谁所赐。在那个时刻，她才突然醒悟过来。原来，我这辈子最大的缺憾，是缺少父爱。

我的偏执，特立独行，都是母亲传给我的。那个当年的下乡知青，从来都没告诉过我，我的父亲是谁。

陶昕柔自从懂事儿之后，就再也没有向母亲问过这个问题。只记得小时候一提到这个问题，母亲就会大声喝斥她。母亲说：“你没有爸爸，只有妈妈，以后不许你再提这个问题！”

因此，陶昕柔至今也不知自已的爸爸是谁。她明白了那是母亲的伤疤，母亲不愿意揭开。如果愿意，她已经是三十多岁的人了，母亲总会有机会告诉她的。

现在，陶昕柔好像一下子明白了，自己当初对于那个作家的感情，原来是一种对父爱的寻求。那是一种依赖感。对鹿遥，则是完全不一样的，是真正的爱情。陶昕柔现在后悔得要命。当初，将鹿遥一拳击倒的时候，为什么不趁机就给他一些暗示。这么多年过去之后，陶昕柔才算明白，原来，当初在警校里，她是给鹿遥留下一个位置的。可是，在那群追求陶昕柔的男生里，根本就没出现过鹿遥。

他们两个人，就这样错过了。

人这一生，原来会有这样一些错过，让你用足足一生去品尝其痛苦的滋味。

站在路边，陶昕柔掏出了手机，她已经换了另外一个号码。她犹豫了好半天，才拨通家里的电话。铃声响了半天母亲才接。陶昕柔在路边坐下来，看着远处，好半天不说话。母亲问："是昕柔吗？"

陶昕柔嗯了一声："是我。"

母亲立刻听出她语气不对："你在哪里？"

陶昕柔没有回答，又沉默半天，才说："妈，我想问你个问题。"

那边好久没有声音，陶昕柔能想象到母亲沉默的样子。

母亲说："除了一个问题不能问，其他的都可以。"

陶昕柔看着远山，说："为什么不能问这个问题？妈，我已经三十多了。你应该告诉我真相。"

"没有原因。"老太太很坚决。

"妈，我现在很想知道这个问题的答案。因为，我正在进行一个很艰难的选择。这关系到我的后半生。"

母亲试着转移话题："丫头，你是不是终于找到一个可以依靠的男人了？"

"不是这样的。你别打岔，告诉我，我爸是谁？"陶昕柔直截了当问出来。

没想到，母亲咔嚓一声扣了电话，陶昕柔再次打过去，母亲却不接了。

看来，母亲已经作了决定，要把这个秘密永远保守下去。陶昕柔在路边坐了好半天，才开门上车，驾车继续前行。这样一个电话，似乎让陶昕柔走那条路的决心更大了。母亲这一辈子没有别的男人，不也照样生活吗？可是，当陶昕柔在山脚下停下车，开始向山上的尼姑庵走去的时候，母亲的电话却打了进来。

“昕柔，你已经不是小孩子了。我知道，你虽然一直被这个问题困扰着，可没有什么事情，你是不会轻易问我的。我只能告诉你，你爸爸他已经去世了。他也是一个知青。那是一个很特殊的年代，你能理解。我怀着你，回到了城里。可你爸他回不来。你知道吗？当初，你爸给我的解释是，他为了回城，才跟村里的大队长的侄女成亲的。虽然说，我知道他家的成分不好，但这个解释还是让我难以接受。直到现在，我还是认为这是一种背叛。他背叛了我们的爱情。”

说着说着，母亲泣不成声。陶昕柔张了张嘴巴，立刻意识到自己倔犟的脾气，有一些也来自于母亲。事情过去了这么多年，难道她还是不肯原谅那个背叛爱情的男人？

“而事实是，人家早就看透了他的心思，根本就不会给他开绿灯。他反而把自己给牢牢地拴住了。他跟那个农村女人一口气生了三个孩子，你说，他怎么能走得了？其实有些时候，我能理解他。他是个很理想化的男人。可是，他把问题想歪了。他可没想到，现实就是现实。当孩子摆在面前的时候，责任就是一切。是责任，让他彻底放弃了爱情。”

陶昕柔认为这句话很对。是啊，鹿遥现在也是为了责任。

“后来，我到底还是忍不住，曾经去看过他。他像是苍老了几十年，腰都弯成了一张弓，脸上的皱纹一道一道的。这个男人啊，已经被生活的重担折磨得毫无斗志。在一个下大雨的傍晚，他在砍柴回来的路上，滚下了山崖。昕柔啊——”

母亲再一次呜咽着，说不出话来。陶昕柔静静地举着手机，早已泪眼朦胧。母亲终于继续说话了：“其实，你知道吗？过了几天，我收到了他寄来的一封信，从信里，我能猜得出来，他是自杀的！”

陶昕柔大吃一惊：“自杀？”

“是啊，我觉得，他是实在忍受不了那种日子了，也做不了离开农村的决断。"

陶昕柔感觉浑身像是散了架，她一屁股坐在了路边的枯草上。这的确是个伤疤。我是不是真的错了。我不该把它揭开。

"本来，跟你说这些也没什么的，因为你也大了。可是，昕柔你知道吗？每次我想到他，还是会恨他，都会心疼好一阵子。起初，是恨他的背叛，后来，是恨他的不坚强。活着，总比死了强吧？他那一家子，三个孩子怎么办？他不负责任啊。不管怎么说，那是一个永远都愈合不了的伤疤，我不愿揭开它。可有一点你要相信，我和你爸是相爱的。我这一辈子都不愿意再找别的男人。"

母亲在说这些话的时候，语气居然非常平静了。陶昕柔甚至感觉电话那边的母亲长长地舒了一口气。

她再一次开始动摇。自己的选择，对一个含辛茹苦把她养大的母亲来说，公平吗？但是，这个世界上有公平的事情吗？她已经错过了鹿遥，永远错过了。

陶昕柔现在知道了答案，内心也一下子释然了。原来是这样的。母亲是清苦的，她这一辈子可真是不容易。可是，至少她拥有过刻骨铭心的爱情。

那座尼姑庵终于出现在面前了。陶昕柔远远地嗅到了一股香火气息。那是一种很亲切的味道。她悄悄地推开庵门，走了进去。

院子里有几个年轻的尼姑在清洗蔬菜。她们悄无声息。见陶昕柔进来，都一起看她。陶昕柔正想开口和她们说话，从侧面院子里走出一个年纪稍大的尼姑，微笑着问她："施主有什么事情吗？"陶昕柔张张嘴巴，不知道该说什么。那尼姑一摆手，说，"跟我来。"

两人进了侧面一个房间，陶昕柔一走进去，顿时觉得内心清澄。房间里收拾得一尘不染，空气里弥漫着一股子清香。陶昕柔后来发现那香味儿是从桌上的花瓶里散发出来的，那里面插满不知名的野花。尼姑说："都是山野里的花，可发出的香味却很浓郁。"

陶昕柔点点头，仍四下打量那间房子。

"我叫净慧。施主，从你的眼神里，我已经猜到你来这里的目的。"

陶昕柔说："我想寻找一种摆脱的方法。"

净慧面带微笑："正因为你心里还有牵挂，所以，才会寻找摆脱的方法。这或许是修行人的原初心态。可修行者一是需要坚韧，二是需要慧根，而不是迫于俗世的压力才这样做的。你可以告诉我为什么要这样子吗？"

"有好多原因。我不知道该怎么说。"陶昕柔说。

"不说也好。施主请随我来，我们走一走。"净慧法师飘然出了门，陶昕柔看着她的背影，突然一下子感觉内心清静了许多。她在想，这个法师如果不穿着这一身衣服，会是一种什么样子呢？两人穿过一条小径，从一个侧门走出来，又沿着山间小道，向山上走去。攀上一座小山头，净慧法师站住了。

净慧一指面前的群山，说："人生在世，注定坎坷荆棘密布。但摆脱的方法，却不止于此。从你的眼睛里，我能看得出来，你是个性格坚强而又果断的女人。之所以今天到这里来，实则遇到了一个结，解不开而已，却并非非要遁入空门。空山冷寂，长夜孤灯，这对你来说，根本就不适合。"

陶昕柔转眼看着净慧，不说话。是啊，陶昕柔此前都是一副独行侠的架势，任何一个地方，都难以停留。她似乎一直在寻找，一直在追求。这儿，能是自己后半生度时光的地方吗？就在这个时候，母亲的电话打过来了。母亲的一句话，似乎一下子把她拉了回来。

"昕柔，我想跟你商量一件事儿。咱们一起去看看你爸爸吧？"

第四十一章

恨鹊的传说

晓雅爹的话，让鹿遥眼睛一亮。那句话，直接印证了他的猜测。“是有一个男人来找过小丫，可接着就走了。”

“是个什么样子的人？”鹿遥顿时兴奋起来。

晓雅爹说：“看上去，年纪不小了，胡子很长，像个算命先生。我还奇怪呢，小丫怎么会认识那样一个人。鹿遥，小丫呢？她怎么又这么长时间没有音讯呢？”

鹿遥被他后面这句话给问住了。祁连山跟他对视了一眼。他犹豫片刻，才说：“她在一个厂子里打工，挺好的，您不用担心。你说的那个人，后来去哪里了？”

马晓雅的爹说：“我还真没在意他去哪里了。就那天下午，你们前脚刚走，他后面就到了。那时候，天好像都快要黑了。”

鹿遥暗自后悔，看来，那天与董超是擦肩而过了。从马晓雅家出来，鹿遥看一看屋子后面莽莽苍苍的大山和森林，悄声说：“祁连山，我现在可以肯定，这家伙就在山上。”

祁连山问：“咱们怎么办？回去，组织人来搜山，还是咱们两个人上去？”

鹿遥看着远处，好半天没说话。后来，他一下子扭过头来，问：“你觉得咱俩抓不住他一个人吗？”

祁连山一笑，小虎牙又露出来：“我觉得没问题。”

“那咱们就走。”鹿遥抬腿就走向屋子后面的一条小路。

上山时，日头已经偏西。当鹿遥和祁连山爬上一个半坡快要到崖顶的时候，太阳已然落下山去。祁连山累得气喘吁吁。鹿遥示意停下来休息一下。两个人都小心翼翼，互相交流时也是压低了声音。

鹿遥说："这个时候进山是比较理想的。刚才，我们一进入这片树林，就根本不会再引起别人注意了。不过，往前走，咱们得小心。前面的山崖上到处都是山洞。"

祁连山四下打量一番，问："鹿队，你觉得这种可能性大吗？一个杀人犯钻进山洞里。假如被堵住了，那不是找死吗？"

鹿遥说："别忘了，我们抓到马晓雅到现在，两个月都过去了。董超如果在这一片山里，他的心态，已经逐渐放松下来。"

祁连山感慨了一声："我现在倒觉得，这个董超也蛮了不起的。如果让我自己一个人生活在这山里，我会闷死。你想，一个人，四周悄无声息。不敢生火，不敢点灯。还有，这山上有狼吗？"

鹿遥说："村子里有人见过，可我从没见到过。"

"想想都起鸡皮疙瘩。"祁连山脸色沉重。

鹿遥说："董超跟一般的犯罪嫌疑人不太一样。我跟这小子交过手，心里有数。"他从包里取出一瓶水，又拿出一些火腿、面包，递给祁连山，"先吃一点儿。我发现，你的身体素质有点儿差劲。我跟你这么大的时候，爬这点儿山，玩儿一样。"

祁连山不好意思地笑了笑："缺乏锻炼，缺乏野外生存的能力。"

"是啊，野外生存也是门大学问。"鹿遥看着远处，"说不定，现在，咱俩都不如董超呢。"

不知为何，鹿遥内心里突然闪过一丝担忧，是啊，自己这样做是不是草率了一点儿？鹿遥知道，此时，假如与董超狭路相逢，大部分拼的就是体力了。如果董超在山里住的这段时间整天攀岩走壁的，其体力恐怕要胜我一筹。当然，比祁连山更胜出许多。一旦不能迅速控制，他在这山林里跑丢了，可就不好追了。不过，反过来又一想，事实或许未必是那样的，董超自己一个人在山上，吃不好，睡不踏实，说不定，身体机能大大减弱了呢？他以前也算是生活在城市中的人，这种苦寂的日子，他未必就能撑得住。

尽管如此，鹿遥还是悄悄作了安排。他说："今晚咱俩不要分开，晚上可能要摸黑去寻找。到天亮的时候，咱俩稍微分开一段距离，做好呼应。"

鹿遥正说着，祁连山的电话却叫起来。在这个时刻，手机的声音让两人都是稍稍一愣。祁连山赶紧摁下接听键。

是秦岭云，她问："祁连山，怎么一整天不给我电话?"

祁连山压低声音，说："我在外面执行任务。"

秦玲云哦了一声，叮嘱说："你自己要小心，别瞎逞能。现在没人那么傻，拼着命去充英雄。"

祁连山笑着说："你这话有误导作用。我是警察，我不冲谁冲?"

秦岭云说："警察有什么了不起啊？我是替你担心。"

祁连山嘿嘿一笑："知道了，老婆。"

秦玲云说："别嬉皮笑脸的，还没结婚呢，谁是你老婆?"

祁连山说："先练习着，练习着。"

两人说完话，祁连山赶紧把手机调到会议状态。

鹿遥微笑："打算什么时候结婚?"

祁连山说："还没定，明年五一吧。"

两个人吃了一点儿东西，祁连山顺势半躺在草丛里，看着西天的一抹残红，说："说实话，这里的景色真美。这小子真会选地方。我现在越来越喜欢这种感觉了。"

鹿遥没有躺下，席地而坐："是啊，小的时候，我经常来这一带玩儿。在城市里这么多年，一想起来，仍然觉得很温馨。"

祁连山说："你们那时候真好，能玩的东西真多。你知道吗鹿队，我都小学快毕业了，还没见过猪、没见过羊呢。"

鹿遥站起身来，朝一边的一块巨石走去。那个地方地势略高，但依然隐藏在树丛当中。祁连山扭头看着鹿遥悄然攀上那块巨石。一会儿，鹿遥回来了。鹿遥说："我看了看四周，还算开阔，没什么动静。等翻过那座小山头，崖根下有一个山洞，咱们今晚住在那里。"

不一会儿，两人悄然摸到那个小山洞前。鹿遥摆摆手，示意祁连山在洞口左边等待，他慢慢将背包放下，顺手掏出一把枪和一只手电筒来。祁连山微微一笑，心想，鹿队呀鹿队，你不是说没带枪吗?

鹿遥右手举枪，慢慢地进了洞口，那个山洞的角角落落一一显现的时候，鹿遥恍然感觉，跟小时候的情景一模一样。不一会儿，鹿遥走出来，示意祁连山进去。山洞很小，在一块竖立的岩壁后面有一处平台。鹿遥说："今晚，咱们就睡那儿。我已经看过了，那家伙没来过这里，一点儿痕迹都没有。"

祁连山皱皱眉头："这里怎么睡呀？会不会有蛇？"

"很有可能会有。"鹿遥笑着说，"说不定，从哪个窟窿里忽地一下子飞出一只鸟来。小的时候，我记得钻进一个大山洞，那里面住着两只大鸟。我们这里的人管它叫恨鹄。我一直搞不清楚是哪个根。后来，我觉得应该是仇恨的恨。因为那种鸟的叫声非常凄厉，非常凶狠。这一带山里，常年生活着两只。一雄一雌，多少年了，一直如此。"

"是个美丽的传说。"祁连山说，"可以演绎一下，上升到爱情的高度。"

鹿遥说："这个不需要演绎。我们县的县志里就有记载，说这是一种神鹰。为什么叫恨鹄？我想也是来自于一个传说。很久以前，有一个猎人，把这两只鹰中的母鹰给抓住了。因为这鹰的身上到处是宝，它们的粪便都可以做药引子，治疗人的眼疾。猎人打折了母鹰的一条腿，它飞不起来了，但还是盘旋出好远去。猎人把受伤的鹰带回家，专门打了一个大铁笼来装它。它的翅膀一展开，有两米多宽，立在那里，居然也将近一米高！"

祁连山听得入迷，感叹道："有这么大的鹰吗？"

"奇怪的是，另外那一只鹰，竟然一路跟踪到了猎人家里，在上空盘旋，良久不去。有一天晚上，猎人居然发现，那只雄鹰想去解救雌鹰，它在用爪子拼命去抓那个铁笼子。猎人情急之下，开枪向它射击，可是，鹰的反应速度很快，竟然逃过去了。猎人去检查那只雌鹰的时候，发现那鹰已经奄奄一息！因为，他那一枪，又一次击中了笼子里的鹰。就在他要起身的那一瞬，忽然觉得头顶有点儿异样。一抬头，你猜怎么着？原来，那只雄鹰埋伏在树顶上，这时候悄无声息地箭一样俯冲下来！那个猎人发出了一声惨叫！人们听到叫声，拿着火把跑来的时候，发现猎人满脸鲜血。他的两只眼睛，被那只鹰抓烂了！"

"可怕！"祁连山说，"这是真的，还是传说啊？"

"真假说不好。但据说老人们曾见过那个瞎子。更奇的还在后面。据说，第二天，在这一东一西两面山崖之间，就飞来三只鹰。一只是那雄鹰，另外是一雌一雄两只小鹰。那大鹰带着两只小鹰飞旋了好一阵子，好像是告诉它的孩子们，这里的生存环境如何如何。过了半天之后，山下的人们却听到一声尖利的啼鸣，那声音里充满了悲伤，让人心里都感觉一紧，都惶恐不安！他们惊讶地看到，那只鹰像箭一样，直飞向崖顶一块巨石！那时候，两只小鹰一边紧跟其后，一边发出一连串凄厉的叫声！在那叫声里，那只大鹰的脑袋撞到石头上，它的翅膀扑腾几下，然后，像断线的风筝一样，滑落下去了。"

祁连山听得入迷，连连摇头叹息。鹿遥说："所以，有时候，人的爱情，比不上这些动物。"

两人沉思半天，祁连山突然惊讶地叫了一声："呀，鹿队，你瞧，今晚有月亮啊！"

鹿遥扭头看洞口，果然，洞口清亮无比。

两人站到洞口，看着山下的点点灯光。祁连山再一次感叹道："真美啊！"

鹿遥不说话，一种久违的温馨感觉，弥漫过他的身体。

第四十二章

鸠占鹊巢

直到第二天下午，鹿遥才感觉自己真正触摸到了董超的痕迹。在一个小山洞里，有一堆灰烬，两个烟头。鹿遥捏起一个烟头，看了半天，知道这些痕迹已经留下很久了。

要攀到更高的山坪上去，得经过那条仅容一人经过的狭窄小道。两人往上走的时候，祁连山问："下山的时候，就这样一条小路？"

"是啊，"鹿遥说，"这是最近的一条路。如果从别处绕道，那会很远很远。小时候，我们就是从这条路上下山，去村里上学。"

祁连山张大了嘴巴："天哪，不会吧，那得走多少路啊？"

鹿遥说："那没办法。山顶上没有学校。走一个单程，也得将近两个小时。"

"两个小时？"祁连山连说不可思议。

鹿遥说："所以，我从小学开始，就算住校了。我住在山下的亲戚家里。直到上初中的时候，我们家才搬到山下去。"

祁连山连连摇头，说："难以想象。我明白你的性格为什么这样了。"

"为什么？"

"像大山一样，坚韧，雄浑。"祁连山的语气像是在朗诵。

"酸不酸啊！"鹿遥捣了祁连山一拳。后者一个不小心，脚下踩到一块薄石板，哗啦一声响，身子一摇晃。鹿遥眼疾手快，一把抓住他的胳膊。

祁连山站稳了，才探着身子，看着那块坠下悬崖的石板："好悬哪！"

鹿遥说："在山上，一举一动都要小心。也怪我，不该捣你那一下。"

登上山坪，却走进了一片开阔的草地。鹿遥和祁连山已经越来越接近他的出生地，那座已经荒废很久的小村落。

实际上，也就越来越接近他们的目标，在逃犯董超！

穿越那片松树林的时候，鹿遥和祁连山拉开距离，大约有十几米。他们每人戴一个对讲耳机，悄然前行，保持着一个可以呼应的位置。祁连山的紧张情绪已经慢慢放松下来。他嚼着一块口香糖，像是到森林里来捡蘑菇的。他想，反正鹿队手里有枪，怕什么呢？

鹿遥却不敢放松，相反，他越来越紧张，似乎是一个精明的猎手，嗅到猎物的气息越来越近。那个念头突然升起来，难道，董超会躲在自己家那个小村子里？是不是冥冥之中某种神秘力量的刻意安排呢？

“祁连山！”鹿遥突然悄声叫了一声。

祁连山稍稍一愣，问：“怎么了，老大？有情况？”

鹿遥却立刻意识到，自己喊祁连山，并没有特殊的事情，只顺口说了一句：“没什么，提起精神来！一定要注意安全！”

“明白！”祁连山蹲下身子，看看四周，并没发现特别之处。

两人悄悄摸出小树林，不远处，就是那个村落了。这一点，鹿遥已经告诉过祁连山。因此，两人在树林的边缘，都不约而同地弯着腰身，慢下步子，悄然躲到树丛后面。

鹿遥说：“小祁，你眼前的这个小村子，就是我跟你说过的地方。看到近处那个小房子了吗？我就是在最左边那间屋子里出生的。”

两个人仍然保持着一段距离，祁连山这边，也已经警惕地将警用匕首和警鞭抓在手上。他嘴里仍嚼着一块口香糖，感觉自己这样子，实在太酷了。要是有一支冲锋枪挂在胸前，那就齐了。

他回应鹿遥的话：“简直就是天堂啊！真正的世外桃源！我都想高喊那么一嗓子了。对了，鹿队，今晚咱们就在你家搞一个篝火晚会怎么样？”

“最好先别，抓住董超之后再说吧。”鹿遥悄声说，“你从屋子西北角包抄下去，我从院子大门口进去。我先进去，你守在后面。咱们从我家开始，一点儿一点儿搜索整个村子。”

那个破败不堪的院落里没有任何声响。院子里那棵石榴树上，还挑着几个红红的果子。屋前那一个碾盘，已经青苔斑斑。鹿遥此时当然顾不得怀旧。他低头悄声吩咐祁连山："从现在起，作好战斗准备！"

祁连山道："OK!"

鹿遥的骤然紧张是有道理的。他已经迅速嗅到很多信息。房门前的地面，非常平整光滑，一看就是曾有人在这里逗留过。门口那儿居然多了一个柴垛，是从里面向外堵着的，应该是夜里防寒所用。窗口的位置塞满了草，屋顶上似乎有人曾进行过修整。不久前他来的时候，还没有这些变化！

是的，肯定住过人！

祁连山沿着一条弧线前行，不一会儿，已经从小树林边走出来，穿越过一片平整的草地。那原本是鹿遥家的菜园子。祁连山贴着屋角悄然站立，从那个地方，堵住一条通往屋后的小路。

此时，鹿遥已经举着枪进了院子。鹿遥肯定从没有想过，有一天，自己会以这种方式走进老屋。

屋子里依然什么动静都没有。鹿遥慢慢走到窗下，他把身子贴在石板墙壁上，用那支枪的枪管轻轻拨开窗口一堆柴草，悄悄探头往里看了看。

屋子里似乎没有人！

鹿遥蹲下身子，悄声呼叫："祁连山，拐过来。"

祁连山慢慢转过屋角，鹿遥伸手示意，祁连山做好呼应，自己往里冲，祁连山随后。祁连山摇摇头，悄声嘟囔："老大，你在门口接应，我进！我以前没干过这种事儿，我想试试。"

鹿遥冲着祁连山目光一寒，吐出俩字儿："听话！"等祁连山站好位置，鹿遥站直身子，一脚踢在那捆柴垛上，随后举枪进屋，祁连山随即堵住门口，手里紧抓一根警用钢鞭。

屋子里果然空无一人！本来屋子里就空空荡荡，只要有一个人，一眼就能看到。屋子一角的一堆柴草，地面上杂乱无章的纸盒子、空酒瓶、烟头，甚至，两块石头撑起的那个小铝锅、锅旁边的碗筷，这一切都证明，的确有人曾在这里住过，而且离开没多久。那简陋的炉子里，灰烬似乎是新的。鹿遥蹲下来，掀起锅盖瞧了瞧，然后慢慢出了屋子，跟祁连山说："里面没人！可是我感觉，住在这里的家伙就是董超。"

"缘分呐！"祁连山居然还开玩笑，"你说这人，逃亡到刑警队长的家里来了，这不找死吗？"

鹿遥转身将那柴垛仔细收拾好，对祁连山说："我们得赶紧离开，撤回到小树林里去。"

鹿遥现在担心的是，刚才的行动已经被董超发现。两人迅速撤回小树林，在树丛里隐藏下来。

祁连山问："他会去哪儿？"

鹿遥说："不知道，也许是出去买东西。"

"我们现在怎么办，守候在这里？"

鹿遥想了一阵子，说："别离太远，咱们从另一个方向搜索一下，再检查一遍你的装备。"

祁连山检查了一遍防刺上衣、手套、警用匕首、钢鞭、手铐等，说："没问题。再说，你手上有枪呢。"

鹿遥犹豫片刻，说："有时候，枪根本不起作用。"

两人分开，扩大搜索范围。

可是在周围找了半天，没有发现异常情况。鹿遥说："我分析，咱们的行踪应该没有暴露。收缩包围圈，目标还是那间屋子。这家伙应该还会回来。"

两人再次在一个能够俯视那个院子的树丛里蹲下来。鹿遥仔细观察了一番地形，判断一旦跟董超碰面，他本能的逃窜路线。鹿遥对祁连山说："你就在这里蹲守。我估计，以你的速度，迅速跑下去需要一分钟左右。我现在就躲进屋里去，不管是谁来，只要他一推开那个柴垛，你就迅速往下跑！现在，观察四周，给我掩护。"

祁连山点点头："明白！"

鹿遥弯着腰，再次潜回那个院子，悄然在屋子里埋伏下来。当他做好这一切的时候，这个密林深处的小村落已经开始暗下来了。鹿遥在地面上坐下来，长长地舒了口气。

说实话，鹿遥还是第一次如此紧张。

曾经有人问过鹿遥："你们刑警在抓捕凶残的罪犯时，会不会紧张？"

鹿遥以前往往会反问对方："你觉得呢？"他在电视剧里看到的刑警形象，好像都是无所畏惧的。其实，鹿遥自己心里很清楚，每一次他都紧张。或者，换个说法，就是恐惧。当然，这恐惧来自很多方面，程度和外在表现形式也不一样。鹿遥的恐惧，不是针对来自犯罪嫌疑人的凶残，而是整个过程中的紧张。这种紧张，他已经好久没有感觉到了。近期的一次，就是他跟董超奔跑在远山的大街上了。

祁连山突然问话了："老大，在想什么呢？"

"爱情。"鹿遥竟随口开起了玩笑，"我在想我的情人们。"

"算了吧，谁还不知道你。"祁连山小声嘟囔，"一个嫂子，一个昕柔姐，俩女人你都摆不平。"

"你知道个屁！"鹿遥轻轻一笑，但他认为祁连山的话有道理。

祁连山说："可老大你知道我在想什么吗？此刻，我特别激动，这是我第一次进行这么刺激的抓捕行动。刚才，我回想了一下关于董超的事情，我觉得能写一篇很不错的小说。"

鹿遥说："那你就写吧。把我也写进去。不过，你小子是那块料吗？"

"嘿嘿，我不是那块料，可我老婆是啊。"

"哦，忘了你家的大记者了。"

"老大，天慢慢黑下来了。天黑前，他要是不出现怎么办？"

"等啊。就在原地蹲守。在这个人来之前，一动都不能动！你知道吗，我最长的一次蹲守用了多长时间？两天两夜。"鹿遥说这些话的时候，感觉手机在振动。

是李小曼。

鹿遥接听电话。

李小曼问："鹿遥，怎么两天不给我们电话？你在哪里？"

鹿遥低声说："我在靠案子。"

李小曼沉默半天，说："鹿璐想你了。"

鹿遥说："我也想你们，给孩子解释清楚。我告诉你，我在守候，在一个罪犯随时会出现的地方。"

他心里很清楚，李小曼此时的担心，来自于另一个方面。她担心鹿遥此时是和陶昕柔在一起。

李小曼说："那你自己一定要小心！"

不一会儿，鹿璐的声音传过来："爸爸，你什么时候回来？"

鹿遥悄声说："很快，处理完这边的事情我就回去。"

扣掉电话，鹿遥面带微笑，女儿的那张小脸在眼前闪过。鹿遥嘟囔说：“我不会离开你们的，放心吧。”

却听祁连山在另一端说：“其实你这人，有时候也挺柔情的。”

这句话把鹿遥吓了一跳，他忘记了跟祁连山一直开着对讲话筒呢。

第四十三章

和杀人犯谈爱情

董超沿着一条山路摸上山的时候，已经是晚上十点左右了。他是下山去买东西的。他没有走山前的道路，依然是穿越重重山脉和树林，向东北角的一个小村子里去的。这样来回的行程，几乎就是整整一天。他早上出发，回到“家”，就是这个时刻了。

在快进入村子的时候，董超觉得浑身像散了架子。他觉得自己的身体不行了。就像鹿遥猜测的一样，野外的食物，在短时间内是可以应付的，可时间一久，整天这样生活，就太让人难耐了。董超经常会处于饥饿状态。现在的他，看上去瘦骨嶙峋，不止是因为吃不好饭，还因为一周前他刚刚摆脱了一场病魔的干扰。董超最担心的事情，还是在一个月前如约而至。他发烧了，烧得迷迷糊糊。身边常备的药品全都吃完了，可还没有完全恢复。但当时他已经下不了山，甚至起不了身。他躺在那堆茅草上，陷入了绝望之中。有时候，透过屋子一角，看着外面的星星，他会问自己：“董超，你这个杀人犯！你就要死在这里了。不是在枪口下，是被病毒杀死的。你的尸体，将在这间屋子里腐烂。没有人会知道。直到最后，变成一堆白骨。”

奇怪的是，董超想到这一点后，却没有了恐惧。这是很完美的一个死法对不对？你杀死了三个女人，却没有被审判，没死在监狱里，没死在枪口下，甚至警察都没抓到你。这是你逃亡的胜利。

可不管怎样，董超的求生欲望没有最后消失。他爬起身来，为自己的身体内注进水分，为自己的胃里面塞进去饼干，甚至是没有煮过的米粒。

他把那些食物当药片。这一场病持续了半个多月，董超没有死，居然挺过来了。当他意识到这场跟病毒的战斗中，他取得了阶段性胜利之后，花费了整整两天时间，去了远处的一个村子，重新买回了食品和药。他没有因病而死，但这场病消耗掉他体内的很多东西，需要花费大量的时间来补充。这一次，他就是去山下购买补给品的。

在那间屋子里生存了那么久，董超的确已经慢慢放松了警惕。或者说，在他的意识中，是在等待某一个时刻的到来。那就是警察的枪口。董超对自己说："我不会再跑了。如果你们抓住我，我不会反抗的。"

他走进院子的时候，月光已经在四处流淌。董超将手中的物品放在地下，坐在碾盘上，再次抽出一支烟来点上。抽完了那支烟，董超站起了身子，突然哼起了一支歌。那是他家乡的一首民歌。

董超一边哼着一边伸手推开那堆柴垛。柴垛发出的窸窸窣窣的声响，掩盖了很多声音，包括外面祁连山的快速奔跑，包括鹿遥启动的步伐！

那捆柴草哗啦一声倒地的时候，董超才感觉从身体一侧吹来一股冷风，才意识到有一个黑影向自己扑过来！可那时候的董超已经毫无还手之力，他还没有反应过来，手里还提着一些东西。紧接着，他听到几包饼干在他身体挤压下发出的脆响！在自己粗重的呼吸声中，董超感觉一只手牢牢地摁住自己的脖子。那股力气，使得自己的下巴紧贴在地面上，一些干草棒、沙子钻到嘴里去了。另一只手像一把老虎钳子，将自己的右手别到了身后。

董超很奇怪，这个人没有警告他，没有发出任何声音！只是靠自己巨大的力气，悄无声息地在做这些动作。紧跟着，董超看到了一束光摇晃着进了屋子。

这一次有声音了。一个年轻人的声音，一下子钻进了自己的耳朵："别动！贴着地面！一动也不要动！"

董超慢慢地闭上了眼睛，脸上居然露出了笑容。不一会儿，他就意识到，自己的双手被反铐上了，两只脚被绳子牢牢捆住，腰间那把匕首被摸走了，腰带被抽掉了，一双鞋子被两只大手麻利地脱下来。

这人的手法简直娴熟无比。好了，现在的董超已经完全被控制。手电筒的光束让他睁不开眼睛。

鹿遥终于说出了第一句话："董超，你晚上在这里不点灯吗？"

董超嘿嘿一笑："点灯？给你们指引方向？"

祁连山将董超的所有物品抱到一边儿，浑身依然颤抖不已！他简直太兴奋了，兴奋得连呼吸都不平稳。没想到，今晚的行动如此顺利！杀人犯董超，杀死三条人命的董超，居然就这样被抓住了！简直像做梦一样。

鹿遥仍旧用手电筒照着董超的脸。"现在，我问一些程序方面的问题。你的名字？"

董超说："算了吧，别那么假正经。你不就是鹿遥吗？咱们在公园里见过一次。我记住你的声音了。没必要那么费劲。我就是董超，杀人犯董超，在老家杀了两个女人，在远山杀死一个三陪小姐。"

鹿遥说："很好，你很配合，那我就放心了。"说着，鹿遥将手电筒放在地上，仍然照着董超的那张脸。手电筒旁边，放着那把枪。鹿遥坐下来，抽出两支烟，一支扔给祁连山，另一支自己点上了。刚吸了一口，扭头问董超："你抽不抽？"

董超说："我这样子，怎么抽啊？"

祁连山踢他一脚："你还想怎么样啊？"

鹿遥摆手制止，说："什么时候想抽了，告诉我一声。"

祁连山看看鹿遥，实际上是用目光咨询，咱们今晚就这样待着？鹿遥说："看来，今晚上这间屋子里，要住下咱们三个人了。"

鹿遥计算了一下时间，给派出所打电话，等他们上山来，恐怕天也快亮了。但他还是示意祁连山出去打电话，要求派出所派人来增援。因为，董超是个非同一般的嫌犯，不能出任何差错。

祁连山打电话的时候，鹿遥叹了口气，说："董超，你知道吗？我就是在这间屋子出生的。我发现你小子跟我挺有缘分的。"

董超很惊讶："哦，这么巧啊？的确是很有缘。他妈的，我居然跑到刑警队长的老家里来了。姓鹿的，看来，这真的是命中注定，我董超就是应该死在你手上。"

"你别这么说。你死在你自己的手上。"鹿遥淡淡地说，"看上去，你很镇定。这跟我想象的不一样。"

董超说："你以为我会怎么样？叫喊，骂，拼命反抗？看来你对我还真缺乏了解。我不会那样做。我已经想开了。其实，你们完全没必要把我捆成这样。我不会跑了。因为，我的确是累了。我现在想进监狱里好好休息一下。”

祁连山走进来，冲鹿遥点一点头。

董超说：“我问个问题，难道就你们两人来的？”

鹿遥反问：“你觉得呢？”

“呵，”董超居然笑了，“我认为，鹿遥你是我真正的对手。其实，被你抓住，我一点儿也不遗憾。”

“你这么说，我很高兴。咱们谈点儿别的吧？既然你的心态现在这么好，咱们就放松下来，谈一谈你的犯罪经历，怎么样？”鹿遥吐出一个烟圈儿。

董超噗哧噗哧吐了几口，说：“你劲儿太大了，我满嘴都是沙子。没什么好谈的。反正，你都知道了。”

“我知道，跟你自己说是两回事儿。”鹿遥说，“再说，我不是正式讯问你，咱们就是聊一聊。”

董超却反问：“鹿遥，在生活中，你有没有非常苦闷焦虑和压抑的时候？”

这句话一下子触及了鹿遥的内心深处！

鹿遥喷出一口烟雾：“当然有，每个人都有。”

“不，不是每个人都有。我说的这一种，其实不太一样。我从小到大，就一直处于这种状态之下。”连董超自己都不明白为什么要说这些话。董超本不是一个善谈的人，可以说，他是孤独的。或许，是因为这一段时间在山上缺乏一个倾诉的对象？或许是对鹿遥有一种说不清楚的感觉？总之，董超在这样一个看似不合适的场所，却打开了话匣子。他提出个要求：“你能不能把我翻过来，让我躺着说话。我这样子太累了。”

祁连山说：“你想舒服吗？等我们回到远山吧。”

鹿遥看董超一眼，没吭声。

“鹿遥，这样对待一个毫无反抗能力的犯罪嫌疑人，不太合适吧？你们不是需要我的配合吗？”董超说，“要知道，我是研究过法律的。”

鹿遥说：“好吧，我答应你这个小要求。可你别跟我玩花样。你应该知道我是个什么样的人。”

他示意祁连山把董超翻过来。

董超在那个过程中，居然开了个玩笑："小伙子，有没有翻一条死鱼的感觉？我们老家那地方要翻一条鱼的时候，从来不说翻，而是说把鱼正过来。你看，我现在就正过来了。"

鹿遥笑了："你正过来的样子，比反着好看。"

董超这次是真正地长舒一口气，借着手电筒的光，鹿遥看到董超脸上挂着笑容，眼睛瞪得老大，盯着透过屋顶一个窟窿泻下来的几点星光，眼角居然有一道泪水流淌下来。

"你在想什么？"鹿遥问。

董超说："我在想，这是我最后一次看这么漂亮的星星了。"

鹿遥说："是啊，人这一辈子，拥有的时候，你不知道珍惜。等到再也看不到的时候，已经晚了。"

"你这话很没有创意，别人都说过了。这不是珍惜不珍惜的事儿。我不是惋惜，不是为以后看不到而感到伤心，而是高兴。我很高兴，我此时此刻能有这样一种体验。因为，这一瞬间，透过这破房子的屋顶，看到的这几点星光是完全属于我董超的。"

他的这一番话，让鹿遥感觉面前这个杀人犯的确是有思想的。他不是鲁莽之辈，跟以往见过的大多数杀人犯是不一样的。

"问你个问题，鹿遥，你相信爱情吗？"董超继续提问。

祁连山哧的一声笑："董超，我发现，你脑子里想的事儿是挺多的。"

鹿遥却沉默不语。对他来说，这同样是个好问题。这个世界上，爱情究竟存不存在，爱情是什么？鹿遥解释不清楚。他问董超："为什么问这个问题？"

董超却问："你把马晓雅带到哪里去了？她怎么样？"

鹿遥说："她挺好的，你不用担心。你说起她，我倒有些不明白，你跟她之间到底是怎么回事儿？你真的喜欢她？"

董超笑了笑："说实话，就是这一点我也不明白。非常奇怪，是什么东西让我喜欢上了这个丫头。甚至，现在我可以为她去做任何事情。"

"这种感觉，你与你老婆之间找不到吗？"鹿遥问。

"问得真好。说实话，是真的没有这种感觉。这世界挺怪的。我以前以为只有在电影里面才有这种可能性，美女爱上杀人犯。你说，这种爱情是不是畸形的？”

鹿遥一下子想起了陶昕柔所说的病态人格。这算不算呢？这同样是在压抑、焦虑和苦闷的状态里生长出来的爱情之花，该怎么来评价它呢？

董超接下来的一句话，把鹿遥的心态打乱了：“鹿遥，你的眼神已经告诉我了。你跟我所处的某一个阶段非常接近。在这个问题上，你的心里很乱。你同样也是一个外强内虚的人。”

祁连山呵斥道：“我警告你，不要胡说八道！”

董超面朝祁连山：“小伙子，你还不懂。因为，你还太年轻。”

鹿遥皱一皱眉头：“你说得有道理，我承认，在这个问题上我没有更好的答案。”

“咱们一样是心理变态的。”董超说。

鹿遥扭过头：“不，我跟你不一样。我的理性会经常占上风。我不会做出你那样的举动。”

“你不会，因为你是警察，你接受过正统的教育。可我不一样。我可以说是出身于一个书香门第。最起码，我爷爷我父亲都还算是艺术家。我读过好多好多稀奇古怪的书籍。可是这些东西，在我心里依然流动着，撞击着，挤压着，让我一刻都不得安宁。你想一下，如果你不是当警察，也是一个如我一样的男人，你会不会做出我那样的举动？”

鹿遥突然抓了一下头皮，他一下子想起了那个画家。是啊，如果我不是警察，我会不会杀了李小曼，杀了那个狗日的男人？可鹿遥立刻醒悟过来，在这样一个时刻，这样的举动，是非常不合时宜的。他想起了那老刑警的话：“你的眼睛永远不要离开罪犯的眼睛！”现在，你不但离开了，而且，你的心态开始动摇，居然跟一个杀死三条人命的杀人犯谈爱情！不是病态又是什么呢？

鹿遥忽地一下子站起来：“董超，你最好不要在我面前装模作样。我可以直截了当告诉你，就算我不当警察，我也不会杀人！这一点，我跟你不一样。而你，你就是个疯子！变态狂！你看上去像个哲人，可是你骨子里阴暗无比。三个女人在你的手上丧命，你居然还跟我谈什么爱情。你配吗？”

“你在发怒，鹿遥。”董超脸上挂着笑容，“有一部电影，叫《七宗罪》。你们看过吗？”

“我当然看过！可是董超，论智慧你比那个杀人犯差得太远。你杀人的手段，一点儿技术含量都没有。”

董超继续笑着：“我承认。实际上，杀死这三个女人对我来说，一点儿成就感都没有。一个男人杀死女人，是最没有本事的表现。我的心理压力一部分也来自于这里。”

鹿遥也笑了：“我可以直截了当告诉你，你很快就要没有任何压力了。”

“那一天，我已经等待了好久。”董超说。

第四十四章

玉石俱焚

和鹿遥估计得差不多，当地派出所的民警进入那屋子时，天已经亮了。这个夜晚，屋子里的三个人，当然谁都没有合眼。

董超在被两个民警拉起来的时候说了一句话：“我是不是再也看不到星星了？”

鹿遥说：“未必。并不是每一间监室都没有窗子。”他这句话，惹得几个民警一起笑了。鹿遥说，“跟这家伙聊了一夜，都成哲学家了。”他拍拍董超的肩膀，“说实话，老兄，我挺佩服你的学识的。可惜，你没用对地方。”

董超脚上的绳索被解开，穿上了鞋子，脚上的绳子拉开了一段距离。这样，他就可以自己走动了。

鹿遥走出院子的时候，回头看了一眼自己家的老屋，心想，不知道什么时候能再回来看一看。假如有一天，自己坐在那个碾盘上，想一想抓获董超的这个过程，会是什么心态呢？

局长的电话打进来，对鹿遥大加称赞。“太好了。鹿遥，你这次立了一大功，回来后我请你喝酒。一定要安全地把这个人带回来。”

鹿遥说：“放心吧局长，我会一路小心的。”

走出那片松树林的时候，东方闪出一抹微红。

董超突然说：“鹿遥，我想看一会儿日出。”

鹿遥说：“你会看到的。我们现在正走在这一带最高的山坪上，一会儿你会看到初升的太阳。”

果然，走了不一会儿，董超就看到了日出。他一边蹒跚地走着，脚下发出哗啦哗啦的声响，一边扭着头看那一轮太阳。鹿遥自始至终都在董超身边，时不时地盯着他看。他知道，不能有一丝一毫的马虎大意。

董超嘟囔了一句："好了，星星，月亮，太阳，我都看到了。这下子放心了。"

鹿遥皱了皱眉头。

走了一段，董超又开始提要求："这样走太慢了。鹿遥，能不能把我脚上这东西放开？你们这么多人，我反正也跑不了。我连腰带都没有，手被反铐着，能跑到哪里去？"

鹿遥说："那不行。我得对你负责任。慢就慢一点儿吧，我们有很多的时间。"

"你们有的是时间，可是我的时间已经不多了。"董超说，"很快，就有一颗子弹，砰！钻进我脑袋里。"

"你很洒脱。这我就放心了。"鹿遥说。

"你对我没什么好担心的。咱们俩是对手，是天敌。你要记住这一点。"

"在这个世界上，能够遇到一个好对手也不容易。"

董超哈哈一笑："英雄所见略同，我也是这么想的。"

鹿遥哧的一声笑："你算个狗屁英雄！"

前面是鹿遥最担心的一段路，就是跟祁连山走上来的那段悬崖间的小道。鹿遥早就在考虑这个问题，怎么把董超顺利带下这一段去。

派出所一个副所长把鹿遥拉到一边，悄声说："我建议，把这小子的腿脚都捆结实，咱们抬着他下去。否则，他如果搞什么小动作，咱们不好防范。"

鹿遥点点头，走过去对董超说："得委屈一下你了！我们要走一段不好走的路。"

董超还没反应过来鹿遥什么意思，鹿遥已经对另几个人说："把他捆得结实一点儿，咱们抬他下山。"

董超说："没必要这么夸张。我不想跑，也不想死。"

鹿遥伏下身子，说："别那么多废话，我对你的耐心也是有限度的。"

这段路的确不好走，前后有两个民警抓住董超，将他抬起来，几乎是一步一挪着往下走。董超的两条腿两条胳膊被捆得很结实，像一根棍子。

在鹿遥看来，董超这个样子，几乎发不出什么力量。何况，有四个人抓着他。

可是，凶险的一幕，在下行几分钟后发生了！

当时，鹿遥看到董超的脸上突然露出了微笑。他心里暗道一声：不好！他正要提醒大家小心，突然感到手上一松，董超的身体居然像一只大虾一样反弹一下，突然爆发出了一股力量！鹿遥喊："大家小心！"鹿遥的身体里侧是祁连山。他下意识地先用肩膀一扛祁连山，把他顶在崖壁上。

董超的目的非常明确，他是要把自己的身体弹下悬崖！鹿遥紧跟着喊了一句："董超，你不能这样！"

这一系列动作都发生在两三秒钟之间！

董超的身体已经离开了几个人的手，向悬崖下掉落！鹿遥的伸手动作，也完全是下意识的，他想抓住董超！可是，已经晚了，他使不出任何力量，由于脚下不稳，反而让这个动作把他自己的身体也带下了悬崖！

所有人都目瞪口呆！

他们眼看着董超的身体在一块巨石上弹了一下，然后，直坠下去！又看见鹿遥的双手挥舞一下，似乎被崖壁上探出的一丛荆棘挂了一下，也坠落下去！

第一个哭喊出来的是祁连山："鹿队啊！"

他开始跌跌撞撞沿着山路往山下滑，连滚带爬，有几次他差点儿也滑下悬崖！他的手扒在尖利的石锋上，摁在荆棘丛里，双手都满是血了！可他根本感觉不到疼！他滑到了崖根下，穿过遍地荆棘丛的时候，脸上也满是鲜血！在他的身后，所有民警，都疯狂地往一个方向赶！

终于看到鹿遥了！

鹿遥躺在荆棘丛中，一动不动！

祁连山哭号一声就跑过去！他呼吸急促，一句话说不出来，就那么傻傻地看着鹿遥，脑子里一片空白。他在鹿遥的嘴角，看到了一股鲜血！鹿遥的身体突然动了一下！

随后赶到的派出所所长伏下身子，不敢动鹿遥的身体，回头大声吼叫："你们傻愣在那里干什么？我不管你们想什么办法，赶紧找木头做个担架！

快！要快！鹿队他还活着！他还活着！”

祁连山一动不动！

他看到了鹿遥身边的那支枪，这时候才突然意识到，那是一把塑料的仿真枪。

所长拍他肩膀一下：“小祁，快去帮忙！鹿队的身体现在不能动。”祁连山这才回过味儿来，手忙脚乱去帮忙做担架。

就在那个时候，他看到了董超。董超的身体蜷缩在一堆乱石中间。祁连山经过的时候，看到了他从警以来见过的最为恐怖的一幕！

董超的脑袋上一片模糊！似乎那是一个奇形怪状的图案。在那张几乎看不出五官来的脸上，祁连山发现上面有一种非常诡秘的笑容！祁连山扭过头来，朝着山谷里，突然狼一样吼叫了一声！

差不多在鹿遥坠崖的那个时间里，有两个女人虽不在同地，却同时感觉内心恍惚不安。

陶昕柔驾车拉着她的母亲，赶往当年父母曾经下乡的地方。半路上，陶昕柔突然把车慢慢停在路边，瞪着眼睛，看着前方。

母亲问：“怎么了昕柔？怎么停下来了？”

陶昕柔说：“妈，我突然好一阵心慌。”

母亲轻轻抚摸她的额头一下，说：“是不是昨天晚上没休息好？”

陶昕柔说：“不，我休息得很好。我总感觉，有什么事情要发生。”

母亲吃惊地看着她，说：“你这孩子，会有什么事情发生呢？”

陶昕柔推开车门，走下来，说：“我要打个电话！”她手忙脚乱拿出手机，拨打鹿遥的号码。可是，被告知：“您呼叫的用户暂时无法接通。”

陶昕柔站在车边，望着远处，神色凝重。

好多天没拿起画笔的李小曼，这天上午，却摆上了画布，开始画一幅油画。油画不是她的专长，可兴致却突然而起了。她先是在画布上画了一轮太阳，正要继续画的时候，浑身突然一耸，手中的画笔一下子摁在画布上！李小曼惊恐地抬头看看屋子四周，一个名字脱口而出：“鹿遥！”

李小曼满屋子里找自己的手机，同样，鹿遥的手机无法接通。李小曼双手哆嗦着，在通讯录上寻找祁连山的名字，终于找到了。

李小曼听到祁连山的哭泣声，心里一紧，如坠深渊：“小祁，你怎么不说话？鹿遥他怎么了？”

过了好久，电话那端终于传过来祁连山的声音：“嫂子，我们正在送鹿队去医院……”

后 记

书写警察“内宇宙”

——长篇小说《越跑越追》创作谈

《越跑越追》的故事框架，早在数年前已然形成。一开始，我曾经起笔写过几万字，中间却进展不下去了。我发现叙事手法有些不对头，有点儿乱，好多地方强化了阴暗面的污浊，致使整体基调上比较晦涩，缺失了文学作品的美感。发给朋友看了开头，一致都不看好，都批评我太颓废。于是，我果断打住。促使我重新开始的因素主要有两个。一是三年前我到一个县城派出所进行为期两年的下派锻炼，与基层刑警、派出所民警一起工作、生活，对他们的共性心态有了更深了解，拥有了一些基础性生活经验。其二是，偶然听到同事议论，在一次处置重大交通事故时，派出所一些民警，尤其是女民警，不堪面对现场那种血淋淋的惨状，工作结束后，躲到办公室，心理焦虑、压抑，都不肯回家了。有领导注意到这事儿，专门请来心理辅导专家。

我觉得，后者给了我一个写作出发点。这其实也是基层民警面临的一个共性心理特征，一种来自生活细部的焦虑，一种心理亚健康状态。我看过美国新精神分析专家卡伦·荷妮的著作《我们时代的病态人格》，对此进行过精深的解析。很多不理解的人会产生困惑或质疑，这是不是精神疾病？或者说，有此征候的人，会不会就是轻微精神病人？实际上，不是这样的。虽说这种心理亚健康状态或者说病态人格直接来自精神领域，却是几乎每个人都面临的、都具有的。每个人都基于这样或那样的元素而焦虑、惶恐。警察这个群体由于其独特的工作环境，面临的焦虑和困惑势必更多。至少，在当下的和平年代，警察是最为接近生死较量的群体之一。因此，这是一个刺激我的观念。我想揭示基层警察心理焦虑的来源。很多人只看到了警察群体形象的另一面，比如，刚正不阿的高大形象，带有职业特色的刚硬一面。当然，某些警察在灰色地带的龌龊表现，也引起大众对警察群体的不满。但我认为以前的文学作品，好多都是脸谱化的。我的出发点是从各个角度来揭示警察的心理焦虑。因此，我塑造的鹿遥这个打流队队长形象，是基本远离光环的底层人物，是普通人，是比较纯粹的生活化的人。他面临情感的考验（妻子的出轨），基层官场的争斗（权钱利益的旋涡），当然，更主要的是面临与在逃犯你死我活的斗智斗勇。这样的思路，让我对把握这个人物有了新的视角。至少，在我有限的阅读中，还没有人细致地勾勒过这样一个基层警察形象。我想让文学作品中的警察回归现实，回归普通人的鸡零狗碎的日子。往深了说，就是往内转，用很多细节来挖掘这个角色的“内宇宙”。

那个支点，我还使用于小说中的每一个人物。杀人在逃犯董超的病态人格是以另一种方式呈现的。它来自于家庭，来自于青年时期，当然也来自于情感经历。他失手杀死妻子看似无意，实则是长期压抑的必然。杀死第二个受害人，则完全是情绪失控。而杀死一个“三陪”小姐，则是基于前两次心理基础上的，也是基于他与马晓雅扭曲的爱情之上的。这样，鹿遥与他之间的追逐与反追逐，就形成一种越跑越追的格局。我同样花费许多笔墨勾画马晓雅这个“三陪”小姐既让人哀其不幸又让人怒其不争的形象，目的是让她跟董超的情感变得清晰、真实，也让董超的许多举动变得符合某种规律。小说中，还有一个女人李小曼值得关注。从女人角度讲，李小曼同样面临许多焦虑和惶恐。她跟鹿遥的婚姻实质，我认为是符合目前中国大众婚姻的，是另一种意义的亲情逐渐代替爱情的缺乏激情的婚姻。这样的婚姻必然跌跌撞撞。

正是这个出发点，使小说里的所有人物都显得很累，很不开心，都遭遇到这样或那样的困境，比如刑警队队长何涛、记者李佑。

即便是这样一系列的人物聚集在一起，我也充分给予了他们一种希望。因此，小说整体格调不是一味晦涩的，甚至，我以为是积极向上的。这也是与第一版截然不同的一种基调。鹿遥的正义形象我尽量让他表现得自然，那是一种职业性显示，也来自于他的性格。奔跑之于鹿遥来说，是一种焦虑的展示。但从整部小说来说，奔跑却预示着警察抓获杀人犯是一种必然。我尽量绕开一些符号化的电视剧镜头式的情节，看似轻松，背后充满紧张。我让马晓雅有了悔悟，也让李小曼重新找到了情感支点。

这样一部小说，同样也体现出我的价值和道德观念。我们所处的时代，看似纷乱，看似陌生，看似让人困惑、焦虑，但万事万物都有其普遍性规律。如何去把握生活，如何去掌控人生，这才是大命题。2010 年 3 月初，我带着这部书稿的电子版，到北京鲁迅文学院进行为期四个月的学习。那时我还在为小说的结尾挖空心思。读者看到的结尾，就是在那期间产生的，是否定了从前的几种结尾的。我不知道这样的处理是否更好。我留下了一些悬念和空白。一个是把希望和光明扩大，另一个我认为这是小说艺术的某种规律。我非常清醒，这部小说还带有许多不足和遗憾，有一些是我自己也不能解决的。我不知道目前有多少作家以这种视角写作，至少我自己认为，我在探索另一种途径挖掘和展示公安文学的更多可能性。现如今，网络、报刊上的纪实报道已经对传统的以悬念和快节奏取胜的公安文学产生了重大冲击。我想，回归现实，回归生活，让警察从某个虚无缥缈的高处走下来，已经成为某种选择。